WILD FIRE

Wilding Pack Wolves 5

ALISA WOODS

2020 Deutsche Übersetzung von Michael Drecker und Isabella Neuberger

ISBN: 9798582958376

Cover by Steven Novak

Troy weiß, wie man Brände bekämpft… aber dem magischen Feuer dieser kühlen Wissenschaftlerin ist er hoffnungslos unterlegen. Nach einer harten Jugend in den Shifter-Gangs hat Troy sich mittlerweile zum Feuerwehrmann und Rettungssanitäter hochgearbeitet. Er hat die Wilding-Familie und ihren Kampf gegen den Wolfsjäger in den Nachrichten verfolgt und will sich ihnen unbedingt anschließen. Als ein Brandanschlag auf ein Wilding-Forschungslabor verübt wird, ist er der erste am Tatort… und rettet eine wunderschöne weiße Wölfin aus den Flammen.

Nur ist sie keine gewöhnliche Shifterin.

Zoe Wilding ist eine Genforscherin, die ein unliebsames

Geheimnis in sich trägt – aber mit den unmoralisch erhobenen Daten aus Agent Smiths Shifter-Experimenten könnte sich das vielleicht bald ändern. Wenn sie nur das Gen isolieren könnte, das für ihre gefährliche weiße Wölfin verantwortlich ist, wäre sie endlich in der Lage, ein normales Leben zu führen. Eines, in dem auch ein Mann vorkommen könnte, wenn nicht sogar ein Partner.

Doch dann wird ihr Labor hochgejagt.

Inzwischen wurde jede der fünf Wilding-Familien vom Wolfsjäger ins Visier genommen, was alle weißen Wölfe – Grace, Noah, Kaden, Owen, und jetzt auch Zoe – dazu veranlasst, sich zusammenzutun um ihn endgültig auszuschalten. Troy hat sich dieser Jagd ebenfalls verschrieben, aber je näher er Zoe kommt, desto mehr will sein Wolf sie… nur ist sie davon besessen, die Magie in sich zu zerstören. Kann Troy dieses wundervolle Mädchen für sich gewinnen und sie dazu bringen, die Schönheit ihrer inneren Wölfin zu akzeptieren… oder wird ein Triumph über den Wolfsjäger das wilde Feuer in der Frau vernichten, in die er sich zu verlieben beginnt?

Kapitel Eins

An manchen Tagen fühlte Zoe sich, als würde sie ein Einhorn jagen.

Natürlich waren weiße Wölfe praktisch die Einhörner der Shifter-Welt, doch diese schwer zu erfassende, fast mystische Sache, hinter der sie her war, war eher wissenschaftlich als magisch – eine Gentherapie, um ihr inneres Biest loszuwerden. Um alles Einzigartige, Besondere und *Falsche* in ihr auszulöschen. Sie hatte Monate in ihrem Labor verbracht, um ein Heilmittel gegen das zu finden, was sie war, und obwohl sie als Wissenschaftlerin wusste, dass sie mit jedem fehlgeschlagenen Experiment dem Erfolg einen Schritt näher kam… fühlte es sich neunundneunzig Prozent der Zeit definitiv nach Versagen an.

Zoe stieß sich von ihrem Schreibtisch und der DNA-Simulation auf ihrem Bildschirm weg und lehnte sich in ihrem Stuhl zurück, um sich zu strecken und die Augen zu reiben. Die Sonne ging bereits unter und tauchte ihr Labor in blutrote und tieforange Farbtöne. Die meisten ihrer Mitarbeiter hatten das Labor und wahrscheinlich auch den UDub-Campus schon vor Stunden verlassen. Sie stand auf und ging in die Ecke des Labors, um sich eine weitere Kanne Kaffee in der ramponierten Kaffeemaschine dort zu machen, die ausdrücklich mit „Nicht für Experimente“ gekennzeichnet war. Die Worte waren nach einem unglücklichen Vorfall mit Lebendkulturen und einem nicht sehr gründlich gereinigten Glasgefäß mit wasserfestem Stift auf der Maschine verewigt worden.

Während der Kaffee zischend aufbrühte, streckte Zoe sich erneut und versuchte, die Verspannungen in ihrem Rücken zu lockern. Wahrscheinlich würde sie heute Abend noch die ganze Kanne trinken – sie musste Fortschritte erzielen und der Tag hatte einfach nicht genug Stunden. Vielleicht sollte sie anfangen, sich mit schwarzer Magie zu befassen, damit sie Agent Smith wiederbeleben und ihn in die Mangel nehmen konnte, bis sie die Antworten bekam, die sie brauchte.

Sie seufzte. Ihr Frustrationslevel musste wirklich am Anschlag sein, wenn sie in einem wehmütigen Gedankengang sowohl über Zauberei als auch über Agent Smith nachdachte. Der skrupellose NSA-Agent hatte unzählige Shifter gequält und Experimente an ihnen durchgeführt – und es war gut, dass dieser grausame Mensch nicht länger lebte. Aber trotzdem wünschte sich Zoe gerade, sie könnte seinen Geist zurückholen und ihm ein paar gezielte Fragen zu seinen schlampigen Aufzeichnungsmethoden stellen – und darüber, was seine Seren überhaupt bewirkt hatten, als er sie Shiftern injizierte. Sie hasste ihn dafür, dass er wie ein moderner Joseph Mengele mit Menschen experimentiert hatte, als wären sie nichts als Tiere – aber wissenschaftlich betrachtet waren Agent Smiths Daten unglaublich wertvoll. Er hatte einer Sache gedient, die genauso abscheulich war wie er, aber es war ihm gelungen, aus der Magie im Shifter-Blut zwei spezifische Seren zu entwickeln – eines, das die Fähigkeiten eines Shifters verstärkte, wie Magie auf Steroiden, und eines, das sie unterdrückte, wenn auch nur vorübergehend.

Zoe war allerdings nur an einem dieser Seren interessiert, und es war nicht das, mit dem man einen Supersoldaten erschaffen konnte. Sie wollte eine dauerhafte Heilung für die weiße Wölfin in ihr, doch dieser Traum erwies sich als schwer zu realisieren, selbst mit all den auf grausame Weise erhobenen und mit Shifter-Blut bezahlten Daten von Agent Smith, die sie zur Verfügung hatte.

Es hatte Momente gegeben, in denen sie alles hatte löschen und die ganze Sache abhaken wollen... aber die Daten gehörten ihr nicht. Und jetzt, da die Möglichkeit zum Greifen nahe war, ihren Fluch loszuwerden – dieses dunkle Wilding-Familiengeheimnis, das in ihrer DNA verankert war – konnte sie nicht anders, als dem weiter nachzujagen. Der weiße Wolf, der irgendwo im genetischen Code der Wildings steckte und über Generationen hinweg weitergegeben worden war, hatte nichts als Leid verursacht. Und sie wollte ihn sicher nicht an ihre Nachkommen weitergeben und eine weitere Generation mit diesem Fluch belegen. Ihre weiße Wölfin mochte zwar größtenteils eine Hexe sein – Zoe wusste, dass dies der Grund für ihre außerordentliche Stärke war – aber sie hatte immer noch ein starkes *Wolfs*gefühl in sich.

Und diese Wölfin wollte unbedingt einen Partner. Ihr inneres Biest lag ihr ständig heulend in den Ohren und sehnte sich danach, dass ein Alpha auftauchte, der sie für sich beanspruchen und sie den Rest ihres Lebens lieben und beschützen würde.

Aber das bedeutete auch Welpen... und das kam für Zoe gerade nicht in Frage.

Nicht, bevor sie den Fluch in ihrer DNA losgeworden war.

Ihr Kaffee war fertig, also trug Zoe ihn zurück zum Computer, fest entschlossen, weiterhin an dem Problem zu arbeiten und einen weiteren auf Agent Smiths Daten basierenden DNA-Strang zu synthetisieren. Doch bevor sie damit beginnen konnte, tauchte ein Skype-Anruf auf ihrem Bildschirm auf.

Es war Grace Krepky, die erste öffentlich bekennende Shifterin, die für das Repräsentantenhaus kandidierte… und Zoes Komplizin.

Sie nahm den Anruf entgegen.

„Zoe Wilding, bitte sag mir, dass du gute Nachrichten für mich hast.“ Graces hübsches Gesicht füllte den Bildschirm aus – sie war etwas jünger als Zoe mit ihren fünfundzwanzig Jahren und hatte keine rabenschwarzen Haare wie Zoe, sondern war eher brünett, aber die zwei hatten etwas sehr Wichtiges gemeinsam... sie waren beide weiße Wölfinnen.

„Tut mir leid“, sagte Zoe und nahm einen Schluck von ihrem Kaffee. „Die Wissenschaft kann manchmal sehr langsam sein." Das traf leider viel zu oft zu und war auch hier der Fall – Zoe hatte noch immer nicht das gefunden, wonach Grace suchte, obwohl sie dem näher kam. Sie hatte es zwar geschafft, das von Agent Smith entwickelte Serum zu kopieren, das die Shifter-Fähigkeiten vorübergehend unterdrückte, aber es gelang ihr nicht, eine dauerhafte Wirkung zu erzielen. Sie brauchte mehr Zeit.

Graces Miene verfinsterte sich. „Es sind nur noch zwei Wochen bis zur Wahl."

„Ich weiß." Zoe seufzte. „Ich gebe mein Bestes."

„Das weiß ich doch." Grace stieß trotzdem ein leicht frustriertes Knurren aus. „Es ist nur, dass diese Technologie so viel ändern würde." Sie war davon überzeugt, dass die extrem schnelle Heilungsfähigkeit von weißen Wölfen zu einem Serum destilliert werden konnte, das auch Menschen helfen würde – und aus technischer Sicht war das durchaus möglich, aber Zoe war noch weit davon entfernt. Selbst Agent Smith war von Graces Superheilung überrascht gewesen, als er sie während ihrer Gefangenschaft unter dem Messer gehabt hatte. Seine Forschungsunterlagen gaben nur wenige Hinweise darauf, dass er so etwas wie

Graces Fähigkeiten zuvor schon bei anderen Testpersonen gesehen hatte.

„Das mit der Superheilung wäre großartig", stimmte Zoe zu. „Aber es gibt dabei so viele Variablen. Allein an den Punkt zu kommen, an dem wir es an menschlichen Probanden testen könnten... Ich weiß nicht, Grace, du würdest ziemlich hoch pokern, wenn du damit an die Öffentlichkeit gehst, bevor wir es im Labor replizieren konnten."

Grace zog die Augenbrauen zusammen. „Selbst wenn nur die *Möglichkeit* bestünde, wäre das wirklich etwas, woran wir die Öffentlichkeit teilhaben lassen sollten, Zo. Vielleicht würden die Menschen dann endlich das Großartige in uns sehen... und nicht mehr solche Angst vor uns haben. Vielleicht würden sie uns nicht mehr so sehr hassen."

Zoe nickte, obwohl sie nicht gänzlich zustimmte. Soweit sie das beurteilen konnte, hatten die Menschen nichts als Hass für Shifter übrig… und für Hexen galt das erst recht. Dabei entsprang ihr Hass aus der Angst vor dem, was Shifter tun konnten, und würde selbst dann nicht verschwinden, wenn es gelang, die Superheilung der Shifter auf Menschen zu übertragen. Doch Zoe war im Gegensatz zu Grace keine Politikerin – sondern Wissenschaftlerin. Was alles war, was sie jemals hatte sein wollen. Sie war praktisch im Labor ihres Vaters aufgewachsen und hatte bereits mit einundzwanzig Jahren ihren Doktortitel erhalten. Ihr Herz schlug für die Genforschung und dafür, mit ihrer Hilfe die Zukunft der Menschheit zum Besseren zu wenden… und die der Shifter ebenso. Und wenn Shifter Shifter sein wollten, war das in Ordnung für sie... aber sie wollte, dass es eine *Entscheidung* sein konnte, kein Schicksal, das in ihrer DNA verankert war. Wenn es eine Sache gab, an die sie wirklich glaubte, hier im Gentherapieinstitut ihres Vaters an der Universität von Washington, dann, dass DNA kein Gefängnis sein sollte.

„Apropos Hass", sagte Zoe und versuchte, das Gespräch von ihrem Mangel an Ergebnissen wegzulenken. „Hat Terra mit dir über den Wolfsjäger geredet?" Zoes Cousine Terra Wilding war vom Wolfsjäger entführt worden – der, wie sich herausgestellt hatte, ebenfalls ein weißer Wolf war! Das erhöhte die bekannte Anzahl der direkten Nachkommen eines weißen Wolfes auf drei – Grace, Terras Partner Kaden und dazu der Wolfsjäger. Dann gab es da noch die beiden weißen Wölfe aus zweiter Wilding-Generation – Zoe und ihr Cousin Noah – und schließlich Owen Harding, dessen weißer Wolf durch Agent Smiths Folterexperimente erschaffen worden war. Sechs weiße Wölfe, drei unterschiedliche Werdegänge. Was lediglich Zoes Theorie bestätigte, dass das Gen des weißen Wolfes eine Art abnormales Element war, das sich nicht immer unter den gleichen erkennbaren Bedingungen äußerte. Und obwohl ihre Familie und Freunde herzensgute Leute waren – der Wolfsjäger war es eindeutig nicht. Er war wie Zoes Großvater, der weiße Ur-Wolf, der durch den Genpool der Wilding-Familie spukte – ein Arschloch, der seinesgleichen ausgenutzt und das Wilding-Rudel vor zwei Generationen auseinandergetrieben hatte.

„Ja, ich habe mit Terra gesprochen." Grace wirkte nicht gerade erfreut. „Der Wolfsjäger ist auch ein weißer Wolf? Ich muss zugeben, dass mir fast das Mittagessen hochgekommen wäre, als ich erfahren habe, dass ich eine Halbschwester dieses Dreckskerls sein könnte."

„Ja, das kann ich mir vorstellen." Zoe kannte dieses üble Gefühl nur zu gut – jedes Mal, wenn sie daran dachte, dass sie die DNA ihres Großvaters in sich trug, ging es ihr genauso. „Aber das habe ich nicht gemeint." Sie hob die Hand, um an ihren Fingern die Punkte aufzuzählen. „Erstens wissen wir, dass der Wolfsjäger ein weißer Wolf wie du und ich ist. Zweitens, dass er seinen Vater sucht, der ebenfalls ein weißer Wolf zu sein scheint. Der Typ ist komplett besessen davon – offensichtlich hat er irgendeine Psychose oder ein anderes geistiges Problem. Aber es ist möglich, dass der weiße Wolf, den er sucht, *auch dein Vater* ist."

Grace verzog das Gesicht. „Okay, pass auf – ich weiß, wir haben dieses ganze Vorhaben damit begonnen, dass ich dir die Daten von Agent Smith gegeben habe, weil ich wissen wollte, wer mein Vater wirklich war. Ich meine, der Ex-Senator ist es ganz offensichtlich nicht. Aber mittlerweile ist es wirklich okay für mich, das auf sich beruhen zu lassen. Dieses Superheilungsgen zu isolieren muss oberste Priorität haben – schließlich könnte das für die gesamte Menschheit von Bedeutung sein, ganz zu schweigen von den Shiftern, die unter ihnen leben."

Zoes Mundwinkel zuckte hoch. „Und deinem Wahlkampf würde es auch nicht schaden, was?"

Grace funkelte sie leicht erbost an. „Naja, das auch. Aber ich versuche nicht, gewählt zu werden, weil ich Macht haben will. Ich bin nicht wie der Ex-Senator, Zo. Ihm ging es nur um Einfluss und er war bereit, den Hass der Menschen dafür auszunutzen. Ich versuche, Menschen zu *helfen*."

„Das weiß ich doch, Grace." Zoe hielt abwehrend die Hände hoch und fühlte sich schlecht, dass sie Grace gereizt und ihr das Gefühl gegeben hatte, sich verteidigen zu müssen. Sie hatte es wirklich nicht so gemeint – sie wollte nur, dass Grace den Zeitrahmen etwas realistischer einschätzte. Dass sie Zoe etwas mehr Zeit gab, um ihren Teil der Abmachung einzuhalten. „Ich weiß, dass du eine von den Guten bist – glaub mir, ich kenne den Unterschied. Ich meine ja nur... der Wolfsjäger sucht einen weißen Wolf, der dein Vater sein könnte, und vielleicht sollten wir uns darauf konzentrieren. Es wäre nämlich eine Katastrophe, wenn der Wolfsjäger ihn vor uns finden würde."

„Eine Katastrophe?" Grace zog ihr hübsches Gesicht kraus. „Wieso das? Und glaubst du wirklich, dass er sich immer noch in Seattle herumtreibt, wie der Wolfsjäger es Terra erzählt hat?"

„Das wäre durchaus möglich", sagte Zoe. „Es ist sogar denkbar, dass wir hier über denselben genetischen Ursprung *aller* weißen Wölfe sprechen. Vergiss nicht – dieser Typ ist in Wahrheit ein Hexer und Hexen leben praktisch ewig. Derselbe weiße Wolf könnte dein Vater sein, der des Wolfsjägers, Kadens... und sogar mein Großvater. Er könnte über achtzig sein und gerade einmal wie vierzig aussehen. Hast du eine Ahnung, wie alt einige der Hexen aus den Zirkeln in der Innenstadt sind?“

„Ja, so um die zweihundert Jahre? Ich kenne die Gerüchte.“ Erneut runzelte Grace die Stirn. „Also glaubst du wirklich, dass das alles derselbe Typ ist?“

„Könnte sein. Aber das Entscheidende ist – er ist der *Ursprung*, Grace. Er könnte das Quellmaterial für die Superheilung liefern.“ Zoe hielt immer noch ihre Hand mit den ersten zwei abgezählten Fingern hoch. Sie streckte den dritten Finger aus. „Wir wissen, dass der Wolfsjäger DNA sammelt. Er hat allen Shiftern, die er aus den Innenstadt-Gangs und aus Marcos Rudel entführt hat, DNA entnommen. Die Frage ist nur, warum?“

Auf dem Bildschirm zuckte Grace die Achseln. „Ich weiß nicht, der Typ ist halt verrückt—“

Zoe schüttelte den Kopf. „Es spielt keine Rolle, ob er verrückt ist – was zählt ist, was er zu tun versucht. Wir wissen, dass er einen weißen Wolf finden will, und wir haben die berechtigte Annahme, dass er dafür DNA verwendet. Aber wieso würden ihm ein paar willkürliche DNA-Proben bei der Suche helfen?“

Grace sah verwirrt aus. „Erklär’s mir einfach, Zoe. Ich bin keine brillante Wissenschaftlerin wie du.“ Sie wirkte leicht frustriert, also kam Zoe auf den Punkt.

„Ich habe mit meinem Cousin Marco gesprochen und er hat mir erzählt, dass der Wolfsjäger ihm während der Folter ein Serum injiziert hat, das er angeblich von seinem ‘Freund‘ *Agent Smith* erhalten hat. Und das scheint wirklich dasselbe Hemmstoffserum zu sein, das bei Agent Smiths Experimenten verwendet wurde! Marco ist nur ein normaler Wolf, deswegen hat der Hemmstoff bei ihm angeschlagen. Meine Theorie ist, dass der Wolfsjäger herausfinden wollte, ob Marco ein weißer Wolf ist.“

Graces Stirnfalten wurden immer tiefer. „Warte mal – du glaubst, dass der Wolfsjäger irgendeine Verbindung zu Agent Smith hatte?“

Zoe schüttelte den Kopf. „Ich weiß es nicht. Die Puzzleteile passen noch nicht ganz zusammen. Laut Terra wusste der Wolfsjäger nicht, dass es außer ihm noch weitere weiße Wölfe gab, bis *du* dich im Fernsehen geoutet hast. Aber laut Marco hat der Wolfsjäger irgendwie Zugang zu den Seren, die Agent Smith verwendet hat.“

„Nur dass Agent Smith schon tot war, als ich mich als Wölfin geoutet habe.“ Grace runzelte die Stirn.

„Genau.“ Zoe zog die Augenbrauen hoch. „Es gibt nur eine Sache, die Agent Smith und seinen äußerst verdienten Tod überlebt hat...“

Graces hübsches Gesicht wurde noch ein Stück blasser. „Die Datenbank.“

„Bist du dir sicher, dass du die einzige Kopie hast?“, fragte Zoe. „Also, wirklich absolut sicher? Immerhin befanden sich in der Datenbank ausreichend Informationen, dass ich den Hemmstoff nachbilden konnte. Und wenn ich das kann und der Wolfsjäger Zugriff auf dieselbe Datenbank hat…“

„Dann kann er es auch.“ Grace schloss die Augen, legte den Kopf in den Nacken und seufzte schwer. Dann öffnete sie die Augen wieder und sah Zoe todernst an. „Ich bin absolut sicher, dass niemand sonst Zugriff auf diese Daten hatte.“

Zoe nickte und biss sich auf die Lippe. „Nun, es wäre möglich, dass Agent Smith ein Backup hatte, von dem wir nichts wissen. Und dass der Wolfsjäger es irgendwie in die Hände bekommen hat. So oder so, falls er die Daten hat, kann er sie zusammen mit den DNA-Proben von Seattles Wölfen dazu benutzen, den weißen Ur-Wolf aufzuspüren. Deinen Vater. Meinen Großvater. Und die Quelle für das Superheilungsserum, das du haben willst.“

Graces Schultern sackten geschlagen herab.

„Okay, du hast recht. Wir müssen meinen Vater finden, bevor es der Wolfsjäger tut."

Zoe stieß einen Seufzer der Erleichterung aus, versuchte aber, sich nichts anmerken zu lassen. „Gut. Ich werde sehen, wie weit ich mit den Daten komme. Wenn wir beide die gleichen Informationen haben, werde ich vielleicht schneller fündig als er."

„Na gut." Grace zog eine Grimasse – es war bestimmt nicht der Fortschritt, den sie sich erhofft hatte, als sie anrief, aber nach dem Ursprung des weißen Wolfes zu suchen würde Zoe etwas mehr Zeit verschaffen. Und wenn sie den Kerl tatsächlich finden konnten, würde dies ihre Forschung zweifellos beschleunigen – sowohl was die Superheilung als auch Zoes geheimen Plan anging, ihren eigenen Wolf auszulöschen.

Grace atmete durch und fuhr fort: „Hier bei Riverwise tun wir alles, was wir können, um den Wolfsjäger aufzuspüren." Ihr Partner Jared war einer der River-Brüder, die die Sicherheitsfirma Riverwise leiteten. „Also mach du einfach weiterhin deinen Job und wir machen unseren."

„Abgemacht." Zoe spürte, wie ihr Energielevel anstieg, während sie sich auf eine lange Arbeitsnacht einstellte. Sie wusste nicht, wie viel Zeit sie sich gerade verschafft hatte, aber sie musste das Beste daraus machen.

Am Ende des Labors fiel ihr eine Bewegung auf – ihr Vater schlängelte sich durch die Reihen der Arbeitsplätze auf sie zu.

„Ich muss weitermachen", sagte sie und drückte eine Taste, um das Skype-Fenster zu schließen. Der Anruf war beendet, bevor Grace antworten konnte, aber auch bevor ihr Vater mitbekam, mit wem sie gesprochen hatte.

„Bist du immer noch am Arbeiten?", fragte er mit einem kleinen Lächeln, während er auf sie zukam. Er hatte die dunklen Haare und blauen Augen, die dominant in den Genen der Wilding-Familie vertreten waren, aber er war kein weißer Wolf wie sie. Sein Wolf war groß und schwarz und zottelig… wie bei den meisten anderen Shiftern. Er hatte keine Ahnung von ihrer weißen Wölfin... und wenn er davon gewusst hätte, hätte er sich vermutlich für seine Tochter geschämt. Seines Wissens nach war sie noch nie geshiftet. Was natürlich ganz und gar nicht der Wahrheit entsprach.

„Ja, ich versuche noch, ein paar Dinge abzuarbeiten", sagte sie und warf einen schnellen Blick auf ihren Bildschirm, um sicherzugehen, dass kein belastendes Material zu sehen war.

Ihr Vater sah sie tadelnd an, aber es steckte nicht viel Strenge dahinter. „Du arbeitest zu hart, Zoe. Ich scheine wohl irgendetwas falsch gemacht zu haben, wenn *das hier* dabei rausgekommen ist.“ Er gestikulierte an ihr herab und tat so, als wäre es ein besonders erbärmlicher Anblick, wie sie da in einem unförmigen Laborkittel voller Kaffeeflecken auf ihrem Hocker saß. Und wenn sie ehrlich war, war da wahrscheinlich auch was dran. Aber er meinte es nicht böse. Billy Wilding war ein gutmütiger Mann, ganz im Gegensatz zu Bobby Wilding, seinem Vater und dem ersten weißen Wolf der Wilding-Familie. Natürlich wusste ihr Vater *das* auch nicht – er hielt sich für einen Nachkommen von Gary Wilding, dem Alpha, den Bobby getötet hatte, nachdem er mit dessen Partnerin geschlafen hatte.

„Ich liebe meine Arbeit, Dad.“ Sie sah ihn herausfordernd an. „Außerdem bist du der Letzte, der dazu etwas sagen sollte.“ Ihr brillanter Vater hatte dieses Gentherapielabor von Grund auf aufgebaut und alle möglichen innovativen Technologien entwickelt, um Menschen zu helfen. Und weil ihre Mutter bei der Geburt gestorben war, waren Zoe und das Labor sein Ein und Alles. So war es schon immer gewesen.

Ihr Vater kratzte sich den Nacken, sah sie unbeholfen an und grinste dann. „Sollte ich an dieser Stelle nicht so etwas sagen wie, *tu was ich sage, nicht, was ich mache*?"

„Zu spät!" Sie lächelte. „Jede Chance mich zu beeinflussen hast du nach meinem sechzehnten Geburtstag verwirkt, als ich nach Harvard gegangen bin und all die Dinge entdeckt habe, von denen du nie wolltest, dass ich sie herausfinde."

Ihr Vater warf die Hände in die Luft. „Hör auf! Das will ich gar nicht so genau wissen!"

Sie lachte. Sie liebte ihren Vater sehr – er hatte so ein gutes Herz – aber wenn er jemals erfahren würde, was sie wirklich verbarg, und warum ihre Mutter tatsächlich bei der Geburt gestorben war, würde das Licht in seinen Augen für immer erlöschen, davon war sie überzeugt. Ihre Cousine Terra hatte ihr die Geschichte des Wolfsjägers erzählt, der seine eigene Mutter bei der Geburt getötet hatte... und die war Zoe verdammt unter die Haut gegangen. Terra wusste natürlich, dass Zoes Mutter auf die gleiche Art umgekommen war – aber sie wusste nicht, dass Zoe genau wie der Wolfsjäger ein weißer Wolf war. Niemand außer Grace wusste das und ihr hatte Zoe sich erst anvertraut, nachdem Grace den

Schritt gewagt hatte, ihr Agent Smiths Daten zur Analyse zu bringen.

Zoe war genau wie der Wolfsjäger davon überzeugt, dass die Magie in ihr ihre Mutter getötet hatte. Im Gegensatz zu ihm hatte dieses Wissen Zoe zwar nicht zu einer Psychopathin gemacht, aber sie verstand die Anziehungskraft jener Dunkelheit. Und jetzt, wo sie wusste, dass auch sie diesen dunklen Weg hätte einschlagen können, war das Verlangen, dieses Ding in ihrem Inneren loszuwerden, umso stärker.

Ihr Vater beugte sich vor und küsste sie sanft auf die Wange. „Zoe, Schatz", sagte er leise, als er sich wieder aufrichtete. „Du bist eine wunderschöne junge Wölfin. Du solltest da draußen sein und Spaß haben. Vielleicht sogar einen Partner finden. Du bist schon fünfundzwanzig..."

Zoe verzog das Gesicht. „Oh, mein Gott, Dad, *bitte*... Du klingst wie eine alte klapprige Großmutter. Hör auf. Ich flehe dich an."

Er lachte leise, wurde dann aber schnell wieder ernst. „Ich hätte dich nicht so in meine Arbeit hineinziehen sollen, Zo. Ich fürchte, ich habe meine Besessenheit für Genetik an dich weitergegeben. Schätze, da kann ich mich wohl nur für meine DNA entschuldigen.“ Er lächelte, aber seine Worte ließen sie innerlich schaudern.

Zoe gab sich Mühe, sich das nicht anmerken zu lassen. „Du leistest hier gute Arbeit, Dad. *Wichtige* Arbeit. Ich bin stolz, ein Teil davon zu sein.“ Und soweit stimmte das auch.

Er akzeptierte dies mit einem knappen Nicken und wandte sich zum Gehen. Nach wenigen Schritten drehte er sich um und drohte ihr spielerisch mit dem Zeigefinger. „Arbeite nicht mehr so lange, junge Dame.“

Sie hob die Stimme, um seiner sich entfernenden Silhouette nachzurufen. „Du bist der einzige Vater, den ich kenne, der glücklicher wäre, wenn ich durch die Clubs ziehen würde, anstatt meine Hausaufgaben zu machen. Sei nicht so schräg!“

Sie hörte ihn den ganzen Weg über lachen, bis er im langen Flur vor dem Labor verschwunden war. Sobald er weg war, rief sie ihre Software zur Gensequenzierung auf und tauchte wieder ein. Wenn sie nur irgendwie das Gen des weißen Wolfes isolieren könnte, oder den Auslöser fand, durch den seine Kräfte weitergegeben wurden, konnte sie es womöglich rückentwickeln. Sie verfügte über alle Daten von Agent Smith und hatte seine Seren neu herstellen können, aber es war, als würde sie ein Raumschiff rekonstruieren wollen. Es gab zu viele miteinander vernetzte Teile. Sie musste sich einfach weiter durchbeißen... irgendwann würde ihr schon ein Durchbruch gelingen.

Immerhin hatte sie nicht bereits mit einundzwanzig promoviert, weil sie ein Faulpelz war. Und sie hatte mehr als nur ein bisschen Ahnung auf diesem Gebiet. Wenn irgendjemand das hier meistern konnte, dann *sie*, da war sich Zoe sicher.

Während der Abend weiter voranschritt, kehrte Feierabendstille im Labor ein – ihre Synthesemaschine hatte alle Stufen durchlaufen und fuhr das Programm runter. Die Leute vom nächtlichen Putzdienst hatten ihre Arbeit ebenfalls beendet und waren verschwunden. Die einzigen Geräusche, die die Stille durchbrachen, waren das Summen ihres Computers und das gelegentliche Klackern ihrer Tastatur.

Dann hörte sie irgendwo in der Ferne ein leises Piepen.

Ihr erster Gedanke war, dass irgendein Gerät einen Alarm ausgelöst hatte oder dieses in regelmäßigen Abständen auftretende Warnsignal auf irgendeine vorprogrammierte Funktion zurückging. Sie ignorierte es mehrere Minuten lang und hoffte, dass es langsam von selbst sterben würde, aber das Ding hörte einfach nicht auf. Es klang wie ein weit entfernter Rauchmelder, dessen Batterie schwach geworden war. Als das Piepen begann, sie langsam wahnsinnig zu machen, schob sie sich schließlich von ihrem Schreibtisch weg und schlich in ihren Turnschuhen durchs Labor, alle paar Meter innehaltend, um zu lauschen. Sie drehte zwei komplette Runden durch ihr Labor, bevor sie entschied, dass sie wohl dabei war, verrückt zu werden – dieser verdammte Ton kam von *überall* gleichzeitig. Schließlich kam ihr die Idee, alle Lichter und Monitore auszuschalten, um zu sehen, ob es vielleicht eine blinkende Lichtanzeige gab, die ihr einen Hinweis geben konnte.

Sie spürte jedes einzelne Gerät des Labors auf und schaltete eines nach dem anderen aus, bis sie schließlich ein schwach leuchtendes rotes Licht entdeckte, das unter einem der Labortischschränke hervorkam. Der Tisch gehörte zu einer Arbeitsstation, die gelegentlich von Studenten besetzt wurde, aber größtenteils unbenutzt blieb. Sie kniete sich hin, um die Schranktür zu öffnen...

Irgendetwas klickte viel lauter als es hätte klicken sollen.

Sie spürte die Explosion, bevor sie sie hörte –

die Druckwelle warf sie durch das halbe Labor und das Geräusch der Detonation schlug im selben Moment auf ihre Ohren, in dem ihr Körper gegen einen Labortisch prallte, Regale voller Glasgefäße umriss und schließlich auf dem Boden landete. Schmerzen schossen durch ihren gesamten Körper und ihr wurde schwarz vor Augen. Sie wusste nicht, wie lange sie ohnmächtig gewesen war, aber der Schmerz schrie weiter und riss sie irgendwann zurück ins Bewusstsein.

Sie bekam kaum die Augen auf – ihr tat alles höllisch weh. Während sie angestrengt versuchte, sie zu öffnen, füllte beißender Rauch ihre Lungen und würgte sie. Ihre Pfoten waren schrecklich entstellt – sie war während der Explosion geshiftet, doch der Großteil ihres weißen Fells war weggebrannt und hatte wunde, rosafarbene Haut freigelegt. Mit jeder neuen Welle des Schmerzes, die auch in die letzten Winkel ihres Körpers zu spülen schien, schnappte sie nach Luft, doch als sie sich zu bewegen versuchte, bündelte sich der Schmerz unmittelbar in ihrer gebrochenen Hinterpfote. Jaulend sank sie zurück auf den Boden.

Du bist eine weiße Wölfin, beruhigte sie sich. *Das wird wieder heilen.* Trotzdem ergriff eine schreckliche Angst ihr Herz – würde sie ein Leben lang Narben haben? Konnte sie sich wirklich von diesen massiven Verbrennungen erholen, die ihren Körper überzogen?

Sie konnte ihr Stöhnen nicht unterdrücken, versuchte aber, sich trotz des stechenden Schmerzes, der immer wieder durch ihr wundes Fleisch fuhr, über den Boden des Labors zu schleppen. Der Boden war übersät mit den Glasscherben zerbrochener Messbecher und anderer Gefäße, aber das viel größere Problem war das Inferno, zu dem das Labor geworden war. Die Wände, Tische und sogar die Deckenplatten hatten Feuer gefangen. Das Ganze sah aus, als würde es jeden Moment einstürzen – und schon während sie verzweifelt hustend und keuchend über das Glas krabbelte, wusste sie, dass das Kohlendioxid sie erledigen würde, selbst wenn die Hitze und die Flammen es nicht taten.

Sie musste hier raus.

Nur konnte sie sich kaum bewegen. So würde sie das auf keinen Fall schaffen.

Sie hielt inne und versuchte, etwas Sauerstoff einzusaugen, um nach Hilfe rufen zu können, aber es kam nur ein wimmerndes, hustendes Geräusch dabei heraus. Schwarze Punkte tanzten vor ihren Augen, doch als sie aufblickte, sah sie etwas noch

Schlimmeres – eine Flammenwand, die auf das Gestell der Gaskanister zukroch, die sie für die Massenspektrometrie verwendeten.

Heilige Scheiße. Die Dinger würden wie Bomben hochgehen.

Erneut nahm sie die mühevolle Anstrengung auf, aus dem Inferno zu kriechen, doch dann erschien ihr ein Engel – mit Feuerschutzanzug, Maske und Sauerstofftank. Der Feuerwehrmann stapfte durch die zerbrochene Labortür und leuchtete mit einer Lampe durch den Rauch. Sie winkte ihm zu und versuchte zu rufen, aber ihre Lungen brachten lediglich ein Husten zustande. Ihr Schutzengel schien sie dennoch gehört zu haben, denn er kam augenblicklich auf sie zu gerannt. Gerade als er sie erreicht hatte und niederkniete, erschütterte die nächste gewaltige Explosion das Labor und schleuderte sie beide wie Stoffpuppen durch die Luft.

Sie schlug auf dem Boden auf und Dunkelheit senkte sich wie ein Sarg auf sie herab.

Kapitel Zwei

Troy erwachte in einer schimmernden blauen Blase mit einer Wölfin in seinen Armen.

Er musste vorübergehend das Bewusstsein verloren haben. Es war nicht leicht, etwas durch seine bereits verkohlte Gesichtsmaske zu erkennen, aber die schrecklichen Brandwunden der zarten weißen Wölfin, die neben ihm lag, waren unübersehbar. Eine Explosion hatte sie quer durch den Raum geworfen, wobei Troys Ausrüstung *ihn* vor der Hitze geschützt hatte, doch die Wölfin, die er hatte retten wollen, lag reglos und schwer verwundet vor ihm. Angst rumorte in seiner Brust – er musste sie aus diesem Labor rausbringen und zwar *schnell.*

Aber was zum Teufel war dieses blaue Energieding, das um sie herum pulsierte?

Mühsam setzte er sich auf, aber als sein Helm das schimmernde Energiefeld berührte, stoben Funken beim Kontakt und ließen ihn zurückschrecken. Die Blase schien die schlimmste Hitze draußen zu halten, aber der Rauch drang immer noch durch – und falls sie nicht eh schon tot war, würde das die Wölfin neben ihm zweifellos umbringen.

Sein inneres Biest heulte mit einer Besorgnis auf, die es in dieser Form eigentlich nie während eines Rettungseinsatzes zeigte. Vielleicht weil er hier einen weiblichen Wolf hatte? Normalerweise löste das nämlich den Beschützerinstinkt seines Wolfes aus. Was es auch war, Troy würde natürlich alles daransetzen, sie zu retten – trotzdem war die Dringlichkeit, die er bei dieser Rettung empfand, definitiv *nicht* normal.

Da er keine zusätzliche Sauerstoffmaske hatte, zog er seine ab und hielt sie der Wölfin vor die Schnauze. Der dünne Sauerstoffstrom half hoffentlich dabei, den Rauch in der Luft für sie zu reduzieren. Er hielt den Atem an, aber der scharf brennende Rauch verschleierte bereits seine Sicht. Die Wölfin schüttelte den Kopf und schlug mit ihrer Pfote nach der Maske, um sie von ihrer Schnauze zu schieben. Dann öffnete sie ihre hübschen blauen Augen.

Und im selben Augenblick, in dem sie ihn sah... *shiftete sie.*

Troy zuckte zurück und entriss ihr dabei unabsichtlich die Maske. Sie war wieder vollkommen menschlich – schlank, wunderschön und nackt, aber mit furchterregenden Brandwunden überzogen. Sie hatte langes schwarzes Haar, das jedoch auf einer Seite unterhalb ihrer Schulter glatt weggebrannt war und ihr so einen schiefen Haarschnitt verpasst hatte. Die eine Hälfte ihres Gesichts war makellos hübsch, doch die andere war schwarz und verkohlt. Sein Herz zog sich zusammen und er konnte sich nicht einmal vorstellen, welche Schmerzen sie haben musste, aber sie blinzelte ihn bloß mit verwirrtem Blick an.

Sie versuchte, sich aufzusetzen und Troy streckte seine vom Handschuh geschützte Hand aus, um sie dabei zu stützen. Entgeistert starrte sie ihn an und betrachtete dann das blau schimmernde Feld um sie herum.

Sie streckte eine Hand danach aus. „Das war ich," sagte sie ehrfürchtig. In Troy erweckte sie ebenfalls Ehrfurcht, in *vielerlei* Hinsicht, aber das bedeutete nicht, dass sie hier ewig rumhängen konnten.

„Du hast das gemacht?“ Die schmutzige Luft, die er einatmen musste, um diese Worte auszusprechen, brachte ihn zum Husten. „Kannst du das beibehalten, aber so, dass wir aufstehen können? Ich muss dich hier rausbringen.“

Sie sah ihn an, immer noch verwirrt, aber mit langsam dämmerndem Verständnis.

Dann löste sich ein verkohltes Hautstück von ihrem Gesicht und enthüllte frische, blasse Haut darunter. *Was zum Teufel?* Troy war nicht nur Sanitäter, sondern selbst Shifter – er kannte die fantastische Heilkraft ihrer Magie nur zu gut – aber so etwas wie das hier hatte er noch nie zuvor gesehen. Er starrte sie an, bis der Rauch, der sie beide bald übermannen würde, sie erneut zum Husten brachte.

Wieder drückte er ihr die Maske aufs Gesicht. „Atme“, befahl er.

Hastig saugte sie einen großen Schwall Sauerstoff ein. Und dann noch einen.

„Wir wechseln uns ab“, sagte er, während die Luft, die er gezwungenermaßen einatmete, ihn würgte.

Sie nickte eilig. Er nahm ihr die Maske ab, hielt

sie sich vors Gesicht und atmete in kurzen, schnellen Zügen, um den Rauch aus seinen Lungen zu treiben und frischen Sauerstoff aufzunehmen. Dann atmete er ein letztes Mal tief ein und gab ihr die Maske zurück.

Sobald sie sie an ihr Gesicht gedrückt hatte, zog er sie fester in seine Arme und ihr nackter Körper schmiegte sich an seine Brust, welche mit allerlei Ausrüstung bedeckt war, nicht zuletzt mit dem Luftschlauch, der zwischen ihnen klemmte. Während sie weiter Luft einsaugte, stand er auf und hob sie hoch, wobei das Kraftfeld glücklicherweise mit ihnen stieg und sie vor der Hitze schützte.

Sie holte nochmal tief Luft und drückte ihm dann die Maske ans Gesicht. Schnell nahm er ein paar kurze Atemzüge und nickte dann, damit sie die Maske zurücknahm. Rasch hielt sie sich das Gerät wieder vors Gesicht.

Der Raum war ein verdammtes Inferno – die Flammen waren überall. Auf dem Boden. An der Decke. Die Explosion, die sie durchs halbe Labor geschleudert hatte, hatte auch mehrere Geräte umgeworfen, die dann weitere Brandherde auf dem Fußboden entfacht hatten. Es war ein albtraumhafter Hindernisparcours und das Ganze war wahrscheinlich kurz davor, über ihnen einzustürzen.

Fest an sich gedrückt hielt Troy sie fest und stapfte so schnell er konnte aus dem Raum.

Dieses Labor hier gehörte Billy Wilding – einem bekannten Genforscher, dem mehrere Labors in diesem Flügel der Forschungsabteilung der Universität unterstellt waren. Als der Notruf wegen des Feuers eingegangen war, hatte Troy dafür gesorgt, dass sein Einsatzwagen die Wache als erster verließ. In den Nachrichten und im Internet hatte er alle möglichen Drohungen gegen das Wilding-Rudel verfolgt und er setzte sich seit Monaten für einen speziellen Schutztrupp für das Wilding-Forschungslabor ein, das sich sowieso in derselben Straße wie seine Feuerwehrwache befand. Aber die Initiative eines einzelnen Feuerwehrmannes hatte offensichtlich nicht viel Einfluss bei seinen Vorgesetzten, besonders nicht, da er selbst ein Shifter war. Dabei war er sich so sicher gewesen, dass irgendwann etwas passieren würde.

Nur war das Letzte, was er gewollt hatte, *wirklich recht zu behalten.*

Während er das Mädchen aus dem Labor trug, begann der Raum um ihn herum zu ächzen – die verräterischen Geräusche von bautechnischer Schwäche. Eilig ging er durch die Tür in den Flur und brachte so mindestens zwei strukturell tragende

Pfeiler zwischen sie und das brennende Labor. Sein Team musste sich nach der Explosion zurückgezogen haben, denn im leeren Flur war niemand zu sehen. Er bog um eine weitere Ecke und vermutete, dass sie jetzt weit genug weg waren.

„Du kannst deinen magischen Schutzschild jetzt abschalten", sagte er hustend. Er hatte keine Ahnung, wie sie es geschafft hatte, dieses Ding zu erzeugen, und so wie sie reagiert hatte, vermutete er, dass sie das selbst nicht so genau wusste. Doch er nahm an, dass sie diese Fähigkeit geheim halten wollte.

Sie nickte, holte tief Luft und hielt ihm dann die Sauerstoffmaske hin. Er hustete, schüttelte aber nur den Kopf – die Luft hier war sauberer und sie brauchte den Sauerstoff dringender als er. Er kniete sich hin, um sie auf dem kalten Fliesenboden abzusetzen, und während er dies tat, verschwand der Schild. Dann zog er seine Handschuhe aus, um sie untersuchen zu können und um sicherzugehen, dass ihr Zustand stabil war, bevor er sie weiter transportierte. Seine Ausbildung zum Rettungssanitäter half ihm zwar dabei, doch im Gegensatz zu Menschen gab es hier nicht viel für ihn zu tun – ihr Körper heilte sich weiterhin in irrsinniger Geschwindigkeit von selbst. Ihr fehlte immer noch die Hälfte ihrer

Haare, aber fast alle Brandwunden an Gesicht und Körper verheilten, während er dabei zusah. Die letzten verkohlten Stücke lösten sich ab und die Haut, die darunter hervorkam, war so zart und rosa wie bei einem Neugeborenen.

Er war Zeuge von etwas absolut Unmöglichem.

Wunderschön und nackt saß sie zitternd auf dem Boden – und in jeder anderen Situation hätte er sie womöglich angeglotzt. Doch angesichts der Umstände war sein Herz eher von der verrückten Hoffnung ergriffen, dass das hier wirklich echt war – dass ihre schweren Verbrennungen tatsächlich so schnell heilten, so unglaublich das auch war.

Dann stöhnte sie und griff sich ans Bein, das in einem grauenvollen Winkel gebogen war – ein glatter Bruch in der Mitte des Schienbeins.

„Du musst es richten", stieß sie zwischen den Zähnen hervor.

„*Es richten?*", fragte er fassungslos.

Aus dem nahen Treppenhaus hörten sie Stiefel hinaufstapfen.

„Ja!", zischte sie ihn an. „Du musst es gerade ausrichten, bevor sie hier sind. Oder es wird in dieser Position heilen!"

Natürlich. Sie heilte so schnell... wenn er es nicht bald tat...

Mit bloßen Händen fuhr er über die Verletzung und ertastete den Bruch. Er hatte nur wenige Sekunden und war sich nicht ganz sicher, was er da tat, aber ihm blieb keine Zeit. Er wusste nicht, ob sie mehr Angst davor hatte, dass es in der falschen Lage heilen würde, oder dass jemand es sehen könnte – in diesem Fall die Feuerwehrleute, die kurz davor waren, die Treppe hinaufzukommen.

Er griff auf beiden Seiten des Bruchs zu und richtete das Bein wieder aus.

Ihr spitzer Schmerzensschrei durchfuhr ihn bis ins Mark. Eilig ließ er seine Hände über den Bruch fahren, um sich zu vergewissern, dass er es richtig gemacht hatte – doch die Stelle heilte so schnell, dass es tatsächlich schwer zu ertasten war, ob dort vor wenigen Momenten noch ein Bruch gewesen war.

Mit großen Augen sah er sie an. „Hat es funktioniert?“

Sie biss immer noch die Zähne zusammen, nickte aber rasch. „Danke.“ Dann hustete sie kurz und starrte zu ihm hoch, während seine Feuerwehrkollegen hinter ihr auftauchten. *Nichts sagen*, formte sie lautlos mit den Lippen.

Er nickte knapp, um ihr zu versichern, dass er niemandem davon erzählen würde. Kein bisschen.

Sie bemühte sich, ihre intimen Stellen zu bedecken, indem sie ihre Knie anzog und die Arme darum schlang.

„Verdammt, Troy, wie zum Teufel seid ihr da rausgekommen?“ Das war Russell, dessen Stimme von seiner Atemschutzmaske gedämpft wurde. Abwechselnd starrte er die nackte Frau auf dem Boden und Troy, der neben ihr kniete, an.

„Shifter sind zäh, okay?“, knurrte Troy. „Wie wär’s, wenn du dem Mädchen mal eine Decke besorgst? Im Truck müssten auch noch ein paar Klamotten sein.“ Mit einer Hand deutete er den anderen beiden – Simpson und Hobart – dass sie zurücktreten und mit dem Glotzen aufhören sollten. „Lasst uns mal ein bisschen mehr Platz hier. Wir transportieren sie weiter, sobald jemand die verdammte Decke bringt.“ Doch der Rauch im Flur wurde immer dichter – womöglich würde er nicht mehr lange warten können.

Troy veränderte seine Position, um seinen Kollegen die Sicht zu versperren und ihr etwas mehr Privatsphäre zu geben. Und auch, damit er den Kopf senken und leise mit ihr sprechen konnte. „Ich werde dich jetzt untersuchen, okay?“ Das war das Standardverfahren bei menschlichen Unfallopfern.

Sie runzelte kurz die Stirn, nickte dann aber. Er legte ihr zwei Finger aufs Handgelenk, um ihren Puls zu messen, obwohl er bereits wusste, dass es ihr wieder gut ging, und blickte ihr dabei fest in die Augen – zum einen, damit sie wusste, dass er auf ihrer Seite war, und zum anderen, um nicht weiter auf ihren nackten Körper zu starren.

„Können Sie mir Ihren Namen nennen?", fragte er laut genug, dass seine Kollegen es hören konnten, obwohl sie zurückgewichen waren und ihnen den Rücken zugekehrt hatten. Es war eine weitere Frage aus dem Standardprotokoll.

„Zoe Wilding." Sie hustete leicht. Es klang so, als würden sich selbst ihre Lungen verblüffend schnell reinigen. Ihr Puls war noch relativ hoch, aber auch sein eigener hatte einen Zahn zugelegt – denn sie war *die* Zoe Wilding, aus dem Wilding-Rudel, das vom Wolfsjäger in seinen hasserfüllten Videos bloßgestellt worden war. Soweit er das beurteilen konnte, war sie praktisch ein Kindergenie gewesen. Denn nachdem ihr Name überall im Internet verbreitet worden war, hatte er sich ein wenig über die Wildings informiert. Er hatte sich eingeredet, dass es normal war, neugierig zu sein, angesichts der Tatsache, dass sich seine Wache so nah beim Labor befand, doch in Wahrheit war er einfach nur besessen von den Wildings, dem River-Rudel und all ihren Heldentaten.

„Hallo Zoe“, sagte er so laut, dass auch die anderen es hören konnten. „Ich bin Troy. Du bist offenbar eine Shifterin – und deine Shifter-Heilung leistet bereits tolle Arbeit bei deinen Verletzungen.“ Über die Schulter spähte er zu seinem Team und sah dann wieder zu ihr. „Ich bin auch ein Shifter und Rettungssanitäter. Kannst du mir sagen, ob du noch irgendwo Verletzungen oder Schmerzen hast?“ Er versuchte, ihr zu signalisieren, dass er sie in Bezug auf ihre ungewöhnlich schnelle Heilung decken würde. Denn seinen menschlichen Kollegen sollte der Unterschied zwischen regulärer Shifter-Heilung und dem, was zur Hölle auch immer bei ihrem Körper vor sich ging, eigentlich nicht auffallen.

Fragend musterte sie sein Gesicht und er hoffte, dass sie zwischen den Zeilen las. „Ich glaube, ich habe mir den Knöchel verdreht“, sagte sie vorsichtig, „aber es scheint nicht so schlimm zu sein.“

„Gut.“ Dann realisierte er, dass es schwer zu erklären sein würde, warum die Hälfte ihrer Haare fehlte, während der Rest von ihr unversehrt war. Er streckte die Hand nach der kurzgebrannten Seite ihrer Frisur aus. „Tut mir leid, dass ich einen Teil

Ihrer Haare abschneiden musste, Ma'am. Aber Sie waren unter diesem Gerät eingeklemmt und ich musste Sie da rausholen, bevor Sie verbrennen."

Ihre Augen weiteten sich leicht, als sie begriff, warum er log. „Es wird schon nachwachsen."

Er konnte sich ein Lächeln nicht verkneifen. „Daran habe ich keinen Zweifel." Konnte sie etwa selbst ihre Haare nachwachsen lassen? Was für eine magische Kreatur *war* diese Zoe Wilding? Natürlich war sie eine Shifterin, aber mit dem blauen Energieschild und dieser Superheilung… da schien mehr Magie in ihr zu sein, als man auf den ersten Blick sah.

Nicht, dass das, was man auf den ersten Blick sehen konnte, in irgendeiner Weise schlecht gewesen wäre. Er musste weiterhin das Verlangen seines Wolfes unterdrücken, sie in die Arme zu nehmen – was völlig absurd gewesen wäre, und das nicht nur, weil seine Kollegen sich wundern würden, was mit ihm los war. *Er hatte dieses Mädchen gerade erst getroffen* – und nicht unter den besten Umständen.

Das Stampfen schwerer Stiefel im Treppenhaus kündigte die Ankunft der Decke an – *Gott sei Dank.*

„Keine Klamotten im Truck", sagte Russell und reichte ihm die Decke.

Troy legte sie Zoe über die Schultern und die zog sie fest um sich. „Bist du sicher, dass du keine Schmerzen hast?", fragte er sie diesmal aufrichtig und ohne Hintergedanken. Er machte sich leichte Sorgen, dass er in dem ganzen Trubel vielleicht etwas übersehen hatte.

„Nein, mir geht's gut." Sie zog die Decke noch enger um sich und machte Anstalten, aufzustehen. Während sie sich aufrappelte, hielt er sie am Ellbogen fest und staunte darüber, wie stabil sie wirkte, wenn man bedachte, dass ihr Bein vor weniger als einer Minute noch vollständig gebrochen gewesen war.

Der Rauch in der Luft ließ sie erneut husten.

Besorgt runzelte er die Stirn. „Wenn du dich kräftig genug fühlst, würde ich dich gerne an die frische Luft bringen und dort gründlicher untersuchen." Was so viel hieß wie: *Bevor das hier alles vorüber ist, muss ich nochmal mit dir reden.* Er war sich nicht ganz sicher, ob sie die Botschaft begriffen hatte, aber sie nickte und deutete ihm, vorauszugehen. Doch stattdessen legte er ihr seinen Arm um die Schultern, hielt die Decke am Rücken zu, sodass sie weiterhin bedeckt war, und führte sie zur Treppe.

Er senkte den Kopf näher an ihr Ohr und fragte leise: „Bist du sicher, dass ich dich nicht tragen soll? Könnte etwas überzeugender aussehen."

Sie sah ihn stirnrunzelnd an, schüttelte aber den Kopf. „Ich schaff das schon."

„Wie du willst." Gemeinsam gingen sie die vier Treppenabsätze herab und als sie das Gebäude unten verließen, züngelten oben bereits Flammen in die Nacht hinaus und tauchten alles in einen dämonischen, orangefarbenen Schimmer. Draußen warteten zwei Männer auf sie und sahen neben den Feuerwehrautos und den Einsatzkräften, die angestrengt versuchten, das Feuer zu löschen, etwas fehl am Platz aus. Einer der Männer trug legere Bürokleidung – eine lange Hose und ein Poloshirt – während der andere militärisch gekleidet war. Die dunklen Haare, die blauen Augen und ähnliche Gesichtszüge ließen Troy vermuten, dass beide zur Wilding-Familie gehörten.

Der Ältere stürmte los und umarmte Zoe. „Mein Gott, ich dachte, ich hätte dich verloren." Er schien sie gar nicht wieder loslassen zu wollen.

„Mir geht's gut, Dad, versprochen." Sie löste sich aus der Umarmung und sah über ihre Schulter hinweg zu Troy – er war immer noch hinter ihr und hielt das Ende der Decke fest, damit diese sich nicht öffnete. „Das ist Troy. Er hat mich gerettet. Er ist auch ein Shifter."

Ihr Vater streckte Troy die Hand entgegen und er machte einen Schritt vorwärts, um sie zu schütteln.

„Ich kann Ihnen gar nicht genug danken", sagte der ältere Mann. Er musste Billy Wilding sein. „Wenn ich jemals etwas für Sie tun kann, lassen Sie es mich jederzeit wissen." Dann sah er wieder zu Zoe und schien plötzlich zu bemerken, dass die Hälfte ihrer Haare fehlte. Und sie nackt war. „Du... du bist geshiftet, Zo." In seiner Stimme lag ungläubiges Staunen.

Zoe sah ihn vielsagend an. „Dad, *bitte.*"

Was? Also... wusste ihr Vater aus irgendeinem Grund nicht einmal, dass sie shiften konnte? Geschweige denn... alles andere? Troy presste die Lippen aufeinander.

Billy Wilding hustete, sah sich um und wandte sich dann wieder seiner Tochter zu. Sanft fuhr er ihr mit einer Hand über ihr verkohltes Haar. „Ob das wohl die neue Trendfrisur im Labor wird?", fragte er mit einem gequälten Lächeln.

Zoe verdrehte die Augen. „Ich werde versuchen, dich nicht zu blamieren."

Ihr Vater schüttelte bloß den Kopf.

Über die Schulter ihres Vaters hinweg sah Zoe zu dem Mann in Militäruniform und runzelte die Stirn. „Was machst du hier, Daniel?“

Mit sorgenvollem Gesicht trat er einen Schritt vor. „Ich habe mich mit deinem Vater getroffen“, sagte er aufgewühlt. „Wir haben über...“ Er blickte am Gebäude empor, das immer noch in Flammen stand und dessen Brand noch lange nicht unter Kontrolle war – dann sah er mit noch größerer Sorge zurück zu Zoe. „Wir haben darüber gesprochen, welche Gefahr der Wolfsjäger für dein Labor darstellt“, fuhr er mit einem Knurren in der Stimme fort. „Schätze, da waren wir etwas spät dran.“ Er sah wütend aus, aber Troy glaubte nicht, dass diese Wut Zoe oder ihrem Vater galt. Er hatte genug über Daniel Wilding in der Presse gelesen, um zu wissen, dass er alles tat, um seine Familie zu beschützen, und einer der Anführer bei Suche nach diesem Irren war, der es auf die Shifter abgesehen hatte. Es war ein Kampf, dem Troy schon lange hatte beitreten wollen, nur hatte er bisher noch keine Möglichkeit dazu gefunden.

Vielleicht war das hier *die* Chance für ihn.

„Im Truck habe ich ein paar Kleidungsstücke für Miss Wilding“, sagte Troy und deutete auf den kleinen Krankenwagen, mit dem er von der Wache hierher gefahren war. Er wusste nicht, was sein Kollege für ein Problem gehabt hatte – im Einsatzwagen gab es definitiv Klamotten. Troy führte akribisch Buch über seine Ausrüstung und stockte sie regelmäßig auf. Vermutlich hatte das Arschloch einfach nicht gewollt, dass sie sich schon wieder anzog. Was Troys inneres Biest vor Wut schäumen ließ. „Wenn Sie mir bitte folgen würden, Ma'am, dann kann ich Sie untersuchen und Ihnen etwas zum Anziehen geben. Danach können Sie wieder zurück zu Ihrer Familie."

Zoe starrte zu Boden und runzelte die Stirn, als würde sie über etwas nachdenken, aber sie nickte und ließ sich von ihm zum Krankenwagen bringen. Eigentlich hätte sie dort oben in diesem Feuer oder bei einer der beiden Explosionen, die das Labor erschüttert hatten, sterben sollen. Ganz bestimmt sollte sie nicht mit nichts weiter als kurzgebranntem Haar aus diesem Inferno herausspazieren. Und er sollte sie nicht diese eine Sache fragen, die er am dringendsten fragen wollte... aber er würde es trotzdem tun.

Er hielt weiter ihre Decke fest, während sie in den Krankenwagen hochstieg, dann schloss er die Tür hinter ihnen.

Sie waren allein.

„Hast du wirklich Klamotten für mich?“, fragte sie mit schmalen Augen. „Oder versuchst du nur herauszufinden, was für ein Freak ich genau bin?“

Ihr unwirscher Ton verunsicherte ihn eine Sekunde. „Ich wollte wirklich nur sichergehen, dass es dir gut geht.“

Ihre Miene wurde weicher. „Tut mir leid. Das war nicht fair.“ Sie schüttelte den Kopf. „Hör zu, ich bin dir wirklich dankbar, dass du mich gerettet hast. Ich meine, du hast zwar gesehen, zu was ich fähig bin, aber wenn du mich da nicht rausgeholt hättest, hätte ich es auf keinen Fall geschafft. Also... vielen Dank.“

Sie hatte sich auf die Notfalltrage gesetzt und die Decke fest um sich gezogen. Er kniete sich neben sie und sah in ihre wunderschönen blauen Augen hoch. Gott, sie war geradezu atemberaubend.

„Das war nicht das erste Mal, dass du geshiftet bist, oder?“, fragte er. „Obwohl es für deinen Vater offenbar neu war.“

Sie schüttelte den Kopf und schien sich emotional zu verschließen.

Er beugte sich zu ihr vor. „Hey, egal welche Geheimnisse du hast, Zoe Wilding, ich verspreche, dass ich sie für mich behalten werde. Ich werde niemandem erzählen, was da drin passiert ist. Aber es gibt da etwas, das ich..." Er schluckte, weil es sich irgendwie anfühlte, als würde er sie erpressen... aber das wollte er nicht. Keineswegs. „Ich würde dich gerne um einen Gefallen bitten. Du musst nicht ja sagen. Ich werde dein Geheimnis so oder so für mich behalten."

Innerhalb kürzester Zeit sah er verschiedene Emotionen über ihr Gesicht huschen – vor Verdacht zusammengekniffene Augen, gefolgt von einem skeptischen Blick und schließlich einer Art Erleichterung. „Was für einen Gefallen?"

Troy biss sich auf die Lippe und sah weg. Er war sich nicht ganz sicher, wie er sein Anliegen formulieren sollte, also beschäftigte er sich zunächst eine Minute lang damit, einen leichten Baumwollpyjama hervorzukramen, der als Ersatzkleidung für Unfallopfer diente. Er legte ihn neben sie auf die Trage und kniete sich wieder vor sie.

Dann holte er tief Luft und stieß es einfach aus. „Ich möchte dabei helfen, den Mistkerl zu schnappen, der das getan hat."

Ihre blauen Augen weiteten sich und ihre Brauen schossen hoch. „Den Wolfsjäger?"

„Der steckt doch hundertprozentig dahinter, oder nicht? Ich habe das alles in den Nachrichten verfolgt, dich und deine Familie, und ich habe gedacht... nun, ich dachte mir, dass ich ein Teil davon sein will. Ein Teil davon, dieses Monster aufzuhalten." Er schüttelte den Kopf, starrte zu Boden und fragte sich, ob er wie ein übermäßig idealistischer Idiot klang. „Solange dieser Typ nicht gestoppt wird, ist niemand sicher." Er sah wieder zu ihr auf. Der sanfte Ausdruck in ihren Augen ließ seinen Wolf winseln.

Er meinte es ernst, er wollte den Wolfsjäger unbedingt aufhalten, doch sein inneres Biest beharrte darauf, dass es ihm hier um noch viel mehr als das ging.

„Ich versuche auch, ihn aufzuhalten", sagte sie leise.

Hoffnung keimte in ihm auf. „Dann lass mich dir helfen. Ich bin nur ein normaler Wolf und Feuerwehrmann, aber ich will helfen."

Sie lächelte leicht, aber es war kein überzeugtes Lächeln, als wäre sie sich nicht ganz sicher, was sie von ihm halten sollte. „Das ist wahrscheinlich auch der Grund, warum du in brennende Gebäude rennst, um wildfremde Menschen zu retten."

Nun, da lag sie definitiv richtig. Und irgendwie überraschte es ihn nicht, dass sie ihn auf Anhieb durchschaut hatte. „Kannst du mich deinem Cousin vorstellen? Ich bin schon lange ein großer Fan von ihm."

Das brachte sie zum Lachen und verwandelte ihr Gesicht von hübsch zu atemberaubend schön. Ja, sein Wolf hatte recht – ihm ging es bei dieser Sache um viel mehr als nur Gerechtigkeit.

Ihr Lachen wurde zu einem Lächeln. „Schätze, ich bin dir etwas schuldig," sagte sie mit einem kleinen Grinsen.

„Danke dir. Jetzt lasse ich dich aber erstmal deine Klamotten anziehen." Er beeilte sich, seinen Hintern aus dem Krankenwagen zu schieben, bevor sie es sich anders überlegen konnte.

Dann verbrachte Troy mehrere unbehagliche Minuten damit, mit ihrem Vater und ihrem Cousin auf sie zu warten. Als Zoe endlich aus dem Krankenwagen kam, hatte sie die Decke darin zurückgelassen und war immer noch barfuß, trug aber jetzt den dünnen Baumwollpyjama, den er ihr gegeben hatte. Die unversehrte Hälfte ihres langen tiefschwarzen Haares fiel ihr in Stufen über die Schultern und federte bei ihren Bewegungen sanft mit. Die kurzgebrannte Hälfte ließ sie wie eine Gothic-Rockerin aussehen, die im Begriff war, auf Tour zu gehen.

Daniel ergriff als erster das Wort. „Wir müssen dich hier wegbringen, Zoe.“

Sie sah zu dem immer noch brennenden Gebäude hoch. „Sieht sowieso nicht so aus, als könnte ich heute Abend noch arbeiten.“

Ihr Vater schüttelte den Kopf. „Daniel möchte, dass du für eine Weile in die Berge auf das Familienanwesen der Rivers ziehst. Ich halte das für eine gute Idee.“

Zoes Lächeln verschwand. „Was ist mit meiner Forschung? Wie soll ich—“

Ihr Vater unterbrach sie mit einer beschwichtigenden Handbewegung. „Die Familie River ist gerade dabei, ihr Anwesen mit der Unterstützung deiner Cousine Terra zu erweitern. Ich bin mir sicher, dass sie genug Platz für dich haben und dass du dich dort einrichten und deine Arbeit fortsetzen kannst. Es wird ohnehin ein wenig dauern, bis die Versicherung die Kosten für die neuen Geräte übernimmt und wir die kaputten ersetzen können.“

Zoe runzelte die Stirn. „Na gut. Ich habe ja noch meine Simulationen. Damit kann ich erstmal weiterarbeiten.“ Sie sah aus, als wollte sie noch etwas hinzufügen, wandte sich dann aber lediglich Daniel zu und sagte: „Das hier ist Troy.“ Sie deutete auf ihn und kniff dann die Augen zusammen. „Ich weiß gar nicht, wie du mit Nachnamen heißt."

„Hartman." Er lächelte sie an.

Sie drehte sich wieder zu Daniel um. „Das ist Troy Hartman. Er hat mir gerade das Leben gerettet. Er ist ein Shifter und Rettungssanitäter – und ich denke, er wäre uns eine große Hilfe bei unserer Sache. Er würde sich uns gerne anschließen."

Daniel musterte Troy einen Moment und streckte dann seine Hand aus. „Wir können jede Unterstützung brauchen, die wir bekommen können. Vielleicht kannst du ja Zoe dabei helfen, auf das Anwesen zu ziehen und sich dort einzurichten."

Troys Lächeln wurde breiter und er schüttelte Daniels Hand. „Klingt super." Natürlich hatte er schon von dem Familienanwesen der Rivers gehört – der Wolfsjäger hatte den Ort in einem seiner Videos geoutet. Dazu hatte Daniel Wilding höchstpersönlich Troy im Kampf gegen diesen Bastard begrüßt *und* er würde Zoe Wilding helfen, zumindest vorübergehend auf das Anwesen zu ziehen, was ihm ein wenig mehr Zeit mit ihr verschaffte.

Das lief alles sogar noch besser, als er sich erhofft hatte.

Kapitel Drei

Zoe fiel es schwer, die Augen von Troy zu lassen.

„Bist du sicher, dass es dir gut geht?“, fragte er sie zum vierten Mal. Die Scheinwerfer seines Wagens durchschnitten den nächtlichen Wald, während er sie zum River-Anwesen in den Bergen außerhalb Seattles hochfuhr.

„Ja, ich fühl mich nur noch etwas benommen.“ Sie zwang sich, ihren Blick von seinem markanten Kiefer und den besorgten Augen abzuwenden und schaute wieder aus dem Fenster.

Sie hatten nur kurz angehalten, um ein paar Kleidungsstücke aus ihrer Wohnung und Troys Auto von der Feuerwache zu holen und waren nun auf dem Weg in die Berge. Das Anwesen der River-

Familie hatte während all der Unruhen mit dem Wolfsjäger als sicheres Versteck gedient… bis er den Ort entdeckt und ihn zusammen mit dem Rest ihrer Familie öffentlich geoutet hatte. Doch ihre Cousine Terra hatte sich mit der Unterstützung der Riverwise-Sicherheitsfirma daran gemacht, das Anwesen auszubauen und zu verstärken, um dem Wolfsjäger und seinen Drohungen die Stirn zu bieten. Und ihr Cousin Daniel schien zu denken, dass sie hier besser geschützt war als auf dem offenen Campus der Universität von Washington. Oder in ihrer Wohnung. Weswegen Daniel auch in dem Auto vor ihnen saß und sie den Berg hinauf lotste.

Was sie nicht begriff, war, warum Troy darauf bestanden hatte, sie zu fahren.

Mit seinen dunklen, kurzgeschnittenen Haaren, den breiten Schultern sowie seinen entschlossenen und doch unglaublich attraktiven grünen Augen war er ein Alpha-Wolf wie er im Buche stand. Er war zwar Feuerwehrmann und Sanitäter, doch da er sich unbedingt Daniel und dessen Mission, den Wolfsjäger zu erledigen, anschließen wollte, fuhr er sie gerade in die Berge. Und anscheinend auch, um ihr dabei zu helfen, sich auf dem Anwesen einzurichten.

Sie hatte zugestimmt, in seinem Auto mitzufahren, weil... nun, das hatte wohl mit ihrer extremen Unfähigkeit zu tun, die Augen von ihm zu lassen.

Was sie, wenn sie nicht aufpasste, noch in Schwierigkeiten bringen würde.

„Siehst du? Ich habe dir ja gesagt, dass du in deinem Zustand nicht selber fahren solltest." Er grinste sie schelmisch von der Seite an. „Diskutiere niemals mit dem Rettungssanitäter."

„Ich versuch's mir zu merken." Sie zwang sich, sich von seinem sexy Schmunzeln abzuwenden und das Ziehen zu ignorieren, das es in ihrer unteren Bauchgegend verursachte. Troy war heiß – und jetzt, wo er nicht mehr in seiner Feuerwehrausrüstung steckte, konnte sie das sogar noch deutlicher erkennen. Seine Muskeln spannten sich unter seinem Poloshirt und seine Jeans saß tief auf seiner Hüfte und schmiegte sich an ihn, als wären sie aufgemalt. Troy hatte Zoe nicht nur aus einem brennenden Inferno und vor dem sicheren Erstickungstod gerettet, er hatte sie auch *nackt* gesehen. Und die verstohlenen Blicke, die er ihr immer wieder zuwarf, verrieten Zoe, dass er sich auch für sie interessierte. All dies ließ ihre Wölfin hechelnd aufsitzen und darum betteln, dass die beiden rechts ranfuhren und Zoe auf den Schoß dieses heißen Alpha-Wolfs kletterte.

Doch das würde sie auf keinen Fall tun. Sie war sich nicht einmal sicher, worum es ihm hierbei wirklich ging – war er tatsächlich so idealistisch, dass er sie nur für die Chance, dem Wolfsjäger nachzujagen, den Berg hochkutschierte?

„Du musst wirklich nicht extra mit in die Berge kommen, um da oben meinen Babysitter zu spielen“, sagte Zoe und versuchte, etwas Biss in ihre Stimme zu legen, um dem Verlangen ihres inneren Biests etwas entgegenzusetzen.

Er zog eine Augenbraue hoch. „Ich werde dich nicht babysitten. Daniel meinte, dass er bei dem Team, das er gerade zusammenstellt, meine Hilfe gut gebrauchen könnte, also werde ich mich ihm anschließen, sobald ich dir geholfen habe, dich einzurichten. Ich habe dir ja gesagt, dass ich unbedingt mithelfen will. Außerdem habe ich noch einige Urlaubstage angesammelt – und meine Mannschaft wird mich schon ein paar Wochen vertreten können.“

Ein paar Wochen? Sie hatte gehofft, dass das Ganze wesentlich früher vorbei sein würde. Ihr Vater war an der Universität geblieben und arbeitete dort bis in die Nacht hinein, um bei den Aufräumarbeiten zu helfen und für den schnellstmöglichen Wiederaufbau des Labors zu sorgen. Er hatte versprochen, ihr jegliche Ausrüstung zu besorgen, die sie benötigte, solange sie die Universität verließ und in die Berge ziehen würde, wo er es für sicherer hielt. Allerdings war Zoe davon überzeugt, dass es *nirgendwo* wirklich sicher war, solange sie den Wolfsjäger nicht dingfest gemacht und diesen Wahnsinn beendet hatten. Sie hoffte nur, dass sie bis dahin auch ihren persönlichen Kampf mit ihrer weißen Wölfin beenden konnte.

Erneut betrachtete sie Troys gleichmäßige, attraktive Gesichtszüge, während er die kurvenreiche Bergstraße im Auge behielt. Würde sie jemanden wie Troy überhaupt noch haben wollen, falls sie es schaffen sollte, die weiße Wölfin in ihr auszulöschen? *Wahrscheinlich.* Er sah umwerfend gut aus und sie bewunderte seine mutige und aufrichtige Art – doch vermutlich würde er sich nicht mehr für *sie* interessieren, wenn sie keine Wölfin mehr war. Wölfe paarten sich mit Wölfen. Ihre weiße Wölfin loszuwerden würde auch bedeuten, all die Aspekte von sich zu verlieren, die sie zum Wolf machten.

Ein vergleichsweise kleiner Preis.

Er bemerkte, wie sie ihn beobachtete, und schenkte ihr ein kleines Lächeln. „Sorry, aber ich muss mal nachfragen – hast du einen Partner?“

Sie blinzelte verblüfft, da es kurz so wirkte, als hätte er irgendwie ihre Gedanken gelesen. „Das ist eine ziemlich persönliche Frage, findest du nicht?“ Sie ließ ihren Blick wieder aus dem Fenster schweifen und starrte in den dunkel gewordenen Wald, der an ihnen vorbeisauste.

„Ja, kann sein“, gab er zu. „Aber ich kenne dein großes Geheimnis ja bereits, Zoe Wilding. Mir war nicht klar, dass *das* auch geheim ist. Im Internet stand nichts über deinen Beziehungsstatus, vielleicht liege ich ja auch daneben. Oder hast du etwa einen heimlichen Partner?“ Jetzt grinste er sie frech an.

Ihre Augen wurden schmaler. „Ich suche keinen Partner. Kein Interesse.“

Seine Augenbrauen gingen hoch und er sah aufrichtig überrascht aus. „Kein Interesse?“

Sie wusste, dass das seltsam klang – jeder heranwachsende Wolf hörte davon, dass die Paarung das Ultimative von allem darstellte. Die ultimative Liebe. Den ultimativen Sex. Das Fundament eines Rudels. Angesichts der Tatsache, dass weibliche Wölfe relativ selten waren, war die Aussage einer Wolfsfrau, keinen Partner zu wollen, äußerst ungewöhnlich.

Sie schüttelte den Kopf. „Nö.“ Von ihr aus konnte er sich seinen Teil selber denken.

„Ist es, weil...“ Er zögerte. „Weil du anders bist?“

Hitze schoss ihr ins Gesicht. „Ich würde eine sehr gute Partnerin abgeben, vielen Dank.“ Sie funkelte ihn zornig an, bevor sie sich wegdrehte und wieder demonstrativ aus dem Fenster starrte.

Seine Stimme wurde etwas weicher. „Klar würdest du das. Das meinte ich damit auch nicht.“

Widerwillig schielte sie wieder zu ihm – er kannte nicht einmal einen Bruchteil der Gründe, warum sie keinen Partner wollte, und die würde sie ihm auch bestimmt nicht verraten. Und doch hatte er sie mit seiner Frage viel zu leicht aus der Fassung gebracht.

„Ich meinte nur... naja, du bist ein weißer Wolf“, sagte er. „Die sind selten. Ich weiß, dass Grace Krepky einer ist, aber von anderen hatte ich noch nicht gehört... bis ich dich getroffen habe. Und ganz offensichtlich hast du ziemlich beeindruckende magische Kräfte.“

Sie runzelte die Stirn. „Niemand weiß, dass ich eine weiße Wölfin bin, okay? Selbst mein Vater nicht, weil... naja, da steckt eine ziemlich lange Familiengeschichte hinter.“

„Die du mir aber nicht erzählen willst.“

„Die dich nichts angeht.“ Wieder stieg ihr Hitze ins Gesicht.

„Na gut“, gab er nach. Aber er wirkte nicht besonders glücklich darüber. „Ich habe es dir ja schon gesagt, Zoe, ich werde dein Geheimnis für mich behalten. Aber du kannst es einem Mann nicht verübeln, wenn er sich für eine schöne Frau und die Frage, ob sie gepaart ist, interessiert.“ Er warf ihr ein kleines flirtendes Lächeln zu.

Und dieses Lächeln gefiel ihr viel zu gut. „Keine Ahnung... aber ich schätze, sich online über ein Mädchen zu informieren, könnte man theoretisch schon als Stalking bezeichnen.“

„*Stalking?*“, fragte er und tat so, als wäre er regelrecht geschockt. „Wirft man das dem Mann vor, der einem das Leben gerettet hat?“

Sie schaffte es kaum noch, ein Lächeln zu unterdrücken, also schüttelte sie rasch den Kopf und sah wieder aus dem Fenster. „Du hast recht. Ich sollte netter zu dir sein. Immerhin kennst du all meine Geheimnisse.“

Sie hatte ihn nur necken wollen, aber als er nichts erwiderte, war sie gezwungen, ihn erneut anzusehen.

Sämtlicher Humor war aus seiner Miene verschwunden. „Zoe, ich weiß, du kennst mich nicht, und ich kann nichts tun, außer dir mein Wort zu geben. Aber ich werde dein Geheimnis nicht verraten. Wenn ich der Typ wäre, der so etwas macht, hätte ich es bereits getan. Und ich spekuliere auch nicht darauf, im Gegenzug irgendwas von dir zu bekommen. Naja, zumindest spekuliere ich nicht darauf, *noch* mehr zu bekommen. Du hast mich ja schon mit Daniel Wilding in Kontakt gebracht! Der Typ ist eine Legende. Was mich betrifft sind wir quitt. Und dein Geheimnis ist zusammen mit den Dingen bei mir abgespeichert, bei denen ich nicht vorhabe, sie jemals mit irgendjemandem außerhalb dieses Autos zu besprechen."

Sie war sich nicht sicher, ob sie ihm das gänzlich abkaufte, aber es war trotzdem beruhigend zu hören.

„Ich glaube dir", sagte sie ruhig. „Und du solltest wissen, dass es außer Grace und mir noch weitere weiße Wölfe gibt. Von mir weiß es noch niemand, aber bei den anderen ist es schon eine Weile bekannt. Zumindest innerhalb der Wilding-Familie."

„Wirklich?", fragte er aufgeregt. „Und die haben alle so eine Magie wie du?"

Sie wusste nicht, wie sie darauf antworten sollte – denn wenn sie ehrlich war, hatte sie keine

Ahnung, welche Art von Magie ihr innewohnte, und welche den anderen. „Ich weiß es nicht. Und habe auch nicht vor, es herauszufinden. Außer Grace weiß keiner von denen über mich Bescheid. Und ich möchte einfach nur zurück an meine Forschungsarbeit, okay?“

„Okay.“ Troy deutete nach vorne, wo Daniels Auto auf einen offenen, ungepflasterten Parkplatz bog, der vor einem gigantischen Blockhaus lag, welches das Anwesen der River-Familie sein musste. Zoe hatte zwar schon davon gehört, war aber noch nie hier gewesen. „Sieht so aus, als wären wir da.“

Licht strömte aus den Fenstern des geräumigen, zweistöckigen Hauses in den dunklen Wald, der es umgab. An den Rändern des Grundstücks wurde eindeutig gebaut. Zoe hatte gehört, dass es auf dem Anwesen Pferde und mehrere private Hütten hinter dem Haupthaus gab, dazu weitläufige Ländereien, die den Rivers gehörten. Doch was ihr als Erstes auffiel, waren Lichtblitze, die den Wald hinter dem Gebäude aufleuchten ließen. Sie blitzten unregelmäßig auf, fast wie Taschenlampen einer nächtlichen Wandergruppe, nur viel heller.

„Was ist das?“, fragte Troy und sah stirnrunzelnd zu den Lichtern, während er neben Daniels Auto parkte.

„Keine Ahnung."

Daniel stieg aus seinem Wagen und winkte die beiden zur Seite des Hauptgebäudes in Richtung der Lichter. „Troy, ich dachte, du würdest vielleicht mal sehen wollen, was wir hier so treiben", sagte Daniel mit einem kleinen Lächeln. „Und du hast das glaube ich auch noch nicht gesehen, Zoe."

Sie hatte keine Ahnung, wovon er sprach, doch die Begeisterung in seiner Stimme verdrängte die Müdigkeit, die sie überkommen hatte. Sie stapften zu einer Wiese neben dem Haupthaus. Dort standen mehrere Menschen auf dem kurzgemähten Rasen, während um sie herum leuchtende Kugeln aus blauem Feuer durch die Luft flogen. Zoes Kinnlade klappte herunter und auch Troy wirkte völlig perplex.

Als sie sich weiter näherten, erkannte sie ihren Cousin Noah Wilding – er war Daniels jüngerer Bruder und der Erste, bei dem sich die Hexenkräfte, die den weißen Wölfen innewohnten, gezeigt hatten. Er warf sich mit Kaden, dem neuen Partner ihrer Cousine Terra, blaue Lichtkugeln zu – Kaden war auch ein weißer Wolf und womöglich ein Halbbruder des Wolfsjägers, genauso wie Grace möglicherweise dessen Halbschwester war, wenn man davon ausging, dass sie väterlicherseits alle denselben Vorfahren hatten.

Owen Harding, ein weiterer weißer Wolf, war ebenfalls da – er war mit ihrer Cousine Nova Wilding verheiratet und hatte zusammen mit Noah die Shifter-Experimente von Agent Smith erleiden müssen. Den beiden waren eine Reihe von Seren verabreicht worden, die Agent Smith bei seinen Versuchen, einen Supersoldaten zu erschaffen, zusammengebraut hatte. Und irgendetwas hatte bei diesen Experimenten den weißen Wolf in beiden hervorgebracht. Die meisten Daten, die Zoe zur Verfügung standen, waren nur mit einer Patientennummer und nicht mit Namen gekennzeichnet – aber Zoe wusste, dass Noah und Owen irgendwo dazwischen sein mussten. Das Wissen darüber, was sie durchgemacht hatten, und dass als Folge dessen der weiße Wolf in ihnen freigesetzt worden war, verdoppelte Zoes Entschlossenheit noch, die Daten auf eine positive Weise zu nutzen. Aber die Zerstörung ihres Labors war dabei natürlich ein herber Rückschlag.

Sie vermutete, dass dies zumindest teilweise die Absicht des Wolfsjägers gewesen war.

Owen, Kaden und Noah wurden bei ihrer magischen Aufführung, oder besser gesagt dem

Training, von einem Mädchen angeleitet, das Zoe nicht kannte. Daniel ging an ihr und Troy vorbei und winkte den Leuten auf dem Feld zu, um ihre Aufmerksamkeit zu erlangen... und sie davon abzuhalten, blaue Energiekugeln in ihre Richtung zu jagen, während sie näherkamen.

Troy verlangsamte seine Schritte ein wenig und beugte sich zu Zoe, um ihr ins Ohr zu flüstern: „Kannst du das auch?"

„Nein!", zischte sie. Vielleicht konnte sie es, vielleicht auch nicht – aber sie wollte bestimmt nicht darüber reden. Nicht vor diesen Leuten.

„Komm schon", sagte Troy mit weiterhin gesenkter Stimme. „Du solltest mitmachen."

„Ich habe *nein* gesagt." Sie warf ihm einen warnenden Blick zu.

Er hob die Hände. „Okay, okay." Dann ließ er sie wieder sinken und eilte voraus, um Daniel einzuholen.

Noah löste sich aus der Gruppe und kam zu Zoe, um sie zu umarmen. „*Scheiße,* Zoe, ich hab schon von der Explosion gehört. Tut mir so leid." Er war jünger als sie, erst um die einundzwanzig, aber er hatte bereits ziemlich viel durchgemacht. Er wich zurück, um sie anzusehen. „Oh Gott, was ist denn mit dir passiert?" Er betrachtete die Seite ihres Kopfes mit den abgeflämmten Haaren – nach allem, was ihr heute zugestoßen war, musste sie ziemlich mitgenommen aussehen.

„Mir geht's gut", sagte sie.

Doch sein Blick verhärtete sich vor Wut. „Wir werden diesen beschissenen Wolfsjäger bekommen, Zo", versicherte er ihr.

„Ich weiß. Wahrscheinlich war ich einfach nur an der Reihe, von diesem Arsch mit dem Vaterkomplex ins Visier genommen zu werden", sagte sie mit einem schiefen Lächeln. „Ich bin mir ziemlich sicher, dass er sich mittlerweile mit allen fünf Familien schon mal angelegt hat."

Sie war von dem Anschlag und der fast einstündigen Fahrt in der Gegenwart von Troys Sexappeal immer noch ziemlich durch den Wind, aber wenn sie richtig gezählt hatte, waren alle Familien der fünf ursprünglichen Wilding-Brüder irgendwann schon einmal angegriffen worden.

Noahs und Daniels Vater, der bösartige Oberst Astor Wilding, saß wegen seiner Beteiligung an den Shifter-Experimenten im Gefängnis. Das hatte die Anhänger des Wolfsjägers allerdings nicht davon abgehalten, Noah mit einer Autobombe töten zu wollen, während dieser versucht hatte, die Wild-Love-Anschläge aufzuklären.

Tatsächlich hatte Owens Partnerin Nova ihren Vater Arthur Wilding durch solch eine Autobombe verloren. Und sie selbst war vom Mitglied einer Wolfshasser-Gruppe entführt worden.

Und Terra Wilding, Kadens Partnerin, war dafür angegriffen worden, dass sie in ihrer Kunst Seattles Bürger portraitierte und dabei keinen Unterscheid zwischen Menschen und Shiftern machte. Ihr Vater, Donnie Wilding, war ein erfolgreicher Software-Unternehmer, der auch dann nicht aus seinem Einsiedlertum herausgekommen war, als seine Töchter eine nach der anderen entführt worden waren... was ihn in Zoes Augen zu einem gigantischen Versager machte. Sie wäre nicht überrascht gewesen, wenn er einen beträchtlichen Anteil der Arschloch-DNA des weißen Wolfes in sich tragen würde.

Sogar der entflohene Sohn von Frank Wilding, ihr Cousin Marco, war zusammen mit seinem Rudel, einer Shifter-Gang aus der Innenstadt, vom Wolfsjäger ins Visier genommen worden. Doch dem Wolfsjäger war es nicht gelungen, Marco zu töten, und ihr Cousin schaffte gerade mit seiner Gang und seiner neu gegründeten Firma 'Adoptiere einen Shifter' eine erstaunliche Wende, was Zoe ziemlich cool fand.

Die einzige Wilding-Familie, die bislang verschont geblieben war, war Zoes gewesen – und jetzt, da die Brandbombe ihr Labor hochgejagt hatte, hoffte sie nur, dass der Wolfsjäger es nicht direkt auf ihren Vater abgesehen hatte. So oder so waren sie und ihr Vater nun vollends und in aller Öffentlichkeit in den Konflikt hineingezogen worden.

Nur hatte Zoe von Anfang an hinter den Kulissen mit Grace zusammengearbeitet.

Gott, sie war so müde.

Noah wartete geduldig, während sie über all das nachdachte. „Tja", sagte er dann und machte einen Schritt zurück, um auf die Leute zu zeigen, die ihre magischen Kräfte auf der Wiese trainierten. „Mit der Feuerkraft hier bekommt der Wolfsjäger bald ein dickes Problem. Wir lernen endlich, wie wir unsere Magie richtig einsetzen, ohne, äh, den ganzen Wald abzufackeln." Er grinste.

„Freut mich zu hören, dass ihr nicht mehr ganz so unberechenbar seid", rief Daniel, wobei er aber das Mädchen beäugte, das Zoe nicht kannte. „Sieht aus, als hättet ihr etwas Unterstützung bekommen." Mit ausgestreckter Hand trat er auf das Mädchen zu. „Ich glaube, wir kennen uns noch nicht. Ich bin Daniel Wilding."

Sie grinste ihn schelmisch an, doch anstatt seine Hand zu nehmen, fuchtelte sie mit ihrer in der Luft und hielt sie ihm dann mit der Handfläche nach oben entgegen – eine blaue Kugel aus magischem Feuer schwebte jetzt darüber. „Du solltest etwas vorsichtiger sein, bevor du eine Hexe berührst, Daniel Wilding."

Er trat einen Schritt zurück und ließ die Hand sinken. „Ah, alles klar."

Sie lachte und ihre dunklen, stacheligen Haare wippten leicht hin und her. „Schon in Ordnung, Süßer." Sie grinste und klatschte in die Hände, wodurch der blaue Feuerball wieder verschwand. Dann machte sie zwei Schritte nach vorne und tätschelte ihm die Wange. „Ich bin hier, um zu helfen, nicht, um dir weh zu tun."

Daniels Augen weiteten sich leicht, was Zoe ihm nicht verübeln konnte – die Berührung einer Hexe konnte tödlich sein.

„Das ist Skylar Starling", sagte Noah mit einer ausladenden Handbewegung in ihre Richtung. „Kaden hat sie aus einem der Hexenzirkel in der Innenstadt rekrutiert."

„Rekrutiert?", sagte Skylar mit hoher Stimme. „Mir wurde gesagt, dass es hier in den Bergen heiße Shifter gäbe, denen ich ein paar Zaubertricks beibringen könnte. Da war nicht viel Überzeugungsarbeit nötig."

Zoe musste unwillkürlich lächeln. Sie war kein großer Fan von Hexen – das waren Wölfe eigentlich nie – aber angesichts der Tatsache, dass weiße Wölfe eine Mischung aus Wolf und Hexe waren, ergab es vermutlich Sinn, dass Hexen ihnen gegenüber etwas milder gestimmt waren. Oder zumindest einigen von ihnen – Noah, Owen und Kaden waren als weiße Wölfe bekannt, nur Daniel hatte bisher noch keine Anzeichen dafür gezeigt, obwohl er den gleichen Gencode wie sein jüngerer Bruder hatte. Doch Noah war den Experimenten von Agent Smith ausgesetzt gewesen und anscheinend hatte das genau wie bei Owen zum Ausbruch seiner Fähigkeiten geführt. Die Erbanlagen drückten sich nicht immer linear und logisch aus und die wissenschaftlichen Erkenntnisse dazu waren noch nicht besonders präzise. Das Leben hatte einfach zu viele Variablen. Das bedeutete jedoch nicht, dass die Gene nicht da waren, eventuell warteten sie auch tief vergraben darauf, dass der richtige Auslöser sie aktivieren würde.

Genau das war der Grund, warum sie versuchte, ein Heilmittel für ihr genetisches Leiden– dieses Weiße-Wolf-Gen – zu finden. Sie wollte nicht, dass ihr Gencode irgendwann wie eine Bombe hochging.

„Komm schon, Daniel“, sagte Skylar mit einem Lächeln. „Warum machst du nicht mit?“ Sie wedelte mit der Hand in Richtung der drei männlichen weißen Wölfe.

„Ja, *Daniel*“, sagte Noah lachend. „Warum lässt du Skylar nicht deinen inneren Hexer herauskitzeln?“

„Halt die Klappe.“ Daniel schien nicht viel von ihrem Vorschlag zu halten, obwohl Zoe genau sehen konnte, dass er die zierliche und flirtende Skylar mit mehr als nur ein bisschen Interesse beäugte.

Sie tänzelte zu ihm herüber und ergriff seine Hand. „Keine Sorge, ich beiße nicht, versprochen.“

In Daniels aufgerissenen Augen spiegelte sich das Mondlicht. Skylar hielt seine Hand fest, während sie langsam mit der anderen darüber kreiste und einen blauen Lichtball in Daniels Handfläche erzeugte. Ihre heraufbeschworene Magie schien ihn rasch in ihren Bann zu ziehen – oder vielleicht vor Schreck erstarren lassen – sodass er den Rest von ihnen einfach vergaß.

Zoes Müdigkeit meldete sich mit Wucht zurück. Eigentlich musste sie dringend mit Grace über ihre

Forschung zur Superheilung und die Jagd auf den Vater des Wolfsjägers sprechen – aber das war unmöglich, während alle zuschauten.

„Ich geh schon mal ins Bett“, rief sie Daniel zu, aber er schien sie nicht zu hören.

Aber sein Bruder Noah bekam es mit. „Komm, ich zeige dir, wo alles ist.“ Während er Troy und sie zum Haupthaus führte, stellten sich die beiden einander vor und schüttelten die Hände. Dann unterhielten sich Troy und Noah über den Wolfsjäger, doch Zoes Aufmerksamkeit schweifte schnell ab und sie nahm kaum wahr, worüber die beiden redeten.

Erst jetzt kam ihr in den Sinn, dass sie tatsächlich unter Schock stehen könnte.

Als sie das Haupthaus erreichten, übergab Noah sie an Mama River –sie war die Patriarchin des Anwesens und die Mutter von Jaxson, Jace und Jared, den drei River-Brüdern. Jared war Graces Partner, daher war Zoe ihm bereits begegnet, wenn auch nur kurz, und Jace war mit ihrer Cousine Piper verheiratet, was sie genau genommen zu einer Familie machte.

Mama River wirkte unglaublich liebenswürdig – sie hakte sich bei Zoe unter und tätschelte ihren Arm, während sie sie die Treppe in den ersten

Stock des Anwesens hinaufführte. Ihr langes graues Haar war zu einem einfachen Pferdeschwanz zusammengebunden und sie trug keinerlei Make-up, was sie aber irgendwie umso schöner machte.

„Ihr beiden müsst ja absolut erschöpft sein“, sagte sie mitfühlend. Zoe spürte, wie sich allein durch die Berührung der älteren Frau ein Teil der Spannung in ihren Schultern löste. „Ich bin so froh, dass du dich dazu entschieden hast, hierher zu kommen und eine Weile zu bleiben. Was immer du auch zu tun hast, du kannst es von hier aus erledigen. Meine Jungs sorgen dafür, dass wir in Sicherheit sind – der Wolfsjäger kann dir hier nichts tun.“

Mama Rivers beruhigende Worte waren wie eine warme Decke, die sich auf Zoes Schultern legte. Sie führte sie einen langen Flur entlang und bog zweimal um eine Ecke, bis sie schließlich vor zwei nebeneinander liegenden Zimmern zum Stehen kamen.

„Fühlt euch wie zu Hause“, sagte sie. „Frühstück gibt es um Punkt sieben unten im Esszimmer.“ Dann tätschelte sie Zoes Wange und sagte: „Morgen früh kommst du zu mir, meine liebe Zoe, und dann hole ich meine Schere raus. Skylar und ich werden bestimmt eine Frisur hinbekommen, die etwas besser zu deinem hübschen Gesicht passt.“

Plötzlich verspürte Zoe einen Kloß im Hals, viel zu heftig und unverhältnismäßig, in Anbetracht von Mama Rivers freundlichem Angebot. „Danke“, brachte sie heraus.

Dann ließ Mama River Zoe und Troy allein, damit die beiden ihre Zimmer beziehen und sich schlafen legen konnten.

„Ich nehme das rechte“, sagte Zoe mit matter Stimme. Sie war schrecklich müde.

„Zoe, warte.“ Troy hielt sie mit einer kurzen Berührung an der Hand zurück. Sie war warm und weich, doch Zoe zog ihre Hand trotzdem zurück – das Letzte, was sie jetzt gebrauchen konnte, war die Erinnerung daran, dass Troy, der heiße Feuerwehrmann, gleich nebenan schlafen würde.

„Ich weiß, was du denkst“, sagte er.

„Ach, tust du das?“ Sie hatte nicht einmal mehr genügend Energie, um überrascht zu sein.

„Du denkst, dass du nicht wie diese anderen weißen Wölfe da draußen bist“, sagte er leise und schob sich näher an sie heran. „Du denkst, dass du damit ganz allein bist. Aber du musst nicht alleine sein, Zoe, nicht mehr. Du hast Leute hier, denen du wichtig bist – Leute, die *wie du* sind. Du solltest es ihnen sagen.“

„So einfach ist das nicht.“ Sie blickte in seine

wunderschönen grünen Augen und wünschte sich, er würde es *verstehen*, damit sie nicht alles erklären musste, denn dafür war sie einfach zu müde.

Stattdessen kam er noch etwas näher und berührte mit einer Hand die Hälfte ihres Haars, die verschont geblieben war. „Was auch immer es ist, du kannst es mir sagen. Schon vergessen? Ich bin sehr gut darin, Geheimnisse zu bewahren.“ Dann beugte er sich zu ihr herab, als würde er sie küssen wollen. Zoes innere Wölfin japste vor Glück und beinahe hätte sie es geschehen lassen, doch in letzter Sekunde hob sie die Hände und drückte ihn sanft zurück.

Gott, das Letzte, was sie jetzt gebrauchen konnte, war in Troys Armen zu landen... oder in seinem Bett.

„Okay, na gut“, sagte Troy, aber sie konnte die Enttäuschung in seinen Augen sehen. Er wich weiter zurück und klopfte mit den Fingerknöcheln gegen seine Tür. „Ich bin gleich nebenan, wenn du etwas brauchst.“

Er verschwand in seinem Zimmer und ließ Zoe allein im Flur stehen.

Ihre Wölfin jaulte enttäuscht und sie wünschte sich mehr denn je, dieses Tier in einen dunklen Winkel ihres Geistes zurückdrängen zu können.

Sie war müde – *fix und fertig* traf es wohl besser – verängstigt und stand wahrscheinlich unter Schock. Sie brauchte einen neuen Plan, wie es weitergehen sollte, und konnte sich jetzt nicht in die Arme eines heißen Shifters fallen lassen. Und sie musste mit Grace darüber sprechen, wie weit sie das alles zurückwerfen würde.

Wusste der Wolfsjäger, dass Zoe die Daten hatte? Hatte er deshalb den Anschlag auf ihr Labor verübt? War ihr Vater in Gefahr? Vielleicht konnte Grace ihr dabei helfen, die Antworten auf diese Fragen zu finden.

Zoes Gehirn war im Augenblick zu platt dafür.

Was sie wirklich brauchte, war eine ordentliche Mütze Schlaf.

Sie stolperte in ihr Zimmer, ließ sich aufs Bett fallen, und war praktisch eingeschlafen, bevor ihr Kopf das Kissen berührte.

Kapitel Vier

Troy rannte in seiner Wolfsgestalt durch den Wald und es war absolut herrlich.

Er hatte noch nie einem Rudel angehört, also war das hier eine völlig neuartige Erfahrung für ihn – und es befriedigte ein tiefes, hungriges Bedürfnis in ihm, dem er sich vorher nicht einmal bewusst gewesen war. Sein Wolf hatte zottelig braunes Fell und der von Daniel ein Stück vor ihm das typische Wilding-Rudel-Schwarz, doch die anderen drei – Noah, Owen und Kaden – huschten als weiße Flecken vor ihnen durch den Wald.

Okay, Jungs!, ertönte Daniels Stimme in Troys Kopf. *Dann zeigt mal, was ihr draufhabt.*

Troy wusste, dass Wölfe telepathisch kommunizierten, aber er hatte es noch nie selbst getan – die

Worte schreckten ihn immer noch auf, wenn sie in seinem Kopf erklangen, doch er gewöhnte sich schnell daran, seine Gedanken in bestimmten Momenten an bestimmte Wölfe weiterzuleiten.

Können sie in ihrer Wolfsgestalt auch zaubern?, fragte er Daniel und achtete darauf, die anderen durch seine Übertragung nicht abzulenken.

Oh ja, antwortete Daniel. *Zu verhindern, dass sie dabei den Wald abfackeln, ist das größere Kunststück.*

Ein Stück vor ihnen begannen Noah und Owen herumzubalgen, während Kaden sich zurückhielt, sie beobachtete und eine Art wölfisches Lachen japste. Angesichts ihrer gigantischen Klauen, die wie fünfzehn Zentimeter lange Dolche aus ihren Pfoten herausragten, war es Troy ein Rätsel, wie die beiden miteinander ringen konnten, ohne sich dabei versehentlich umzubringen. Sie schlugen und hackten dermaßen heftig aufeinander ein, dass sich ihr weißes Fell schnell rot durchtränkte. Sie mussten die gleichen verrückten Heilkräfte wie Zoe haben, denn ihre Verletzungen schienen sie kaum zu stören.

Okay, das reicht jetzt, sendete Daniel an alle.

Noah und Owen beendeten ihre Rauferei und leckten kurz ihre Wunden, doch mit ihnen schien alles in Ordnung zu sein, obwohl sie wie Statisten in einem Horrorfilm aussahen. Beide hoben eine Pfote hoch, als würden sie sich hinter den Ohren putzen wollen, doch stattdessen ließen sie ihren Pfoten nach vorne peitschten und schleuderten jeweils einen blauen Energieball von sich. Die beiden Bälle zischten durch den Wald und erhellten ihn im frühmorgendlichen Sonnenaufgang mit einem gespenstischen blau-weißen Licht. Als die Kugeln in einen Baumstumpf einschlugen, sprengten sie die Hälfte des Holzes weg und sprühten eine Million Funken umher, die glücklicherweise schnell wieder erloschen.

Noah und Owen bereiteten bereits neue knisternde Zauberkugeln vor, als Kaden sich ihnen anschloss – und binnen kürzester Zeit schickten sie eine Flut aus Energiebällen in die dunkle Morgendämmerung des Waldes.

Troy und Daniel blieben außerhalb der Schussweite und trotteten langsam zu einem großen umgestürzten Baumstamm.

Seid ihr alle Teil desselben Rudels?, fragte Troy Daniel, wobei er erneut darauf achtete, seine Gedanken nicht an alle zu senden, um sie bei ihrem magischen Training nicht abzulenken.

Daniel schüttelte den Kopf.

Troy war sich nicht sicher, ob das seine Antwort

war oder er nur etwas Morgentau aus seinem Fell schüttelte.

Kaden und Noah haben sich Jaxson unterworfen, dem Alpha des River-Rudels, schickte Daniel ihm in Gedanken zu. *Und Owen hat sein eigenes Rudel.*

Die Unterwerfung. Troy wusste, was es damit auf sich hatte, hatte es aber noch nie selbst erlebt. *Ich habe noch nie zu einem Rudel gehört,* gestand er. *Ich konnte mich aus den Innenstadt-Gangs loseisen, bevor ich gezwungen wurde, mich zu unterwerfen. Und seitdem habe ich auch noch niemanden getroffen, dem ich mich unterwerfen würde – ehrlich gesagt habe ich generell nicht viel mit Wölfen zu tun. Aber Alter, als ich euch in den Nachrichten gesehen habe...* Er brach ab, da ihm sein begeistertes Gefasel langsam selbst peinlich wurde. Er würde sich Daniels Rudel ohne zu zögern anschließen, war sich aber nicht ganz sicher, wie er ihm das sagen sollte.

Die Nachrichten erzählen dir leider nicht die ganze Geschichte. Aber ich kann das nachvollziehen, dass du dich noch nie unterwerfen wolltest. Ich habe mich schon eine ganze Weile niemandem mehr unterworfen, nicht einmal Jaxson, obwohl ich enormen Respekt vor ihm habe. Der letzte Wolf, bei dem ich das gemacht habe, war mein Vater, und du hast ja wahrscheinlich mitbekommen, wie gut das geendet ist.

Troy nickte wissend. Daniels Vater, Oberst Astor Wilding, saß wegen seiner Beteiligung an den

Shifter-Experimenten im Gefängnis und Daniel hatte dabei geholfen, ihn dorthin zu bringen. Das war einer der Gründe, warum Troy ihn so sehr respektierte – der Mann musste ein unbeirrbares Moralverständnis haben, wenn er seinen eigenen Vater für dessen Verbrechen an Shiftern hinter Gitter brachte.

Aber hier scheint ihr ja eine ganz gute Truppe zu haben, dachte Troy und nickte zu den drei weißen Wölfen, die immer noch den Wald mit ihrem Zaubertraining unsicher machten.

Daniel senkte den Kopf. *Noah zeigt mir jeden Tag, dass weiße Wölfe nicht zwangsläufig Arschlöcher sein müssen. Ich hoffe, das stimmt, denn es wäre möglich, dass ich auch einer bin.*

Also für mich siehst du eindeutig nach einem schwarzen Wolf aus, dachte Troy mit einem wölfischen Grinsen. *Glaubst du wirklich, dass sich das ändern könnte?*

Ich weiß es nicht. Aber bisher hat die Wilding-Familie ziemlich übel darunter gelitten. Und möglicherweise lauert dieser weiße Wolf in jedem von uns.

Troy brannte es unter den Nägeln, ihm zu sagen, dass Zoes weißer Wolf nicht länger in ihr *lauerte*. Sie war bereits eine vollends entfaltete weiße Wölfin oder, wie er vermutete, eher eine Hexe. Und eine verdammt mächtige noch dazu. Mit ihrem augenblicklich verheilten Bein und ihrem magischen Schild stand sie diesen Kerlen dort im Wald in nichts nach. Wahrscheinlich war sie sogar noch stärker als sie.

Aber es stand ihm nicht zu, ihr Geheimnis zu verraten.

Aber ist das nicht was Gutes?, dachte Troy. *Diese besonderen Kräfte zu haben?*

Vielleicht. Daniel starrte mit hartem Blick zu den drei trainierenden Wölfen. *Das Wilding-Rudel wurde von einem weißen Wolf gespalten – von einem unserer Großväter, oder zumindest war er das im biologischen Sinne. Es gab damals zwei Brüder – einen Alpha und einen Beta – und der Beta war ein weißer Wolf. Er hat mit der Partnerin des Alphas geschlafen und sie dann beide getötet. Das ist unsere geheime Familienschande. Und der Grund, warum wirklich niemand in der Wilding-Familie ein weißer Wolf sein will.*

Oh. Troy zögerte. *Und deswegen willst du auch nicht, dass Skylar dir dabei hilft, deinen inneren weißen Wolf hervorzubringen?*

Äh... nein danke. Darauf kann ich verzichten. Und selbst wenn es möglich wäre, würde ich nicht wollen, dass sie diejenige ist, die mir hilft.

Troy legte den Kopf schräg. Daniel schien sich etwas zu sehr dagegen zu sträuben. *Nicht? Sie ist ziemlich heiß. Macht sie deinen Wolf nicht an?*

Daniel schoss ihm einen kurzen Blick zu. *Nein.*

Troy stieß ein wölfisches Lachen aus. *Na gut. Wenn du meinst, Mann.*

Daniel fletschte kurz die Zähne. *Was ist denn mit dir und Zoe? Läuft da etwas, worüber ich Bescheid wissen sollte? Und überleg dir gut, was du darauf antwortest – sie ist meine Cousine. Wenn du sie verarschst, bekommst du es mit dem Rest von uns zu tun.*

Troy wich einen Schritt zurück. *Nein, Mann, ich schwöre. Ich meine, ja... sie ist heiß und naja...* Verdammt, er war dabei, die Sache zu vermasseln. *Ich verstehe das – ich bin ein Außenseiter. Ich gehöre weder zum Wilding- noch zum River-Rudel. Aber ich bin bei dieser Schlacht zu hundert Prozent auf eurer Seite, Alter. Wenn ich das beweisen soll, bin ich gerne bereit, mich dir… oder... dem, der hier das Sagen hat, zu unterwerfen.* Gott, er faselte sich um Kopf und Kragen. Und dadurch, dass es nur in Gedanken übertragen wurde, klang es sogar noch schlimmer.

Daniel musterte ihn einen Moment lang. *Damit will ich eigentlich nur sagen, dass man in der Familie füreinander da ist. Tu Zoe nicht weh und alles ist in Ordnung.*

Troy nickte und wünschte sich, dass es für ihn in seiner Jugend genauso gewesen wäre. Aber er hatte nicht einmal seinen Vater gekannt, geschweige denn ein Rudel gehabt, auf das er sich hätte verlassen können. *Wie ich schon sagte, ich hatte noch nie ein Rudel. Scheint toll zu sein.*

Die Familie und das Rudel gehen über alles. Daniel nickte scharf, aber die Spannung zwischen ihnen hatte nachgelassen.

Troy erwiderte sein Nicken und trat wieder einen Schritt vor. *Ich glaube, du weißt gar nicht, wie sehr die Wilding-Familie in ganz Seattle Wölfe wie mich beeinflusst hat. Ich habe mich erst als Wolf geoutet, als ich bei der Feuerwehr angefangen habe, weil wir uns dort komplett aufeinander verlassen müssen. Aber das gilt nicht für jeden. Ich glaube, dass es da draußen viele Wölfe wie mich gibt. Einsame Wölfe. Waisen. Wölfe, die isoliert leben und keinem Rudel angehören.*

Daniel wiegte anerkennend den Kopf. *Auch wenn wir nicht zur selben Familie oder demselben Rudel gehören, Wölfe sollten immer zusammenhalten.*

Troy nickte eifrig. *Du bist ein Held, Mann – und der Rest deiner Familie ebenso. Ich finde es großartig, dass ihr so eine Führungsrolle übernommen habt und möchte einfach ein Teil davon sein. Ich will alles in meiner Macht Stehende tun, um diesen miesen Typen aufzuhalten, der uns jagt. Das ist alles.*

Und was ist mit Zoe?, fragte Daniel, diesmal weniger feindselig.

Verlegen schlug Troy mit der Pfote nach einem

Farn vor seinen Füßen. *Hey, ich würde mich ohne zu zögern an sie ranmachen. Sie ist der Hammer. Aber sie hat mir gestern Abend ziemlich eindeutig zu verstehen gegeben, dass sie nicht interessiert ist.*

Erneut wiegte Daniel den Kopf hin und her. *Wilding-Frauen sind eben, naja, wild. Aber Zoe... war schon immer anders. Sie ist die ernsthafteste und vernünftigste weibliche Verwandte, die ich habe. Wenn sie dir sagt, dass sie nicht interessiert ist, dann tut's mir leid, Mann. Dann meint sie es wahrscheinlich genau so.*

Troy nickte, doch sein innerer Wolf protestierte. Und wenn er ehrlich war, glaubte er es auch nicht wirklich. Daniels Worte brachten ihn lediglich dazu, die wilde Seite in Zoe hervorbringen zu wollen, von der Troy wusste, dass sie in ihr steckte – genau wie ihre verborgene Wölfin und ihre geheimen Kräfte. Sie hatte ihm bereits einen Teil davon offenbart, wenn auch unabsichtlich. Und je mehr Zeit er mit ihr verbrachte, desto mehr wollte er auch den Rest von ihr entdecken – nicht nur, weil sie heiß war, sondern weil da etwas Tiefgründiges in ihr zu stecken schien, eine Dunkelheit, die sie loswerden musste.

Daniel bellte, um die Aufmerksamkeit der anderen zu bekommen. *Wir müssen zurück,* sendete er ihnen zu. *Der Bürgermeister kommt zu Besuch.*

Der Bürgermeister? Aber Troy fragte nicht nach, sondern schloss sich einfach an, als sie zurück zum Haupthaus trotteten, am Waldrand shifteten und sich dort wieder anzogen. Owen, Kaden und Noah verabschiedeten sich von ihnen und liefen zum Parkplatz, um für heute Feierabend zu machen und nach Hause zu fahren. Troy und Daniel gingen hintenherum und betraten das Haus durch die hintere Küchentür. Aus dem Wohnzimmer drangen Gesprächsfetzen herein, allem Anschein nach von einer Unterhaltung zwischen dem Bürgermeister und Mama River.

Sie hatte ihn direkt an der Haustür aufgehalten.

„Sie werden doch nicht wieder einen meiner Wölfe mitnehmen, oder?“, fragte Mama River herausfordernd. „Denn das letzte Mal, als Sie jemanden hierhergeschickt haben, um Terra zu holen, war meine Familie gezwungen, hier zu fliehen und sich in alle Himmelsrichtungen zu verteilen. Ich hole sie gerade erst wieder zurück, also glauben Sie ja nicht, dass Sie hier noch eins meiner Babys mitnehmen werden.“

Der Bürgermeister hob abwehrend die Hände. „Natürlich nicht, Mrs. River. Ich wollte nur nach Zoe sehen, um mich zu vergewissern, dass es ihr gut geht.“ Der Mann war etwas älter – vermutlich

Mitte vierzig, dem Grau nach zu urteilen, das sich bereits in die Schläfen seines schwarzen Haares geschlichen hatte – aber das charmante Lächeln und die blauen Augen ließen ihn zweifellos wie einen Politiker wirken.

Daniel und Troy eilten herbei, um Mama River beizustehen. Troy wusste nicht, was Daniel vorhatte, aber er war mehr als bereit, den Bürgermeister in die Schranken zu weisen, sollte er der Patriarchin der River-Familie querkommen.

Der Bürgermeister hob die Hände noch ein Stück höher. „Ich würde mich nie mit einer Frau anlegen, die von so vielen geliebt wird, wie Sie.“ Er lächelte erneut, diesmal aber nicht so glatt, sondern ein wenig aufrichtiger.

Jetzt hob Mama River ihre Hand, um Daniel und Troy zurückzuhalten. „In meinem Haus wird es keine Gewalt geben“, sagte sie und obwohl es nicht die Stärke eines Alpha-Befehls hatte, spürte Troy dennoch, wie es seinen Körper durchdrang.

Sie wandte sich wieder dem Bürgermeister zu. Dieser hatte die Hände heruntergenommen und schlug nun einen sanfteren Ton an. „Ich würde mich ja für das entschuldigen, was mit Terra passiert ist, aber glücklicherweise hat die Sache ja ein ganz wunderbares Ende genommen.“

Mama Rivers Augen verengten sich. „Einen Partner zu finden gehört zu den wichtigsten Dingen, die einem Wolf im Leben widerfahren können. Ich bin mir nicht ganz sicher, ob ein Mensch das vollständig würdigen kann."

„Sie würden überrascht sein." Er schenkte ihr ein kleines Lächeln, das leicht gequält wirkte. „Ich habe vor einigen Jahren meine Frau verloren und das ist etwas, was mich immer noch verfolgt. Mit diesem Ort hier geht es Ihnen bestimmt ähnlich, Mrs. River – Sie haben all das hier zusammen mit Ihrem Mann aufgebaut, nicht wahr? Ich kann verstehen, warum Sie es mit Ihrem Leben verteidigen würden."

Troy konnte sehen, dass seine Worte Wirkung auf Mama River hatten – er war sich nur nicht sicher, wie viel von diesem Gelaber der Bürgermeister tatsächlich ernst meinte.

„Ich bin froh, dass Sie es verstehen", sagte sie sanft. „Mir ist trotzdem nicht ganz wohl bei dem Gedanken, dass Sie Zoe besuchen. Es ist noch früh und das Mädchen hatte gestern eine harte Nacht. Sie ruht sich noch aus."

„Ich kann natürlich später wiederkommen", sagte der Bürgermeister eilig. „Es ist nur so, dass ich mit Grace gesprochen habe, der Partnerin Ihres

Sohnes Jared. Und sie war besorgt. Ich bin in erster Linie auf ihren Wunsch hier, aber es gibt da auch eine private Angelegenheit, die ich mit Zoe besprechen muss.“ Er bedachte Daniel und Troy mit einem kurzen Blick und hatte dabei ein extra Stirnrunzeln für Troy übrig, als würde er sich fragen, wer er war und was er hier verloren hatte. Zweifellos spielte irgendein dahergelaufener Feuerwehrmann in der politischen Welt des Bürgermeisters und selbst bei seinem Wissen über die Wilding- und River-Rudel keine große Rolle. „Ich versuche nur, Zoes Privatsphäre zu respektieren, deswegen möchte ich mit ihr lieber unter vier Augen reden.“

Doch Troy gefiel das überhaupt nicht. „Nun, wie wäre es, wenn wir *sie* entscheiden lassen, was sie privat halten möchte?“

Daniel sah ihn kurz mit hochgezogener Augenbraue an, richtete seinen misstrauischen Blick dann aber wieder auf den Bürgermeister. „Es liegt an dir, Mama River“, sagte er, „aber wenn du möchtest, kann Troy dich und den Bürgermeister zu Zoe nach oben begleiten. Ich bin mir ziemlich sicher, dass sie wach ist – ich habe heute Morgen schon nach ihr gesehen, bevor wir zum Laufen rausgegangen sind.“

Troy runzelte die Stirn. Er hatte zwar Geräusche aus Zoes Zimmer gehört, aber nicht mitbekommen, dass Daniel bei ihr vorbeigeschaut hatte, bevor er ihn für ihren morgendlichen Ausflug abgeholt hatte.

„Na gut“, sagte Mama River, trat von der Tür zurück und bat den Bürgermeister mit einer Handbewegung herein.

Daniel blieb unten an der Tür, während die drei anderen – der Bürgermeister, Mama River und Troy – die Treppe hinaufstapften, um Zoe einen Besuch abzustatten. Als sie an ihre Zimmertür klopften, öffnete Zoe ihnen mit dunklen Ringen unter den Augen, aber offenbar war Mama River heute Morgen schon mit ihrer Schere vorbeigekommen – Zoes Haare waren nicht länger schief, sondern jetzt ordentlich auf Schulterlänge geschnitten. Sie schien müde und ein wenig überrascht zu sein, sie zu sehen, bat sie jedoch alle in ihr Zimmer. Daniel musste ihr ein paar Arbeitsgeräte gebracht haben – auf ihrer Kommode stand eine kleine, wissenschaftlich aussehende Maschine und auf ihrem Bett lagen verschiedene Laptops und andere kabellose Geräte verteilt. Sie war barfuß und trug immer noch ihren Schlafanzug aus hellrosa Flanell mit kleinen Wölfen darauf, womit sie einfach unglaublich süß aussah.

Zoe eilte durch den Raum, hob umherliegende Kleidungsstücke auf und brachte ein wenig Ordnung ins Zimmer. „Mir geht es gut“, sagte sie zum Bürgermeister. „Ich stecke nur gerade bis zum Hals in Arbeit und versuche, einige der Daten aus einem externen Sicherheitsspeicher wiederherzustellen. Ich hatte bloß noch keine Zeit, Grace zurückzurufen. Sie hätten nicht extra hierherkommen müssen, um nach mir zu sehen.“

Ihr schien der Besuch des Bürgermeisters weitaus weniger auszumachen als Troy... und Mama River nahm das offenbar als Zeichen dafür, dass alles in Ordnung war. Sie verabschiedete sich wieder, bestand aber darauf, dass Troy „für den Fall, dass Zoe etwas braucht“, bei ihnen blieb.

Doch darum musste sie sich keine Sorgen machen. Troy würde Zoe auf keinen Fall mit dem Bürgermeister allein lassen. Er verschränkte die Arme und baute sich wie ein Wachmann neben der Tür auf.

„Ich wollte mich nur persönlich davon überzeugen, dass es Ihnen gut geht“, sagte der Bürgermeister. Er betrachtete ihre Ausrüstung, schien jedoch nicht ganz schlau daraus zu werden. Dann sah er zu Troy. „Es gibt da etwas, das ich mit Ihnen besprechen wollte, ich bin mir nur nicht sicher, ob ich das in Anwesenheit Ihres Freundes hier tun kann."

„Das können Sie ruhig", sagte sie und gestikulierte beschwichtigend in Richtung des Bürgermeisters, während sie weiter aufräumte. „Die meisten meiner Geheimnisse kennt er sowieso schon."

„Ich weiß, dass Sie Agent Smiths Daten verwenden, um den Wolfsjäger zu suchen", sagte der Bürgermeister geradeheraus.

Was? Plötzlich schrillten Troys Alarmglocken wieder.

Zoe hielt abrupt inne und starrte den Bürgermeister an. „Oh. Okay."

So schnell er konnte ging Troy im Kopf alle Fakten durch, die er aus den Nachrichten mitbekommen hatte. Agent Smith hatte medizinische Versuche an Shiftern durchgeführt. Grace Krepky hatte diese Experimente aufgedeckt und behauptet, die Daten zu haben, um alles beweisen zu können. Zoe war Genforscherin. Hatte Grace ihr Zugriff auf Agent Smiths Daten gewährt? Und nutzte sie sie irgendwie, um den Wolfsjäger aufzuspüren?

„Ich habe das alles bereits mit Grace besprochen", fuhr der Bürgermeister unter Zoes prüfendem Blick fort. „Und ich wollte Sie wissen lassen, dass ich Sie dabei in jeder Hinsicht unterstützen werde. Ich weiß, dass der Wolfsjäger besessen davon ist, einen bestimmten weißen Wolf zu finden. Und Grace sagte mir, dass dieser Wolf ihr Vater sein könnte. Haben Sie diesbezüglich schon irgendwas herausgefunden?“, fragte er geradeheraus.

Troys Nackenhaare stellten sich auf.

„Ich weiß, dass Grace gerne ihren Vater finden würde“, sagte Zoe mit einem Seufzer. „Aber momentan liegt mein Fokus darauf, den Wolfsjäger selbst zu fassen.“

„Aber glauben Sie, dass der Wolfsjäger irgendwie an Agent Smiths Daten herangekommen sein könnte?“, hakte der Bürgermeister nach. „Und er sie eventuell nutzt, um Graces Vater zu suchen?“

„Ja“, sagte Zoe und knirschte mit den Zähnen. „Davon bin ich überzeugt. Ich weiß nur nicht, was er mit ihm vorhat, falls er ihn findet, aber ich bezweifle, dass es etwas Gutes sein wird. Aber das ist nicht der einzige Grund, warum wir diesen weißen Wolf schnappen wollen, bevor er es tut.“

Der Bürgermeister hatte ihr nickend zugehört, hielt jetzt aber inne. „Ist es nicht?“

„Nein.“ Zoe wirkte sichtlich angespannter. „Es ist schwer zu erklären, aber es würde auch meine Forschungsarbeit erleichtern.“

„Ich verstehe. Nun..." Er betrachtete ihre dürftige Ausrüstung, die zweifellos weit von dem entfernt war, was in ihrem Labor verbrannt war. „Falls Sie bei Ihren Bemühungen in irgendeiner Form Unterstützung brauchen, lassen Sie es mich gerne wissen. Zunächst einmal wird die Polizei wegen des Bombenangriffs in Ihrem Labor ermitteln. Ich verspreche Ihnen, alle Hebel in Bewegung zu setzen, um diesen Wolfsjäger aufzuspüren, bevor er weiteren Schaden anrichten kann."

Scheinbar half das Zoe, sich wieder zu entspannen. „Vielen Dank, Herr Bürgermeister."

Er machte einen Schritt nach vorne und nahm Zoes Hände in seine, worauf Troys Wolf sofort gereizt reagierte. Fast hätte er die beiden angeknurrt, schaffte es aber gerade noch, sich zu beherrschen.

„Bitte, nenn mich Robert." Der Bürgermeister überreichte ihr eine kleine Karte. „Hier ist meine private Telefonnummer. Falls du *irgendetwas* brauchst, ruf ruhig jederzeit an."

Das Angebot klang einigermaßen unschuldig, aber Troy gefiel es trotzdem nicht.

Der Bürgermeister verabschiedete sich von ihnen und ging an Troy vorbei zur Tür hinaus, der zurückblieb und ihm nachsah. Dann drehte er sich wieder zu Zoe um. „Also jagst du mit Hilfe dieser Daten den Wolfsjäger?“

„Ja“, antwortete sie, doch es wirkte erschöpft und so, als würde sie nicht wirklich darüber reden wollen. „Ich weiß nicht, ob der Wolfsjäger geahnt hat, dass ich ihm auf den Fersen war, aber der Bombenanschlag hat mich jedenfalls mächtig zurückgeworfen. Wenigstens habe ich die Daten noch…“ Sie warf einen leicht hoffnungslosen Blick auf die beiden Laptops auf ihrem Bett.

Troy schloss die Schlafzimmertür und ging dann zu ihr. „Ich verstehe nicht, warum du nicht mit Skylar und den anderen weißen Wölfen trainieren willst. Ist es wegen deines Großvaters?“

Sie wich zurück und sah ihn entsetzt an. „Woher weißt du von meinem Großvater?“

Er zuckte zusammen. Vielleicht hätte er besser nichts sagen sollen. „Daniel hat mir vom Familiengeheimnis der Wildings erzählt. Wir waren draußen im Wald laufen und...“

Sie fing sich wieder und winkte ab. „Okay. Na gut. Ist ja auch egal.“

Doch er gab nicht auf. „Aber überleg doch mal – sie werden das bestimmt verstehen. Und ich werde dich dabei so gut ich kann unterstützen. Wenn du es ihnen nur sagen würdest—“

„*Nein!*“ Plötzlich waren ihre Augen voller Feuer und das dunkle Blau darin leuchtete noch stärker. „Du hast es mir versprochen!“

„Und das Versprechen werde ich auch halten“, sagte er hastig und näherte sich ihr vorsichtig. „Aber wenn du den Wolfsjäger *wirklich* erwischen willst, wäre das die beste Art, es anzugehen. Denn wenn du deiner Familie, deinem Rudel und den anderen weißen Wölfen nicht vertrauen kannst, wem dann?“

Sie schien mit dieser Überlegung zu kämpfen zu haben, also ging er ein Stück weiter auf sie zu. „Ich weiß, dass du mich kaum kennst. Und die anderen kennen mich genauso wenig. Aber wenn ich dir als Außenstehender etwas sagen darf... glaub mir, du hast hier etwas ganz Besonderes mit deiner Familie. So, wie ihr aufeinander achtgebt, das hat nicht jeder. Kapsel dich davon nicht ab.“

Ihre verbissene Miene wurde auf eine Art sanfter, die seinen Wolf so heftig regieren ließ, dass er sie fast in die Arme genommen hätte. Aber jetzt war nicht der richtige Moment, also hielt er sich zurück.

„Okay“, sagte sie sachte.

„Ja?“, fragte er genauso leise.

„Ja, okay, ich mache es. Ich sag's ihnen." Ihre Schultern sackten herab.

Er lächelte breit, beugte sich zu ihr und flüsterte: „So… ich kenne also nur *die meisten* deiner Geheimnisse, Zoe Wilding? Ich möchte sie aber alle kennen." Eigentlich hatte er sie nur necken wollen, aber der Ausdruck in ihren Augen verriet ihm, dass es da wirklich noch etwas gab – etwas, das sie ihm nicht erzählte.

„Nein, sonst hab ich keine", sagte sie, trat zurück und winkte ihn fort. „Ich muss erst noch etwas Arbeit erledigen. Aber ich habe mitbekommen, dass die weißen Wölfe jeden Nachmittag draußen auf dem Feld trainieren. Ich sage es ihnen dann."

Sie tat genau das, worum er sie gebeten hatte – sie öffnete sich ihrer Familie und vertraute ihnen ihr Geheimnis an – aber gleichzeitig schickte sie ihn wieder aus ihrem Zimmer und verschloss sich ihm gegenüber. Er musste sich fest auf die Lippen beißen, um nichts zu erwidern. Stattdessen zog er sich anstandslos zurück, überließ sie ihrer Arbeit und versuchte, den Fortschritt, den er erzielt hatte, nicht wieder zunichte zu machen.

Und überhaupt, worauf hatte er denn gehofft? Auf einen Kuss?

Sie hatte ziemlich deutlich gemacht, dass sie nicht an ihm interessiert war.

Doch das hielt seinen Wolf nicht davon ab, enttäuscht zu heulen, als er die Tür hinter sich schloss.

Kapitel Fünf

„Du bist ein weißer Wolf?", fragte Daniel und das Entsetzen in seiner Stimme ließ Zoes Magen verkrampfen.

Es war später Nachmittag und Zoe hatte Troy gegenüber Wort gehalten – sie hatte sich zu den anderen weißen Wölfen draußen auf dem Feld gesellt und war bereit für das Training. Owen, Kaden und Noah standen mit offenen Mündern neben Daniel. Skylar grinste, doch sie kannte Zoe nicht – und auch nicht den Grund, warum ein weißer Wolf zu sein in der Wilding-Familie nichts war, worauf man stolz sein konnte.

Troy stand hinter ihr. Sie spürte, wie sich seine Hand auf ihren unteren Rücken legte. „Ist schon okay", sagte er ermutigend.

Zoe machte einen Schritt nach vorne, weil der Körperkontakt mit ihm sie zu sehr ablenkte. Sie machte das hier, weil er recht gehabt hatte... und nicht etwa, weil sie nicht aufhören konnte, an ihn zu denken.

Sie räusperte sich. „Ja, das bin ich“, sagte sie laut zu den anderen auf dem Feld. „Und gezaubert habe ich auch schon ein wenig.“

Daniel warf dramatisch die Hände in die Luft. „*Scheiße,* Mann! Warum bin ich denn hier die einzige Niete ohne magische Kräfte?“ Er wirkte so aufrichtig entnervt, dass ein Lachen aus Zoe heraussprudelte und sich ihr verkrampfter Magen ein wenig lockerte.

„Danke, Kumpel“, rief Troy hinter ihr. „Gut zu wissen, dass ich hier zu den Nieten gehöre.“

Daniel ließ die Arme sinken. „Oh, hey, Troy, ich wollte nicht—“

„War nur ein Witz, Mann“, sagte Troy lachend.

Skylar tänzelte von hinten an Daniel heran. „Ich werde deinen inneren Hexer schon noch hervorbringen, du heißer Kerl, du“, schnurrte sie.

Daniel zuckte erschrocken zusammen und wirbelte zu ihr herum. Entweder bildete Zoe sich das nur ein oder da lief was zwischen den beiden.

„Los, Daniel“, sagte Zoe, froh darüber, dass die

Aufmerksamkeit nicht länger auf ihrer großen Enthüllung lag. „Du fängst an."

Skylar grinste und zog Daniel zu sich, der sie nun wie gelähmt und mit großen Augen anstarrte. Zoe kannte ihren Cousin nicht sonderlich gut, doch er hatte den Ruf, ein ziemlich anständiger Kerl zu sein. Zwar hatte er sich noch keine Partnerin genommen, aber Zoe konnte verstehen, wieso – was Paarungen anging hatte seine Familie eine äußerst dunkle Vergangenheit. Vielleicht war die Hexe Skylar nicht die beste Kandidatin dafür, aber andererseits... bei den genetischen Eigenschaften, die die Mitglieder der Wilding-Familie zu teilen schienen, war die Paarung mit einer Hexe auch nicht das Abwegigste. Immerhin hatte selbst Jaxson River das bereits getan, auch wenn seine Partnerin nur eine Halbhexe war.

Zoe drehte sich zu Troy um und senkte die Stimme. „So, ich hab's ihnen gesagt. Können wir jetzt gehen?", fragte sie halb im Scherz.

Er sah sie mit gespielter Verärgerung an, doch sein kleines, belustigtes Schmunzeln löste etwas in ihrem Intimbereich aus – etwas, das keineswegs unangenehm war.

Verdammt, sie musste aufhören, so über ihn zu denken.

„Zeig ihnen den Schild“, sagte Troy leise. Alle anderen waren damit beschäftigt, Daniel bei seinem Versuch zuzusehen, seine magischen Kräfte freizusetzen. „Das habe ich noch keinen von ihnen machen sehen. Und du hast das voll drauf.“

So erwartungsvoll und aufgeregt wie er sie ansah, fiel es ihr schwer, dem zu widerstehen. „Ich weiß nicht.“ Die ganze Sache schien ihr eine ungeheuer schlechte Idee zu sein. Worauf sollte das hinauslaufen? Würde sie sich aufmachen und den Wolfsjäger in einem großen Showdown voller Hexenmagie und Feuerbällen bekämpfen? „Ich bin keine Kämpferin, Troy. Ich bin ein kleiner, forschender Bücherwurm aus einem Genetiklabor. Ich weiß nicht einmal, was ich hier tue—“

Er hob einen Finger hoch, um sie zu unterbrechen, führte ihn dann ganz langsam an ihre Lippen und tippte kurz darauf. Seine Augen fokussierten sich auf den Punkt, den er gerade berührt hatte, und der sich für Zoe anfühlte, als hätte die Hitze seiner Fingerspitze ihn entflammt. Troy sah aus, als wollte er sich vorbeugen und sie küssen.

Zoe blinzelte wie erstarrt zu ihm auf und war komplett überfordert mit der Situation. Es gab nur eine Handvoll Typen, die sie überhaupt je *geküsst* hatte, von anderen Sachen ganz zu schweigen. Sie war immer darauf bedacht gewesen, den größtmöglichen Abstand zu allen Männern zu halten, die ihre Wölfin und ihren tierischen Paarungsinstinkt hätten erregen können. Nicht, dass sie nicht auf Männer stand oder noch nie einem begegnet war, den sie heiß gefunden hätte – sie konnte es nur einfach nicht riskieren. Außerdem war sie zu beschäftigt damit gewesen, an ihrer eigenen, persönlichen Erlösung zu arbeiten.

Männer waren eine fast genauso fremde Spezies für sie wie die Viren in ihrem Labor.

„Ich bin so stolz auf dich", sagte Troy leise. „Wenn wir nicht gerade mit deiner halben Familie mitten auf einem Feld stehen würden, würde ich dich wahrscheinlich küssen."

„Kommt deine Anerkennung immer mit einem Bonuskuss?" Sie konnte das Beben in ihrer Stimme spüren, war aber froh, dass es trotzdem ziemlich fest geklungen hatte. Fast schon frech sogar.

Er lachte leise. „Nur bei hübschen, sexy Wolfshexen mit ordentlich Power. Und davon kenne ich nur ein paar."

„Ein paar?" Das Atmen fiel ihr immer schwerer.

„Nur eine", gab er zu. „Und ich würde wirklich gerne sehen, was sie alles draufhat."

Der Ton seiner Stimme hatte irgendwas, das

zutiefst sexy und motivierend war – nicht wie ein Alpha-Befehl, sondern eher wie eine wirklich heiße Aufforderung.

Hinter ihnen stöhnten Owen und Noah frustriert, als Daniel etwas nicht hinbekam, zu dem Skylar ihn aufgefordert hatte. Kaden hingegen hatte die Arme vor seiner massigen Brust verschränkt und sah mit offensichtlicher Belustigung zu.

„Lass dich nicht kleinkriegen, Daniel", rief Zoe, ließ Troy stehen und ging auf ihren Cousin zu.

Skylar trat zurück, als Zoe ihren Arm hob und mit aufrechter Handfläche in Daniels Richtung ausstreckte.

Verteidigend riss er die Hände hoch. „Hey, jetzt fangt nicht noch an, euch gegen mich zu verbünden."

Zoe lächelte. „Du hast recht, ich sollte dich nicht als Versuchskaninchen missbrauchen." Dann drehte sie sich um und richtete ihre offene Handfläche auf einen Baumstumpf. Was auch immer dem Baum zuvor zugestoßen war – wahrscheinlich eine enorme magische Feuersalve – hatte ihn etwa einen halben Meter über dem Boden sauber abrasiert. Und irgendwie war dabei ein Tannenzapfen auf den Baumstumpf gefallen und dort einsam liegengeblieben.

Als Zoe ihre Magie das erste Mal wahrgenommen hatte, hatte sie diese Entdeckung umgehend begeistert. Sie war noch jung gewesen – zu jung, um die schreckliche Kraft und die wirkliche Bedeutung dahinter zu verstehen – also hatte sie damit herumgespielt und versucht, sie zu beherrschen, bevor sie irgendwem davon erzählte. Doch selbst damals hatte ein Teil von ihr schon gewusst, dass sie das alles besser geheim halten sollte. Sie war noch nicht weit mit ihren Experimenten gekommen, als ihr bereits klar geworden war, dass sie damit aufhören musste... oder sie würde riskieren, wie ihr Großvater zu werden. Mächtig. Und böse.

Daher war ihr magisches Wissen recht begrenzt. Es war mehr als fünf Jahre her, dass sie ihre Hexenkräfte bewusst heraufbeschworen hatte. Das Feuer im Labor zählte nicht – diesen Schild zu erzeugen war offensichtlich instinktiv geschehen. Zum Glück hatte sie ihn kontrollieren können, als Troy sie darum gebeten hatte.

So wie er es auch jetzt tat.

Sie konzentrierte sich darauf, die Energie tief in ihrem Inneren anzuzapfen, dort wo ihre Wölfin lebte und ihre Magie verborgen lag. Zoe brachte sie dazu, sich auszudehnen, und stellte sie sich als einen Strahl vor, der von ihrer Handfläche ausgehend eine gerade Linie zum Tannenzapfen bildete. Und plötzlich schoss ein blauer Feuerball aus ihrer Hand, doch er entfaltete keine zerstörerische Kraft – stattdessen wickelte er sich um den Tannenzapfen und umhüllte ihn mit einem blauen Schild, einer schimmernden Energieblase wie jene, die sie und Troy vor dem Feuer geschützt hatte. Immer noch auf den Zapfen fokussiert, drehte Zoe ihre Handfläche nach oben – und hob ihn tatsächlich mit dieser Handbewegung vom Baumstumpf in die Luft. Sie ließ ihn eine Weile schweben und warf dann einen Blick nach hinten zu Troy. Seine Augen strahlten und gaben ihr unmissverständlich zu verstehen, dass er sie sofort für einen Kuss zu sich gezogen hätte, wenn sie allein gewesen wären. Sie sah wieder weg, zurück zu den anderen, bevor ihr bei dem Gedanken zu viel Hitze in die Wangen steigen konnte.

„*Heilige Scheiße.*“ Daniel sah sie mit demselben ehrfürchtigen Gesichtsausdruck wie der Rest an. Selbst Skylar schien fasziniert zu sein. Aufgeregt huschte sie über das halb verbrannte Gras zu Zoe.

„Was hast du denn sonst noch so drauf, Mädchen?“ Ihre großen grünen Augen spähten neugierig zu Zoe hoch – die Hexe war wirklich winzig, selbst im Vergleich zu Zoe. „Die Hexerei ist eine so tief verwurzelte weibliche Kraft. Ich wette, unter dieser hübschen neuen Frisur ist noch eine ganze Menge mehr los.“

Zoe lachte kurz auf. „Ich mache wirklich nichts Besonderes. Ich manipuliere nur ein bisschen das Kraftfeld.“

Skylar sah beeindruckt aus, dann drehte sie sich um und nickte den immer noch verdutzt glotzenden Männern zu. „Seht ihr? Nur ein bisschen das Kraftfeld manipulieren.“ Wieder an Zoe gewandt sagte sie: „Diese kräftigen, maskulinen Kerle sind zwar sündhaft heiß, doch sie sind mehr Wolf als Hexer. Obwohl sich die Kräfte des weißen Wolfes bei ihnen deutlich äußern, fällt es ihnen schwerer, ihre Hexenseite zu nutzen. Pech für sie, aber du... *du*, mein Mädchen, könntest erstaunliche Dinge vollbringen.“

Zoe hatte diese Theorie schon einmal gehört – dass Hexen und Wölfe gemeinsame Vorfahren hatten, die sich irgendwann vor langer, langer Zeit zu zwei unterschiedlichen Spezies entwickelt hatten – in eine vorwiegend weibliche, die Hexen, und in eine vorwiegend männliche, die Wölfe.

„Du meinst also, dass ich besseren Zugriff auf

meine Hexenseite habe, weil ich ein *weiblicher* weißer Wolf bin?“ Die Wissenschaftlerin in Zoe war fasziniert, aber sie war mehr als ein wenig besorgt darüber, was das in der Praxis bedeuten würde. Sie hatte nie versucht, die Grenzen ihrer Macht auszureizen – nicht einmal annähernd. Als ihr klargeworden war, welche Folgen das alles für ihr Leben haben könnte, hatte sie ihre Magie schnell wieder weggesperrt.

„Absolut!“ Skylar forderte sie mit einer Bewegung ihres Zeigefingers auf, weiter hinaus aufs Feld zu kommen. „Es ist ja erwiesen, dass wir – Hexen und Wölfe – früher viel inniger miteinander verbunden waren.“ Sie warf Daniel ein kurzes Grinsen zu, das ihn erstaunlicherweise rot anlaufen ließ.

Hexen waren oft scharf auf Wölfe – aber da die meisten Hexen nicht besonders ehrenhaft waren, konnte jene männliche Wölfe, die in ihren Betten landeten, ein schreckliches Schicksal ereilen. Es gab mehr als genug Hexen, die durch und durch böse waren und Wölfe wegen ihrer magischen Körperteile jagten – und ihnen ihr Blut, ihre Herzen und noch mehr raubten. Schließlich herrschte nicht grundlos Misstrauen zwischen den Spezies. Aber die flirtenden Blicke, die Skylar Daniel zuwarf, und seine Reaktion darauf... das sah nach viel mehr als nur der normalen sexuellen Anziehungskraft aus.

Eher nach dem, was auch Zoe jedes Mal erhitzte, wenn Troy sich ihr näherte.

Nachdem sie Daniel mit einem aufreizenden Lippenlecken gequält hatte, wandte sich Skylar wieder Zoe zu. „Für euch Wölfe mag es weit in der Vergangenheit liegen, aber einige meiner Schwestern leben schon so lange, dass sie sich noch an die Zeit erinnern können, als die uralte Vereinigung von Wölfen und Hexen nicht nur eine Geschichte war. Aber die weißen Wölfe, zu denen ihr geworden seid, sind definitiv das, was in unserer heutigen Zeit einer Einheit der beiden Seiten am nächsten kommt. Meine Schwestern und mein Hexenzirkel sind alle ziemlich neidisch auf mich – nicht nur, weil ich hier meine Zeit mit ein paar absoluten Traumtypen verbringen kann, sondern auch, weil der weiße Wolf der Beginn von etwas ganz Besonderem für Wölfe und Hexen sein könnte. Etwas, das wir seit Hunderten von Jahren nicht mehr gesehen haben."

„Wie meinst du das?", fragte Troy hinter ihr. Er hatte sich ihnen genähert, um genauer mitzubekommen, was sie da taten.

Mit einem weiteren Blick auf Daniel sagte

Skylar: „Ich meine, dass die Wiedervereinigung unserer Spezies möglich sein könnte."

Zoe war sich allerdings nicht ganz sicher, ob sie damit die *Vereinigung* mit einem heißen männlichen Shifter-Körper oder eine wirkliche Verbindung der beiden Spezies meinte.

Vielleicht beides.

„Im Moment interessiert mich nur, wie ich einen gewissen Wolfsjäger zur Hölle jagen kann, falls er noch einmal in mein Labor kommt", sagte Zoe.

Skylar wurde wieder etwas nüchterner. „Da hätte ich auch nichts gegen." Mit schmalen Augen sah sie Zoe an. „Zeig mir, was du wirklich draufhast, Schwester."

Diese Aufforderung, gepaart mit der Wut, die sie auf den Wolfsjäger hatte, löste etwas in Zoe aus. Er hatte ihr Labor in die Luft gesprengt und ihre Forschungsarbeit ausgebremst. Er hatte ihre Familie angegriffen. Es wäre unheimlich befriedigend, diejenige zu sein, die einen blauen Strahl magischer Energie durch seinen Körper jagen und all seinen widerlichen Plänen ein Ende setzen würde. Und wenn er endlich weg war, hatte sie vielleicht eine Chance, tatsächlich wieder an die Arbeit zu gehen und ihre persönlichen Probleme zu lösen. Vielleicht konnte sie sich dann eines Tages so von einem Mann umarmen lassen, wie sie sich heute schon Troys große, muskulöse Feuerwehrmannarme um sich wünschte. Seit er ihr gesagt hatte, dass er *all* ihre Geheimnisse erfahren wollte, bekam sie dieses Bild nicht mehr aus dem Kopf.

Eines Tages würde sie ein normales Leben führen, doch momentan stand der Wolfsjäger dem noch gefährlich im Weg.

Zoe schloss ihre Augen und griff tief in ihr Innerstes... an den Ort, an dem ihre weiße Wölfin lag. Sie befahl ihr, mit aller Kraft emporzukommen und ihr zu zeigen, wozu sie in der Lage war. Wenn es je einen richtigen Zeitpunkt gegeben hatte, ihre Wölfin zu entfesseln, solange sie sie noch hatte... dann war es jetzt.

Sie streckte beide Hände aus und vergewisserte sich aus zusammengekniffenen Augen, dass sie auf den Baumstumpf gerichtet waren. Sie spürte ihre innere Kraft wie ein Erdbeben aus den Tiefen ihrer Seele aufsteigen und ihren Körper buchstäblich erschüttern. Mit fest zusammengepressten Augen konzentrierte sie sich darauf, diese Energie aus der Tiefe nach oben und durch ihre Hände nach außen zu kanalisieren. Der Ausbruch kam so plötzlich, als hätte sie etwas entkorkt – als die Magie aus ihr herausschoss, hatte sie schon keine Kontrolle mehr darüber. Ein lautes, krachendes Geräusch zwang sie, die Augen zu öffnen – der Baumstumpf war verschwunden.

Vernichtet.

Voller Entsetzen sah sie sich panisch um.

Dünne Schleier blauer Magie waberten immer noch über das Feld und sprangen von Baum zu Baum, zu Boden und zurück auf weitere Bäume – als wären es Blitze, die einen Platz zum Landen suchten. Auf etwa einem Meter Höhe verlief eine Linie brennender Zerstörung quer über die gesamte Waldlichtung und hatte dutzende Bäume niedergerissen.

Zoes Mund stand weit offen. Alle anderen – Troy, Skylar, Daniel, Noah, Owen und Kaden – lagen auf dem Boden.

Sie japste hilflos, bekam jedoch keine Luft.

Erst als alle begannen, sich zu bewegen, und die Köpfe hoben, um zu ihr aufzusehen, konnte sie wieder atmen.

Sie hatte sie nicht umgebracht. Gott sei Dank.

Doch das Entsetzen ließ sie trotzdem kopfschüttelnd zurückweichen. Sie drehte sich um und stolperte beinahe über Troys flach am Boden liegenden Körper. Er streckte die Hand nach ihr aus, doch sie wich seinen Armen aus und rannte zum Anwesen zurück.

Sie hatte sie nicht umgebracht... *aber das hätte sie fast.*

Irgendwie – sie wusste nicht einmal, wie – hatten sie sich geduckt, bevor Zoe die Wucht ihrer Magie entfesselt hatte. Aber wenn sie nicht so schnell reagiert hätten, hätte Zoe sie genauso gefällt wie die rauchenden Bäume am Waldrand. Oder in Stücke gerissen wie den Baumstumpf.

Das würde sie unter keinen Umständen noch einmal tun.

Sie hatte von Anfang an recht gehabt – ihre weiße Wölfin war zu gefährlich, um sie am Leben zu lassen.

Kapitel Sechs

Troy war immer noch benommen von der magischen Explosion, doch er rappelte sich trotzdem hoch, um Zoe nachzueilen.

Sie war Hals über Kopf zurück ins Haus gestürmt, wahrscheinlich, um in ihr Zimmer zu flüchten – was womöglich das Beste war. Er hatte noch nie etwas gesehen, das mit dem Ausbruch von magischer Energie vergleichbar gewesen wäre, die aus ihren Händen gekommen war – doch glücklicherweise hatte sie niemanden verletzt. Im Grunde war dieser Schuss fast wie der Schild gewesen, der sie im Labor geschützt hatte. Zumindest hatte es sich für Troy so angefühlt, als die Welle aus elektrischer Energie gegen ihn gekracht war. Sie war im Grunde nicht zerstörerisch gewesen, sondern hatte ihn und die anderen lediglich zu Boden geworfen und dann einen Brandkreis am Rande des Feldes hinterlassen, als sie dort verdampft war. Aber Zoes Gesichtsausdruck und ihrer jähen Flucht nach zu urteilen, musste sie denken, dass es viel schlimmer gewesen war.

Er rief ihr mehrere Male nach, aber sie ignorierte ihn. Zum Glück war er schneller und holte sie gerade noch ein, bevor sie ihm die Zimmertür vor der Nase zuschlagen konnte. Er bekam den Arm in den Spalt, schwang sich in den Raum und schloss dann die Tür hinter ihnen.

Sie wirbelte zu ihm herum und ballte die Fäuste. „Raus hier! Hast du nicht gesehen, wie gefährlich ich bin?“

Er ging geradewegs auf sie zu und ergriff ihre Schultern. „Du bist *nicht* gefährlich“, sagte er so entschieden wie er nur konnte, aber sie wehrte sich knurrend und weinend gegen seinen Griff und versuchte, nach ihm zu schlagen. Ihre Krallen kamen hervor und gruben sich in seine Brust, doch er biss die Zähne zusammen und zog sie noch näher an sich heran, damit sie ihre Wut und ihre Angst an seinem Körper auslassen konnte – er würde wieder heilen, aber Zoe brauchte gerade jemanden, der sie umarmte. Er schlang die Arme um sie und drückte sie wie ein wildes Tier, das beruhigt werden musste, an seine Brust.

Zoe wehrte sich noch ein wenig weiter, dann sank sie schluchzend an seine Brust. „Tut mir leid. Tut mir so leid“, brachte sie weinend zwischen den Schluchzern hervor.

„Es gibt nichts, was dir leidtun müsste“, flüsterte er ihr zu, während sie das Gesicht in seiner Brust vergrub. „Du hast nichts falsch gemacht.“

Ihr traten immer noch Tränen aus den Augenwinkeln, als sie zu ihm aufblickte. „Wie kannst du das nur sagen? Ich hätte dich gerade töten können. Wie kannst du so... so *gut* zu mir sein? Erkennst du nicht, was ich bin?“

„Ob ich nicht erkenne, was du bist?“, fragt er mit düsterem Stirnrunzeln, lockerte aber seinen Halt ein wenig, sodass sie sich halbwegs aus seinem Griff winden konnte. Sie schien entschlossen, sich zu befreien, also ließ er sie widerwillig los.

Sie schlang die Arme eng um sich und wich vor ihm zurück. „Ich bin eine weiße Wölfin, aber das hilft mir nicht, den Wolfsjäger zu bekämpfen“, sagte sie verbittert, als hätte Troy versucht, sie dazu zu drängen. „Ich werde ihn mit wissenschaftlichen Mitteln finden, nicht mit Magie.“ Wütend ließ sie ihre Arme sinken und stampfte zu ihrem Bett, auf dem noch immer die Laptops lagen. Sie schnappte sich einen davon und klappte ihn auf.

„Du könntest beides tun", sagte Troy vorsichtig, ohne sich ihr zu nähern.

Sie rollte sich auf dem Bett zusammen und drückte ungeduldig auf den Einschaltknopf des Computers, um ihn hochzufahren. Sie wischte sich mit dem Handrücken die Tränen weg und rieb sich derb übers Gesicht, um die Heulspuren loszuwerden. Er konnte nicht mit ansehen, wie sie so grob zu sich war.

Da sie nicht wieder zu ihm kam, gab er nach und ging quer durch den Raum zu ihrem Bett. Er schloss den Laptop, legte ihn zur Seite und setzte sich neben sie. Sie sah ihn an, als würde er sich unmöglich verhalten, aber er konnte sehen, wie ihr erneut Tränen in die Augen stiegen.

„Warum lässt du mich nicht einfach in Ruhe?", forderte sie.

Darauf hatte er keine gute Antwort parat. Weil sein Wolf verrückt nach ihr war? Das würde sie nicht akzeptieren. Weil er sie heiß und sexy fand? Jetzt schien wirklich nicht der richtige Zeitpunkt zu sein, *das* anzusprechen. Weil sie verdammt klug war und in einer absolut beschissenen Situation steckte? Das stimmte zwar, aber auch das traf es nicht ganz – es war einfach, weil sie ihn *brauchte.*

Und da sie ihn brauchte, würde sein Wolf nicht zulassen, dass er ihr von der Seite wich.

Also fragte er stattdessen: „Warum hasst du sie so sehr? Deine weiße Wölfin, meine ich."

„Du verstehst das nicht." Ihre Stimme bebte und er spürte, wie sie tief in seinem Inneren widerhallte. Am liebsten hätte er die Lücke zwischen ihnen wieder geschlossen und sie in die Arme genommen, aber das ging nicht. Sie würde sich nur wieder losreißen. Außerdem war es nicht das, was sie im Moment von ihm brauchte.

„Dann erklär es mir." Mit einem eindringlichen Blick gab er ihr zu verstehen, dass er nicht gehen würde, bis sie darüber geredet hatten.

„Die Fähigkeiten der weißen Wölfe haben noch nie etwas Gutes bewirkt."

„Sprichst du von deinem Großvater? Daniel ist nämlich auch nicht begeistert von dem Kerl, aber er hat herausgefunden, dass er nicht wie sein Großvater ist. Und Noah auch nicht. Nur weil du eine weiße Wölfin bist, heißt das nicht, dass du wie dieses Arschloch sein musst. Du kannst anders sein."

„Ich bin ja schon anders!" Sie gestikulierte mit

einer Hand zum Fenster, von dem aus man das Feld überblicken konnte. „Hast du nicht gesehen, was ich gerade getan habe?“

Er legte den Kopf schräg und sah sie an. „Weißt du, was ich gesehen habe? Ich habe eine Frau gesehen, deren Magie so instinktiv schützt, dass sie jeden einzelnen auf diesem Feld davor bewahrt hat, verletzt zu werden, sogar dann, als sich ihre Kraft unkontrolliert entfesselt hat.“

Sie lehnte sich zurück und musterte ihn düster. „Wie meinst du das?“

„Ich meine, dass du niemanden verletzt hast – und das war kein Zufall. Es ist ein Teil von dir.“

Sie schüttelte den Kopf und senkte den Blick. „Du hast keine Ahnung, wozu ich in der Lage bin.“

„Vielleicht nicht“, gab er zu. „Aber ich weiß, was du hast. Ein Rudel. Eine Familie. Unglaubliche Kräfte. Alles, was ich liebend gerne hätte. Wofür ich meinen linken Arm geben würde—“

„Das kannst du alles gerne haben!“, sagte sie wütend und schlug mit den Fäusten auf ihre Bettdecke. Er nahm ihre Hände und hielt sie fest, dann beugte er sich vor und sah ihr tief in die Augen. „Du bist ein guter Mensch, Zoe.“ Es erstaunte und verwirrte ihn gleichermaßen, dass ihr das nicht bewusst war.

Sie zog ihre Hände weg, verschränkte erneut die Arme vor der Brust und verschloss sich. Grenzte ihn aus.

Dann funkelte sie ihn finster an. „Wusstest du, dass der Wolfsjäger ein weißer Wolf ist?“, fragte sie und wartete aufmerksam seine Reaktion ab.

Er wich zurück. „Wirklich?“

„Ja“, schleuderte sie ihm entgegen, als wäre es eine Anschuldigung. „Und er hat seine Mutter bei der Geburt getötet.“

Was zur Hölle? Troys Bestürzung stand ihm wohl deutlich ins Gesicht geschrieben, denn Zoe nickte und fuhr fort. „Terra hat mir davon erzählt – während er sie gefoltert und sich daran aufgegeilt hat, meine Cousine aufzuschlitzen, hat er seine ganze Lebensgeschichte ausgepackt. Dass er nie herausgefunden hat, wer sein leiblicher Vater war und er als Waise in verschiedenen Pflegefamilien aufgewachsen ist. Dass er immer das Gefühl hatte, mit ihm stimme etwas nicht, aber nie genau wusste, was es war, bis er mitbekam, dass Grace Krepky sich als weißer Wolf outete. Und als er dann seine alten Krankenhausunterlagen in die Hände bekam und herausfand, wie seine Mutter gestorben ist, hat er das Monster entdeckt, das er wirklich ist.“

Troy hatte keine Ahnung, warum sie all das so

sehr aufwühlte, doch er nickte, um sie zum Weiterreden zu ermutigen. „Okay."

„Und weißt du, was er herausgefunden hat?"

Troy schüttelte den Kopf.

„Dass er im Mutterleib geshiftet ist und seine Mutter bei der Geburt getötet hat."

Er runzelte die Stirn. „Das ist nicht normal, Zoe, das muss dir doch klar sein. Die meisten Wölfinnen gebären problemlos ihre—"

„Nein, du hast absolut recht. Das ist *nicht* normal. Weil *er* nicht normal ist. *Er ist ein weißer Wolf.* So wie ich. Und weißt du was? Meine Mutter ist auch bei der Geburt gestorben."

Oh, Scheiße. „Zoe, das tut mir leid—"

Sie lachte auf, aber es lag keinerlei Humor darin. „Nicht so leid wie mir."

Troy wusste nicht, was er darauf erwidern sollte. „Zoe, ich...", stotterte er.

„Du brauchst nichts zu sagen. Ich weiß, wie furchtbar das ist. Aber tu nicht so, als wüsstest du, was ich bin. Oder wozu ich in der Lage bin. Selbst *ich* weiß das nicht... aber es ist etwas, mit dem ich nichts zu tun haben will und das ich nicht weitergeben möchte."

Düster runzelte er die Stirn. „Das ist also der

Grund, warum du keinen Partner willst. Das ist dir wirklich ernst."

„Todernst." Sie wich seinem Blick aus und ließ nicht zu, dass er ihr in die Augen schaute.

Nach kurzem Zögern ergriff er wieder ihre Hand. Diesmal zog sie sie nicht zurück, also hielt er sie so sanft er konnte fest. Er wartete, bis sie endlich aufblickte, und sagte dann so sanft er nur konnte: „Du bist ein guter Mensch, Zoe." Sie begann, den Kopf zu schütteln, also beeilte er sich, weiterzureden. „Für mich schon. Du setzt alles daran, den Wolfsjäger zu finden. Du hast Angst vor dem, was du sein könntest, und bist trotzdem raus aufs Feld gegangen und hast versucht, mitzumachen. Du hast versucht, zu helfen. Für mich bist du nicht nur kein schlechter Mensch, sondern eine wunderschöne, intelligente Frau. Und eine atemberaubende Wölfin. Wie Skylar schon sagte, du bist ein seltenes Geschöpf – aber das bedeutet nicht, dass du alles alleine machen musst. Glaub mir, ich weiß, wie es ist, ganz auf sich allein gestellt zu sein. Ich bin auch eines dieser Kinder, das seinen Shifter-Vater nie kennengelernt hat. Dieser Versager hat meine menschliche Mutter geschwängert und sie dann sitzengelassen. Ich konnte mich gerade noch so aus den Gangs in der Innenstadt herauskämpfen. Es gab niemanden, der mir geholfen hat. Niemanden, der sich um mich scherte. Aber ich wollte etwas Besseres als ein Krimineller werden. Etwas Besseres als ein Wolf, der verbergen muss, wer er ist. Ich habe hart dafür gearbeitet, Feuerwehrmann und Sanitäter zu werden. Jetzt habe ich zwar meinen Trupp bei der Feuerwehr, aber ein Wolfsrudel? So etwas hatte ich noch nie. Und jetzt, wo ich sehe, wie es ist, will ich alles davon haben. Alles, was zum Wolfsein dazugehört. Ich weiß, dass du damit aufgewachsen bist, und dass du Angst vor dieser Sache mit deiner weißen Wölfin hast. Aber wirf das nicht alles weg." Er zog sie näher zu sich. „Öffne dich mir, Zoe. Lass mich Teil deiner Welt sein." Deutlicher hätte er es nicht sagen können.

Ihre Augen waren fest auf seine Hände gerichtet, die ihre weiterhin festhielten. Einen langen Moment starrte sie darauf, dann fuhr sie sich mit der Zunge über die Lippen und biss sich auf die Unterlippe. Wenn sie so weitermachte, würde er nicht darauf warten, bis sie näher rückte oder irgendetwas sagte – er würde sie einfach küssen.

Doch dann begann sie doch noch, zu sprechen. „Du bist ein guter Mann, Troy." Langsam hob sie ihren Blick und sah ihn an. „Zu gut für mich. Du solltest gehen."

Es war, als würde sie ihm doch noch die Tür vor der Nase zuschlagen, nur fühlte es sich an, als würden ihm dabei Stahlspitzen in seine Brust gerammt. Er wich zurück und ließ ihre Hand los.

„Wenn es das ist, was du willst.“ Es gelang ihm nicht, den Schmerz in seiner Stimme zu verbergen.

Sie wandte den Blick ab und starrte an ihm vorbei an die gegenüberliegende Wand. Ihre Körpersprache vermittelte ihm recht eindeutig, dass er verschwinden sollte, also erhob er sich langsam vom Bett. Jede Faser seines Körpers flehte ihn an, zu bleiben, und sein Wolf heulte, dass er wieder zu ihr gehen, sie in seine Arme nehmen und erneut fordern sollte, dass sie sich ihm öffnete.

Aber dazu hatte er kein Recht, egal wie sehr er es auch wollte.

Oder wie sehr er glaubte, dass sie es brauchte.

Mit der Hand auf der Türklinke hielt er ein letztes Mal inne. „Das Anwesen werde ich nicht verlassen. Aber ich lasse dich in Ruhe.“

Dann verließ er den Raum und schloss leise die Tür hinter sich.

Kapitel Sieben

Es waren bereits mehrere Tage vergangen und Troy hatte sein Versprechen gehalten – er ließ sie in Ruhe.

Zoes Wölfin jedoch jammerte und jaulte, als hätte man ihr ein Körperteil amputiert.

Noch nie hatte ein Mann so viel über sie gewusst, sogar mehr als ihr eigener Vater – und trotzdem wollte er sie haben. Und sie hatte ihn einfach davongejagt.

Zoe versuchte, sich auf die riesigen Datenmengen auf ihrem Bildschirm zu konzentrieren, doch das Ganze verschwamm immer wieder vor ihren Augen. Sie redete sich ein, dass es nicht an ihren Tränen lag, und die Hälfte der Zeit stimmte das auch, doch so oder so kam sie einfach kein Stück weiter.

Die Wahrheit war, dass sie schon immer jeden von sich weggestoßen hatte, der ihr zu nahe gekommen war. *Definitiv* jeden, der ihre weiße Wölfin hätte entdecken können, ganz zu schweigen davon, sie ins Bett kriegen oder, Gott bewahre, ihr Partner werden wollte. Irgendwie hatte Troy alle Barrikaden überwunden, die sie gewöhnlich errichtete, und all ihre Abwehrmechanismen ausgesetzt. Er hatte ihr das Leben gerettet. Er hatte ihr Geheimnis entdeckt. Er hatte sich auf eine Weise um sie gekümmert, wie es noch nie jemand außerhalb ihrer Familie getan hatte. Dazu war er noch unheimlich sexy... und ein blöder Dickkopf, der sich einfach weigerte, sie aufzugeben, egal wie oft sie ihn abwies.

Nur *hatte* er sie jetzt möglicherweise aufgegeben... und das zerriss sie innerlich.

Was zur Hölle sollte sie jetzt nur tun?

Jahrelang hatte sie sich in der Arbeit, dem Studium und in allem anderen vergraben, das mit dem Labor ihres Vaters an der Universität zu tun hatte. Die Tochter des Professors zu sein hatte sie unter den Studenten gewissermaßen berühmt gemacht, aber auch ein Stück weit unnahbar. Und das hatte Zoe auch voll ausgenutzt – sie war einfach nie mit Männern ausgegangen. Was geradezu *großartig* funktioniert hatte... bis ein heißer Feuerwehrmann aufgetaucht war und sie vor dem sicheren Tod bewahrt hatte.

Vier Tage waren auf dem Familienanwesen der Rivers vergangen, seit sie Troy abgewiesen hatte... aber er spukte ihr immer noch im Kopf herum. Außerdem war ihrer Wölfin empfindlich bewusst, dass sie jede Nacht nur eine Wand voneinander trennte.

Zoe schlug ihren Laptop zu und schob ihn zur Seite. Mit ihrer Datenanalyse kam sie sowieso gerade nicht voran und die Laborausrüstung, die sie brauchte, war immer noch nicht geliefert worden. Sie war fest entschlossen, den Vater des Wolfsjägers vor ihm zu finden, aber sich in ihrem Zimmer zu verbarrikadieren brachte sie einfach nicht weiter.

Und ihr fiel die Decke auf den Kopf.

Sie brauchte einen Spaziergang und ein wenig gute Bergluft, um den Kopf freizubekommen. Vielleicht konnte sie so Troy und seinen heißen Körper aus ihren Gedanken vertreiben – vorausgesetzt, sie begegnete ihm nicht auf dem Weg nach draußen.

Sie wartete eine lächerlich lange Zeit hinter ihrer verschlossenen Tür und lauschte auf das

Knarren und Ächzen des Hauses, um sich zu vergewissern, dass niemand aus Troys Zimmer nebenan kam oder hineinging. Dann schlich sie sich hinaus und schlängelte sich durch die Flure, tapste die Stufen hinunter und huschte zur Vordertür, in der Hoffnung, nach draußen zu gelangen, bevor irgendjemand sie bemerkte.

Aber sie war nicht schnell genug.

„Zoe?"

Zu ihrer Erleichterung war es nur Mama River.

Zoe straffte die Schultern, drehte sich zu ihr um und versuchte dabei, etwas Würde zurückzugewinnen und so zu tun, als wäre sie nicht gerade wie ein Gefängnisausreißer herumgeschlichen. „Guten Morgen, Mama River!", sagte sie heiter.

„Schön, dich außerhalb deines Zimmers zu sehen." Mama River ging langsam auf die Haustür zu. „Aber wenn du nach draußen willst, solltest du lieber hinten rausgehen." Sie neigte den Kopf zur Veranda vor der Haustür.

Zoe verstand nicht, was sie meinte... bis sie die Stimmen hörte. Zuerst glaubte sie, die tiefe Stimme würde zu Troy gehören und dass Mama River sie davor warnen wollte – war es so offensichtlich, dass sie ihm aus dem Weg ging? Aber als sie genauer hinhörte, wurde ihr klar, dass es sich um eine

Unterhaltung zwischen Grace und dem Bürgermeister handelte.

Zoe senkte ihre Stimme zu einem Flüstern. „Ist das schon wieder der Bürgermeister?"

Mama River nickte und sah mit hochgezogener Augenbraue in Richtung seiner Stimme. „Er kommt in letzter Zeit öfter vorbei."

Zoe lächelte breit. „Ich glaube, der steht auf dich, Mama River."

Die ältere Frau bedachte sie mit einem tadelnden Blick, schien aber nicht wirklich verärgert. Vielmehr hätte Zoe schwören können, ein frisches Funkeln in ihren Augen entdeckt zu haben. „Was soll der Bürgermeister von Seattle denn mit einer alten Frau wie mir?"

Zoe lehnte sich zurück. „Du machst Witze, oder? Du bist wunderschön und einer der fantastischsten und liebenswürdigsten Menschen, die ich je getroffen habe." Ihr Gesicht wurde heiß, als sie merkte, wie überschwänglich sie schwärmte, aber es stimmte – die Frau hatte schon immer den Ruf gehabt, unglaublich freundlich zu sein und jeden Wolf aufzunehmen, der durch ihre Tür kam, aber Zoe hatte zuvor nie die Gelegenheit gehabt, das auch aus erster Hand zu erfahren, bis Mama River ihr hier oben in den Bergen Zuflucht geboten hatte.

Und es hatte nicht lange gedauert, bis sie die leidenschaftliche Loyalität der Shifter nachvollziehen konnte, die zu ihrem Schutz zurückgeblieben waren, als der Wolfsjäger die Lage des Anwesens öffentlich gemacht hatte.

Zoe zuckte die Achseln und versuchte, ihre Verlegenheit zu überwinden. „Ich will damit nur sagen, dass jeder Mann sich glücklich schätzen könnte, eine Frau wie dich in seinem Leben zu haben."

Mama River schmunzelte über Zoes Unbeholfenheit, wurde dann aber wieder ernst. „Ich bin nicht an irgendwelchen Männern interessiert, die..."

„Das meinte ich damit nicht—"

Mama River legte kurz den Kopf schräg und gab ihr zu verstehen, dass sie noch nicht fertig war. Zoe presste die Lippen aufeinander.

„Der Bürgermeister ist ein guter Mann", fuhr Mama River fort. „Er hat viel für Seattle getan, auch schon bevor der Wolfsjäger aufgetaucht ist. Jahrelang hat er dazu beigetragen, eine florierende Stadt zu erschaffen, in der meine drei Söhne ihr Unternehmen betreiben und zufrieden leben konnten. Und seit der Wolfsjäger zu einer ernsthaften Bedrohung geworden ist, hat der Bürgermeister mehrere wichtige Schritte unternommen, um die Stadt langsam an den Gedanken zu gewöhnen, dass Shifter hier genauso willkommen sein sollten wie alle anderen auch. Ich weiß das wirklich zu schätzen. Nicht alle Menschen lieben uns so sehr, wie es der Bürgermeister tut."

„Uns lieben?" Zoe fand, dass das ein wenig übertrieben klang.

Doch Mama River nickte nur auf ihre weise Art und Zoe fragte sich, ob ihr etwas entgangen war. „Zuerst war ich wütend auf ihn", sagte Mama River. „Das gebe ich zu. Als er darauf bestanden hat, Terra in Schutzhaft zu nehmen, habe ich stark an seinen Beweggründen gezweifelt. Selbst als er vergangene Woche zum Haus kam, um dich zu besuchen, Zoe, war ich von seinem Anliegen nicht ganz überzeugt."

Zoe zog die Augenbrauen hoch. „Aber jetzt bist du es?"

Ihre Augen funkelten noch ein wenig mehr. „Er kann durchaus charmant sein."

Zoe stieß ein kleines Lachen aus und es fühlte sich gut an, etwas von der Anspannung aus ihren Muskeln zu lösen, die sich während ihres tagelangen Hockens vor dem Computer angestaut hatte. „So sind Männer nun einmal, nicht wahr?

Aber wie sicher bist du dir bei dem hier, Mama River? Immerhin ist er Politiker."

„Oh ja, dessen bin ich mir durchaus bewusst." Sie lächelte immer noch. „Aber ich sehe noch mehr in ihm... ein gütiges Herz, wie mein Mann es hatte. So, wie er sich um dich, Terra und besonders Grace kümmert – er ist genauso fürsorglich, wie mein Mann es gewesen wäre, wenn wir jemals die Töchter gehabt hätten, die er sich so sehr gewünscht hat."

Das versetzte Zoes Herzen einen Stich. „Vermisst du ihn sehr? Deinen Ehemann, meine ich."

Mama Rivers Miene wurde weicher. „Sein Tod liegt schon viele Jahre zurück, aber mein Haus war stets voller lieber Leute und das hat geholfen, das Loch in meinem Herzen zu füllen. All das hier ist genau das, was mein Richard gewollt hätte." Sie gestikulierte zu dem Haus um sie herum. „Der Bürgermeister hilft den Leuten, die ich liebe, und den Wölfen unter meiner Obhut – und damit hat er sich einen besonderen Platz in meinem Herzen verdient. Es ist fast schon bedauerlich, dass er ein Mensch ist." Ein kleines, fast wehmütiges Lächeln breitete sich in ihrem Gesicht aus. „Wenn er ein Wolf wäre, würde ich es mir überlegen."

Zoe grinste erneut. „Naja, nicht jeder heiße

Mann muss ein Partner fürs Leben sein. Du könntest einfach..." Sie wackelte mit den Augenbrauen und hoffte, dass sie damit nicht zu weit ging.

Mama River lachte und bedachte sie mit einem wissenden Blick. „Wenn man einmal einen Partner gehabt hat, Zoe Wilding, dann weiß man, dass mit einem heißen Kerl ins Bett zu steigen nur ein blasser Abklatsch dessen ist, was man eigentlich haben könnte. Nein, ich bin an einem Punkt angekommen, an dem ich nicht wirklich interessiert bin, solange ich nicht alles haben kann. Außerdem liegen mein Herz und mein Fokus gerade bei meiner Familie und der Tatsache, dass sie so vielen Bedrohungen ausgesetzt ist."

Beim Gedanken an Mama Rivers Verlust und der Vorstellung, dass sie vielleicht nie wieder einen Partner finden würde, schmerzte Zoes Brust erneut. Es schien einfach nicht richtig, besonders bei einer so wunderbaren Person wie ihr. „Ich hoffe, du findest eines Tages jemanden, der dir all das geben kann, was du dir wünschst."

Mama River lächelte. „Komisch, ich wollte dir gerade dasselbe sagen."

Wieder stieg ihr Hitze ins Gesicht und sie zog eine Grimasse. „Oh. Ich, äh, suche eigentlich keinen Partner." Aber sobald die Worte ihren Mund verlassen hatten, fühlten sie sich wie eine Lüge an. Und Mama River konnte man so leicht nichts vormachen, zumindest war es ziemlich unwahrscheinlich, dass man damit durchkam.

„So läuft die Sache mit den Partnern nicht“, tadelte Mama River sie scherzhaft. „Dein Partner findet dich – oder zumindest tritt er in dein Leben. Dann liegt es an dir, in sein Innerstes zu sehen und herauszufinden, ob er für dich bestimmt ist.“

Zoe wusste nicht, was sie dazu sagen sollte. Denn Mama River konnte ihr Dilemma nicht verstehen – trotz des Vorfalls, der sich vor ein paar Tagen auf dem Feld ereignet hatte, war Zoe sich ziemlich sicher, dass niemand ihr Geheimnis gelüftet hatte. Und selbst wenn, würde Mama River trotzdem nicht verstehen können, warum es niemanden auf der Welt gab, der als Partner für sie in Frage käme. Nicht, solange sie nicht geheilt war.

Während sie noch nach Worten rang, öffnete sich die Haustür hinter ihr. Zoe wich zur Seite und Grace und der Bürgermeister traten ein.

„Zoe!“, rief Grace und schlang Zoe ihre schlanken Arme in einer herzlichen Umarmung um den Hals. „Genau zu dir wollte ich.“ Sie wandte sich wieder dem Bürgermeister zu. „Du kennst Bürgermeister Truhall, oder?“

Zoe streckte die Hand aus. „Freut mich, Sie wiederzusehen, Herr Bürgermeister."

Er schüttelte ihre Hand. „Wenn du nicht bald anfängst, mich Robert zu nennen, könnte das ernsthaft meine Gefühle verletzen."

Zoe lächelte und senkte leicht beschämt den Kopf. Sie verstand sofort, was Mama River mit *charmant* gemeint hatte – und gutaussehend war der Bürgermeister noch dazu. Er hatte dieses gewisse Etwas eines attraktiven älteren Mannes, mit strahlend blauen Augen und einem Hauch von Grau, das sich in sein dunkles Haar mischte. Er war nicht schmierig oder glatt, wie sie es von einem Politiker erwartet hätte, oder bei einem älteren Mann, der womöglich versuchte, ein hübsches junges Ding wie Grace oder Zoe anzumachen. Sein Augenzwinkern war freundlich, fast väterlich, aber sein Blick landete schnell auf Mama Rivers Gesicht.

„Mrs. River, wie schön, Sie wiederzusehen." Diesmal war das Lächeln des Bürgermeisters sogar noch etwas wärmer. Die Fältchen um seine Augen verrieten, dass er nicht ganz sicher war, ob er auf dem Anwesen willkommen war... es aber hoffte.

„Meine Tür steht denen, die sich für die Shifter, die ich liebe, einsetzen, immer offen." Die Aussage schien eine tiefere Bedeutung zu haben, die Zoe aber nicht ganz entziffern konnte.

Aber es brachte den Bürgermeister zum Lächeln. „Nun, dann kann ich mich wohl glücklich schätzen, dazu zu gehören."

Grace legte dem Bürgermeister eine Hand auf den Arm und drückte ihn auf liebevolle Weise, fast so, wie eine Tochter es tun würde. „Mama River", sagte sie und warf der älteren Frau einen ernsten Blick zu. „Bürgermeister Truhall hat mehr für uns Shifter getan als jeder andere Politiker, den ich auf meiner Wahlkampftour getroffen habe. Lass mich gerne wissen, falls du noch ein paar weitere positive Referenzen hören möchtest."

Der Bürgermeister lachte verhalten, aber Zoe konnte erkennen, dass das Leuchten in dem Blick, mit dem er Grace betrachtete, von einer aufrichtigen Zuneigung für sie herrührte.

„Grace, möchtest du mit nach oben kommen?" fragte Zoe. „Ich habe da ein paar Daten, die dich interessieren könnten." Zoe vermutete, dass es der aufkeimenden Romanze zwischen dem Bürgermeister und Mama River wahrscheinlich nützen würde, wenn sie ein wenig Zeit für sich alleine hätten.

Grace biss sich auf die Lippen und ließ ihren

Blick kurz über den Bürgermeister, Mama River und Zoe schweifen. Dann schüttelte sie den Kopf. „Ich habe den Bürgermeister extra den ganzen Weg hier hoch geschleppt, um ihm etwas Besonderes zu zeigen, Zo. Nicht nur, damit er mir während der Fahrt Gesellschaft leistet." Sie warf ihm ein kleines Lächeln zu.

„Ich bin dir allein schon dankbar dafür, dass du mich aus diesem Stadtplanungstreffen geholt hast." Er lächelte. „Aber ich bin trotzdem sehr auf dieses *Dreamteam* gespannt, das ihr hier zusammengestellt habt."

Dreamteam? Zoe zog die Augenbrauen hoch und sah Grace fragend an. Doch die nickte nur. „Ich habe dem Bürgermeister erzählt, dass wir *eventuell* eine besonders schlagkräftige Gruppe von Wölfen haben, die es mit dem Wolfsjäger aufnehmen könnten."

Der Bürgermeister hob die Hände. „Offiziell kann ich eine Bürgerwehr von Wölfen, die womöglich darauf aus ist, Kriminelle zu fassen, die die Shifter-Bevölkerung terrorisieren, natürlich nicht gutheißen." Er nahm die Hände wieder runter und senkte die Stimme. „Aber ganz unter uns: Ich will sehen, wie ihr diesen Bastard zur Strecke bringt. Wenn ihr ein Spezialteam habt, das möglicherweise meinen Polizeikräften zuvorkommt, wäre es hilfreich, wenn ich schon im Vorfeld ein gewisses Maß an Informationen hätte, um dann die Notwendigkeit dafür rechtfertigen zu können."

Zoe runzelte die Stirn, aber der Bürgermeister wusste ja bereits, dass Grace eine weiße Wölfin war – jeder wusste das. Daher sollte es auch keine allzu große Überraschung für ihn sein, dass es noch mehr von ihnen gab. Natürlich wusste Grace von Zoes weißer Wölfin, aber Zoe konnte sich nicht vorstellen, dass sie das hier und jetzt zur Sprache bringen würde. Nicht, ohne sie vorzuwarnen.

„Ich vermute, die anderen sind hinterm Haus und trainieren." Zoe wäre es lieber gewesen, mit Grace in ihr Zimmer zu gehen, um über ihre Forschung zu sprechen, anstatt nach allem, was Anfang der Woche geschehen war, Skylar und den anderen gegenübertreten zu müssen. Ganz zu schweigen davon, dass Troy mit hoher Wahrscheinlichkeit ebenfalls dort sein würde. „Komm einfach nochmal bei mir vorbei, wenn ihr dort fertig seid, Grace."

Grace runzelte die Stirn und schüttelte dann den Kopf. „Komm doch mit uns, Zoe! Und du auch, Mama River. Ich hatte vor, eine richtig ordentliche Show zu bieten. Außerdem habe ich gehört, dass Skylar auch hier ist – und ich würde sehr gerne mit ihr trainieren. Danach können wir immer noch übers Geschäftliche sprechen, Zoe."

„Okay." Das war Zoe zwar *alles andere* als recht, aber sie wollte vor dem Bürgermeister keine Szene machen. Also schloss sie sich ihnen an, als Grace ihn zur Eingangstür hinausführte. Und auch Mama River kam hinterher.

Wie sie erwartet hatte, waren Skylar und die anderen – Kaden, Noah, Owen, Daniel und Troy – draußen auf dem Feld und übten. Troy schien zweimal hinsehen zu müssen, als er Zoe erblickte, dann flüsterte er Daniel etwas zu, der den Befehl, den er gerade erteilen wollte, abbrach und sich umdrehte. Offenbar hatten sie sie zwischen zwei Runden ihres Feuerballtrainings erwischt, oder was auch immer sie in letzter Zeit üben mochten. Zoe wich Troys hartem Starren aus, indem sie erst den Blick auf den Boden vor sich richtete und dann zu Grace sah, die sich immer noch beim Bürgermeister untergehakt hatte.

Mama River hielt sich ein wenig im Hintergrund, beugte sich dann aber zu Zoe vor und flüsterte: „Na los. Sieht aus, als möchte er, dass du ihm Hallo sagst."

Zoe verkniff es sich, sie finster anzusehen.

Mama River liebte es, Kupplerin zu spielen und für jeden den wahren Partner zu suchen, und Zoe wollte der netten Frau, die ihr einen sicheren Unterschlupf bot, an dem sie arbeiten konnte, keine Widerworte geben.

Sie zwang sich, aufzuschauen und Troys beharrlichem und doch zurückhaltendem Blick zu begegnen. „Hey“, sagte sie. *Herrgott*, wie erbärmlich klang das denn?

„Hey“, erwiderte er. Zum Glück hörte er auf, sie anzustarren, und blickte mit verkniffener Miene auf Grace und den Bürgermeister. Er musste sich zweifellos fragen, was es damit wohl auf sich hatte.

Die anderen hatten ihr Geplänkel beendet und sich am Feldrand versammelt, um sie zu begrüßen.

Grace räusperte sich. „Ich hoffe, es macht euch nichts aus, dass wir euer Training unterbrechen“, sagte sie. „Aber ich habe dem Bürgermeister von eurem Dreamteam hier erzählt.“

Daniel runzelte die Stirn, während Skylar sich zu ihm gesellte. Die anderen Männer – Owen, Kaden und Noah – hielten sich ebenfalls argwöhnisch zurück und verschränkten die Arme vor der Brust. Selbst Troy sah Zoe mit hochgezogenen Augenbrauen an.

„Bist du dir sicher, dass das eine gute Idee ist,

Grace?“, fragte Daniel und sprach damit eindeutig das aus, was alle anderen dachten, einschließlich Zoe. Sie hoffte inständig, dass niemand erwähnen würde, dass *sie* ein weißer Wolf war. Plötzlich schien es nicht mehr so unwahrscheinlich, dass Grace das ausplaudern könnte.

„Tut mir leid, Daniel“, sagte Grace. „Ich hätte das wohl vorher mit euch abklären sollen. Aber ich habe gehört, dass ihr mit euren Übungen Fortschritte macht, und ich dachte, dass der Bürgermeister darüber Bescheid wissen sollte. So gehen wir sicher, dass ihr keinen Ärger bekommt, falls ihr tatsächlich in eine Auseinandersetzung mit dem Wolfsjäger geratet.“

Daniel runzelte zwar immer noch die Stirn, nickte aber und neigte den Kopf in Richtung des Bürgermeisters. „Wie viel weiß er schon?“ Er warf einen kurzen Blick zu Zoe und ihr Magen verkrampfte sich.

„Der Bürgermeister weiß natürlich, dass ich eine weiße Wölfin bin“, sagte Grace. „Aber ich dachte mir, eine kleine Vorführung wäre das Beste, um ihm den Rest zu zeigen.“

Daniel nickte, wandte sich der Trainingsgruppe zu und führte sie vom Bürgermeister weg und wieder weiter aufs Feld hinaus, wobei er Zoe bewusst aus diesem vermeintlichen *Dreamteam* herausließ. Sie seufzte erleichtert und selbst als Troy sich neben sie stellte, machte sie das nicht so nervös, wie es sonst der Fall gewesen wäre.

„Okay, Leute", sagte Troy an sie, Mama River, Grace und den Bürgermeister gewandt. „Wenn wir hier eine Demonstration bekommen, wäre es mir deutlich wohler, wenn ihr etwa zehn Schritte Abstand nehmen könntet." Er geleitete sie an den Rand des Feldes, gut zwanzig oder dreißig Meter von der Stelle entfernt, wo Daniel, Skylar und der Rest sich aufgestellt hatten.

Der Bürgermeister stand mit vor sich gefalteten Händen und einem erwartungsvollen Lächeln am Feldrand, während Grace sich zwischen ihn und Mama River stellte. Troy ergriff Zoe am Ellbogen und zog sie ein wenig von den dreien fort.

Na toll.

Er beugte sich zu ihr und flüsterte: „Geht es dir gut?"

Sie nickte. Allein seine Hand auf ihrem Arm zu spüren und seine Stimme zu hören, ließ Zoes Wölfin wieder hungrig an die Oberfläche kommen. Und dass er sich erkundigte, wie es ihr ging, so als hätte es die vergangenen vier Tage der kompletten Distanz nicht gegeben oder als würden sie für ihn einfach keine Rolle spielen, wirkte auf sie noch anziehender. Dabei hätte er jedes Recht gehabt, wütend zu sein und sie genauso abzuweisen, wie sie es mit ihm getan hatte. Sie hätte es ihm nicht einmal verübeln können, wenn er ihr Geheimnis ausgeplaudert hätte, jetzt da sich auch alle anderen weißen Wölfe dem Bürgermeister offenbarten. Doch er tat nichts von alledem, was ihr Herz natürlich noch weiter aufgehen ließ. Selbst wenn sich ihre Wölfin nicht so sehr nach ihm gesehnt hätte, *mochte* Zoe diesen netten, sanften und attraktiven Mann einfach.

Draußen auf dem Feld beschwor Skylar gerade eine Kugel blauer Energie herauf, die über ihrer Hand schwebte und die Zoe über die ganze Lichtung hinweg knistern hören konnte. Skylar ließ die Kugel leicht hüpfen, als wäre sie ein Volleyball und kein waberndes, schimmerndes Ding aus purer, magischer Energie. Dann warf sie sie Owen zu, der sie mühelos auffing und an Noah weitergab, der sie wiederum mit Schwung zu Kaden schlug, welcher den Kreis schloss, indem er sie einmal um sich kreisen ließ und dann in Skylars Richtung zurückschickte. Sie schienen immer besser im Umgang mit ihrer Magie zu werden, auch wenn Zoe sie nur wenige Male hatte trainieren sehen. Heimlich schielte sie zum Bürgermeister – dem die Überraschung deutlich ins Gesicht geschrieben stand.

Grinsend betrachtete Grace seine schockierte Miene, als ob dies die ganze Zeit ihr Plan gewesen wäre. Mama River wirkte beeindruckt, aber nicht sonderlich überrascht. Immerhin hatte sie ja bereits ihre Einwilligung dazu gegeben, dass ein guter Teil ihres Grundstücks durch magisches Feuer versengt wurde.

„Sie... sie... beherrschen Magie." Die Stimme des Bürgermeisters bebte leicht.

Grace hakte sich wieder bei ihm ein. „Ich wusste, dass du überrascht sein würdest." Sie grinste immer noch. „Das sind *alles* weiße Wölfe wie ich. Außer Skylar natürlich – sie ist eine waschechte Hexe. Und Daniel hat seinen weißen Wolf noch nicht erweckt, aber wir hoffen, dass es bald passiert."

„*Noch* nicht?", fragte der Bürgermeister leicht bestürzt. Dann gestikulierte er zu den Wölfen und ihrem feurigen, blauen Spielzeug. „Kannst du das auch, Grace? Diese... *Magie* heraufbeschwören?"

Grace grinste noch breiter. „Noch nicht. Aber ich werde mit Skylar trainieren. Mit Daniel arbeitet sie auch schon daran."

Der Bürgermeister ging wieder dazu über, das

Training mit offenem Mund zu verfolgen. Als wäre es abgesprochen gewesen, signalisierte Skylar in diesem Moment Daniel, dass er mit der hüpfenden Kugel aus magischer Energie an der Reihe war. Aber er schüttelte bloß den Kopf, hob die Hände und trat einen Schritt zurück. Sie stemmte eine Hand in die Hüfte und legte den Kopf schräg, um ihre Enttäuschung zu signalisieren. Dann fing sie den blauen Energieball auf und klatschte in die Hände, um ihn verschwinden zu lassen. Sie rief Owen etwas zu, woraufhin dieser mehrere präzise Handbewegungen vor seinem Körper ausführte, als wäre es eine Kampfkunstfigur… Langsam bildete sich ein blauer Schild um ihn herum, genau wie der, den Zoe erzeugt hatte, als ihr Labor in Flammen stand.

Zoe sah zu Troy, der ihr lächelnd zunickte. „Ich habe ihnen von dem Schild erzählt. Sie werden immer besser damit."

Noah und Kaden begannen, es Owen nachzumachen und ihre eigenen Schilde zu erzeugen. Skylar war zu Daniel herübergegangen, hatte seine Hände genommen und redete auf ihn ein. Er schüttelte den Kopf, einmal, zweimal... dann ließ er ihn in den Nacken fallen, als ob er endlich entnervt ihrer Bitte nachgeben würde.

Er trat ein paar Schritte zurück und begann dann, die gleichen Bewegungen wie die anderen drei zu machen. Skylar grinste über beide Ohren und rief ihm weiter Ermutigungen zu. Mit geschlossenen Augen bewegte Daniel seine Hände und es fiel Zoe nicht schwer, zu erraten, was er da tat – er rief seinen Wolf. Soweit sie wusste, war er immer noch ein normaler, kein weißer Wolf. Aber vielleicht würde das hier sein inneres magisches Biest hervorbringen.

Gerade als Zoe davon überzeugt war, dass es nicht funktionieren würde, bildete sich ein schwaches, hellblaues Schimmern um Daniel herum. Er öffnete die Augen und warf Skylar einen überraschten Blick zu, die grinsend in die Hände klatschte. Daniel ließ die Arme noch schneller kreisen und sein Schild wurde stärker und stabiler. Doch dann... *wuchs er*.

Troys Augen weiteten sich vor Staunen und beide sahen sie ehrfürchtig zu, wie Daniels Schild von einer kleinen Blase, die seinen Körper umhüllte immer weiter anschwoll, bis sie alle auf dem Feld umschloss. Der Schild hatte jetzt einen Durchmesser von mindestens zwanzig Metern. Zoe hatte noch nie etwas Derartiges versucht, und sie konnte nur erahnen, wie viel Kraft und Energie in Daniels aufblühendem weißen Wolf stecken musste, um so etwas zu erschaffen.

Schließlich hörte er mit seinen Handbewegungen auf und die blaue Energie schoss wie ein losgelassenes Gummiband zurück auf seinen Körper zu – der Einschlag warf Daniel zu Boden.

Zoe keuchte und schlug die Hand vor den Mund. „Ist er okay?", fragte sie Troy, der ebenfalls geschockt war und direkt losrennen wollte, um Daniel zu helfen. Doch Skylar war bereits bei ihm und kniete an seiner Seite. Bevor sich irgendwer zu große Sorgen machen konnte, setzte Daniel sich schon wieder mühsam im Gras auf und winkte. Skylar ließ ihn nicht einmal aufstehen, sondern umarmte ihn direkt.

Troy lacht leise und Zoe warf ihm einen fragenden Blick zu.

Er erwiderte ihren Blick mit vielsagend wackelnden Augenbrauen. „Daniel und Skylar haben geübt... *privat.*"

Ah – sie hatte sich die ganze sexuelle Spannung, die sie zwischen den beiden wahrgenommen hatte, also nicht nur eingebildet. Daniel stand auf, doch Skylar blieb bei ihm, lehnte sich an seine Brust, blickte in seine Augen hoch und flüsterte etwas, das nur für die beiden bestimmt war.

Zwischen den beiden war *definitiv* etwas im Gange.

Plötzlich verwandelten sich die drei anderen – Owen, Noah und Kaden – in weiße Wölfe, rannten in Richtung des Waldes davon und ließen Daniel und Skylar alleine auf dem Feld zurück.

„Das könntest du sein", flüsterte Troy ihr ins Ohr. Sie war sich nicht sicher, ob er Daniel mit seiner Magie meinte, oder Skylar, die in den Armen eines heißen Wolfes gelandet war. Doch so langsam begann beides gut für sie zu klingen. Und vielleicht hatte Troy ja recht – jetzt, da Daniel seinen inneren weißen Wolf gefunden hatte, war das Dreamteam vielleicht wirklich der Schlüssel dazu, den Wolfsjäger zu bezwingen.

Vor allem, wenn sie sich ihnen anschloss.

Vielleicht würde sie nie das Heilmittel gegen ihre weiße Wölfin finden... und in dem Fall wäre es nicht das Schlechteste, in den Armen von Troy Hartman zu landen.

Sie blickte auf und bemerkte, dass er sie mit seinen grünen Augen musterte und auf eine Antwort wartete. „Troy, ich—"

Doch sie wurde von einer hohen, besorgten Stimme unterbrochen. „Robert, was ist los?", keuchte Grace.

Der Bürgermeister war stolpernd hinter sie und Mama River zurückgewichen. Beide Frauen hatten tiefe Sorgenfalten auf der Stirn, aber das war nichts im Vergleich zu dem Entsetzen, das das Gesicht des Bürgermeisters verzerrte.

Doch das Einzige, was er von sich gab, war: „Oh Gott. Nicht alle." Dann drehte er sich um und lief – ja *rannte* regelrecht – zurück, nicht einmal ins Haus, sondern direkt zu seinem Wagen auf dem Parkplatz, als ob er ein Bankräuber auf der Flucht wäre.

Zoe verstand die Welt nicht mehr. „Grace?"

Sie schüttelte den Kopf. „Ich weiß nicht – er ist einfach durchgedreht. Ich hätte nicht gedacht... Ich meine, er weiß, dass ich eine weiße Wölfin bin, und er weiß von den Hexen in der Stadt. Ich verstehe das nicht."

Sie sah zu Mama River, aber auch die ältere Frau schien ratlos zu sein. Sie hob achselzuckend die Hände. „Das war eine Menge zu verdauen, Grace. Geh ihm lieber nach und versuch herauszufinden, was ihn so aus der Fassung gebracht hat."

Grace rannte los, doch gerade, als Zoe ihr folgen wollte, hielt Troy sie am Ellbogen zurück. „Überlass denen das, Zoe", sagte er und suchte ihre Augen ab.

Er wartete immer noch auf ihre Antwort, zu der sie durch den Ausraster des Bürgermeisters noch nicht gekommen war. Zuvor war sie drauf und dran gewesen, ihm zu sagen, dass er vielleicht recht hatte – vielleicht musste sie ihre weiße Wölfin nicht verleugnen. Vielleicht musste es kein Fluch sein. Aber die Reaktion des Bürgermeisters bewies ihr, dass sie doch richtig gelegen hatte. Hier oben in den Bergen, umgeben von Freunden und Familie und anderen weißen Wölfen, die ebenfalls zauberten, war es leicht zu denken, dass das alles irgendwie normal war. Nur eine weitere besondere Fähigkeit unter allen diesen besonderen Fähigkeiten.

Aber das stimmte nicht.

Es gab einen Grund, warum die Menschen Angst vor Hexen und Wölfen hatten. Und eine Kreatur, die eine instabile Kombination dieser beiden magischen Bestien war... es gab gute Gründe, sich davor zu fürchten. Was ihr kürzlicher Kontrollverlust nur unterstrichen hatte.

Die Reaktion des Bürgermeisters zeigte, was wahrscheinlich jeder normale Mensch denken würde – dass magische weiße Wölfe etwas absolut Fremdes und Unheimliches waren.

Zoe räusperte sich und sah zu Troy. „Ich muss

gehen.“ Sie musste weg von ihm und von der Versuchung, das alles für normal zu halten, aber vor allem musste sie Grace finden und sich vergewissern, dass sich nicht all ihre Pläne soeben in Luft aufgelöst hatten.

Denn der Bürgermeister wusste bereits von Agent Smiths Datenbank und jetzt wusste er auch von den weißen Wölfen. Wenn sie eine Chance haben wollte, ein Heilmittel für sich zu finden, geschweige denn die Superheilung, die Grace für die Menschen wollte, konnte Zoe es sich nicht leisten, dass jemand so Mächtiges wie der Bürgermeister ihre Forschung abwürgte. Oder es auch nur versuchte.

Sie jagte Grace nach, aber als sie sie am Rande des Parkplatzes einholte, saß der Bürgermeister bereits in seinem Wagen und fuhr davon.

„Das ist gar nicht gut“, sagte Zoe. „Was hat ihn dazu gebracht, so davonzulaufen?“

„Ich weiß es nicht.“ Grace schüttelte langsam den Kopf und starrte dem Bürgermeister hinterher. „Aber die Wahlen stehen kurz bevor und ich kann es mir nicht leisten, dass der Bürgermeister plötzlich entscheidet, uns nicht mehr zu unterstützen.“

Zoe nickte – genau das hatte sie auch gerade gedacht.

„Ich werde ihm nachfahren“, sagte Grace mit zusammengepressten Zähnen. „Vielleicht leiht Daniel mir sein Auto, oder so.“ Sie warf Zoe einen fast schon flehentlichen Blick zu. „Bitte sag mir, dass du dem Serum zur Superheilung nähergekommen bist. Das würde alles ändern, Zo.“

Zoe verzog das Gesicht. „Ich gehe sofort zurück in mein Zimmer und arbeite weiter daran.“

Grace nickte, dann rannte sie zurück zur Wiese, vermutlich, um Daniel nach einem Auto zu fragen.

Troy hatte sich nicht vom Fleck bewegt, seit Zoe ihn am Feldrand hatte stehen lassen – doch er starrte aus der Ferne zu ihr herüber.

Sie kehrte ihm den Rücken zu und marschierte entschlossen zurück zum Haus.

Kapitel Acht

Troy musste *schon wieder* mitansehen, wie Zoe ihm den Rücken zukehrte.

Verdammt.

Sie war kurz davor gewesen, sich ihm zu öffnen, da war er sich ganz sicher. Er konnte in diesen dunkelblauen Augen wie in einem offenen Buch lesen, das ihm all ihre Gedanken und Wünsche verriet. Denn zusammen mit ihrem hübschen Gesicht waren sie dermaßen ausdrucksstark, dass sie ihn viel direkter in ihr Herz schauen ließen, als es ihr bewusst zu sein schien. Und was er sah, war jemand, in dem so viele Konflikte und so viel Schmerz steckten, dass Troy ständig an sich halten musste, um sie nicht einfach zu umarmen und ihre Sorgen wegzuküssen.

Stattdessen hatte er sich zurückgehalten. Und sie sich wieder von ihm abgewandt.

Er wusste nicht, wie viel Ablehnung er noch ertragen konnte, bevor er anfangen würde, ernsthaft an seinem Verstand zu zweifeln.

Troy knurrte frustriert und drehte ihr demonstrativ den Rücken zu, obwohl sie längst weg war. Wahrscheinlich lief sie zurück in ihr Zimmer, um sich in ihrer Forschung zu vergraben und ihre Suche nach… *irgendwas* fortzusetzen. Nicht nach ihm, so viel stand fest.

Skylar und Daniel schienen das Feld verlassen zu haben und die anderen weißen Wölfe – Kaden, Noah und Owen – waren längst im Wald verschwunden. Grace stand mit Mama River zusammen und verhandelte mit ihr über ein Auto. Troy war jetzt seit knapp einer Woche auf dem Anwesen des River-Rudels und wenn er eine Sache über Mama River gelernt hatte, dann dass sie Grace ihr letztes Hemd geben würde. Das Auto war nicht das Problem – sie überlegten wahrscheinlich nur, welches den Rest des Tages nicht mehr gebraucht wurde.

Troy wollte gerade sein eigenes Auto anbieten, doch bevor er etwas sagen konnte, drehten sich die beiden Frauen um und eilten auf den Parkplatz zu, sodass er ganz allein auf dem Feld zurückblieb. Beinahe hätte er ihnen nachgerufen... aber wahrscheinlich würde ihm ein wenig Zeit für sich allein ganz gut tun. Oder vielleicht brauchte er auch etwas *Rudel-Zeit*. Seitdem er mit dieser kleinen Gruppe extrem kraftvoller Wölfe trainierte und durch die Wälder lief, hatte Troy das Gefühl, ein Zuhause gefunden zu haben. Nicht so sehr einen *Ort*, sondern vielmehr ein *Gefühl* der Kameradschaft. Und wenn die Frau, die er begehrte, ihn nicht haben wollte... nun, dann konnte wenigstens die Kameradschaft ihm etwas Halt geben. Mittlerweile hatten die weißen Wölfe zwar alle eine Partnerin, aber das war bei allen noch recht frisch. Sie erinnerten sich bestimmt noch daran, wie es war, ein unglücklicher Single-Wolf zu sein.

Wahrscheinlich konnte er sich auf jede Menge Mitleid einstellen.

Oder darauf, dass sie das Selbstmitleid aus ihm herausprügeln würden.

Beides wäre in Ordnung für ihn.

Troy trottete zum Waldrand, der genau wie die Wiese durch ihr Training ziemlich abgebrannt und verkohlt war. Er shiftete, ließ seine Kleidung auf einem Büschel Farnen zurück und stürzte sich in den Wald. Der Geruch der Kiefern umhüllte ihn und die lehmige Erde gab leicht unter seinen Pfoten nach. Er wusste nicht, wo genau er die weißen Wölfe suchen sollte, aber durch all die Ausläufe, die sie bereits gemacht hatten, kannte er den Wald mittlerweile ziemlich gut. Irgendwann würde er schon auf sie stoßen.

Während er über umgefallene Baumstämme sprang und durch das moosbewachsene Unterholz streifte, merkte er schnell, dass der Auslauf nicht die erwünschte Wirkung hatte – seine Gedanken drifteten immer wieder zurück zu Zoe. Er hatte die ganze Woche über pausenlos hin und her überlegt, ob er es nicht doch noch einmal bei ihr versuchen sollte. Die meiste Zeit hielt er Abstand, aber ein paar Mal war er abends vor dem Schlafengehen kurz davor gewesen, an ihre Tür zu klopfen. Natürlich hatte sein Wolf die ganze Zeit über unerbittlich geheult... und jetzt, da er in Wolfsform frei im Wald herumlief, war die Sehnsucht nach ihr sogar noch stärker.

Scheiße.

Warum war er nur so besessen von ihr? Er hatte schon viele schöne Frauen gehabt – als Feuerwehrmann und Sanitäter waren sie praktisch mit einem Fingerschnippen verfügbar. Auch wenn er selbst nie etwas mit einer Patientin gehabt hatte, nahm der

Großteil seiner notgeilen Crew das nicht so genau. Die Frauen kamen und gingen, praktisch wie ein eigener Fanclub, und die Tatsache, dass Troy ein Shifter war, schreckte keine von ihnen ab. Ganz im Gegenteil. Da Shifter ständig in den Nachrichten zu sehen waren, war eine Nacht mit einem männlichen Shifter für eine bestimmte Sorte von Seattles Frauen zu einer Art exotischem Leckerbissen geworden. Die Popularität der WildLove-App war der perfekte Beweis dafür, dass es einen riesigen Markt für menschliche Frauen auf der Suche nach heißen Abenteuern mit männlichen Wölfen gab. Er hatte die App nie ausprobiert, hatte aber auch so nie Probleme gehabt, eine Frau fürs Bett zu finden.

Aber das waren alles Menschen gewesen.

Er hatte generell wenig Kontakt mit anderen Wölfen gehabt. Es gab einfach nicht so viele von ihnen, zumindest nicht in den Vorstädten, wo Troy stationiert war. Und falls es doch welche gab, hielten sie sich alle möglichst bedeckt, seit diese beispiellose Hetzjagd auf Shifter ausgebrochen war. Allerdings war es auch schon davor nicht gerade angesagt gewesen, sich als Wolf zu outen.

Hier in den Bergen war er ausschließlich von Wölfen umgeben – und nicht nur das, es waren alles *weiße Wölfe.* Magische Wölfe, die mit blauem Zauberfeuer um sich warfen, verflucht nochmal.

Und soweit er das beurteilen konnte war Zoe die mächtigste von ihnen.

Fühlte er sich deswegen so zu ihr hingezogen? Wenn er ehrlich war, machte es ihn auf jeden Fall scharf. Aber das war es nicht, was seinen Wolf die ganze Nacht lang über das, was auf der anderen Seite der Wand lag, heulen ließ.

Troy rannte weiter durch den Wald und versuchte, seinen Fragen, den Zweifeln und seiner inneren Unruhe zu entkommen, aber es war zwecklos. Die Gedanken hafteten fest in seinem Kopf, während er immer tiefer in den Wald hineinlief, ohne den Rest seines Rudels zu finden.

Seines Rudels.

So begann er sie zu sehen, obwohl er noch keinem von ihnen die Treue geschworen hatte, nicht einmal Daniel. Die anderen hatten ihn zwar akzeptiert, doch Daniel und er waren auf gewisse Weise Außenseiter gewesen. Nur würde Daniel jetzt, da er seine Magie entfesselt hatte, Troy vielleicht nicht länger dabeihaben wollen. Vielleicht würde Zoe ihm eine Chance geben, wenn Troy ein weißer Wolf wie Daniel wäre.

Er knurrte und schlug im Vorbeirennen einen Ast beiseite.

Aber so war Zoe nicht. Sie würde ihn niemals dafür verurteilen, dass er kein weißer Wolf war. Wenn überhaupt, war das Gegenteil das Problem. Sie hatte *Angst* vor ihrer Macht. Sie brauchte einen Alpha, der sie durch diese Entwicklung, die sie gerade durchmachte, begleitete, und der ihr half, ihre Hexenkräfte zu entfalten, so wie Skylar es bei Daniel tat. Doch Zoe widersetzte sich so heftig, als wäre die weiße Wölfin in ihr tatsächlich etwas Böses. Dabei war Troy nicht davon überzeugt, dass die Geschichte, wie sie ihre Mutter bei der Geburt getötet hatte, sich tatsächlich so zugetragen hatte. Und so schrecklich das Ganze auch war, sie sollte es nicht ihr gesamtes Leben definieren lassen.

Es lag in der Vergangenheit und war nicht mehr zu ändern. Doch so sehr er ihr das auch sagen und sie davon überzeugen wollte, bekam er kaum Gelegenheit, überhaupt mit ihr zu sprechen. Abgesehen davon schien sie auch nicht viel auf seine Meinung zu geben.

Troy knurrte noch lauter und ließ seiner Wut freien Lauf, während die Bäume an ihm vorbeirauschten. Er war so laut, dass er Daniel und Skylar nicht einmal hörte, bis er praktisch in sie hineinrannte. Troy kam schlitternd zum Stehen und stolperte ins Unterholz, wo er komplett regungslos verharrte.

Daniel hatte Skylar gegen einen Baum gedrückt… und sie hatten definitiv Sex.

Dem Knurren und Stöhnen der beiden nach zu urteilen, waren sie so beschäftigt, dass sie nicht einmal gehört hatten, wie er ins Buschwerk gekracht war. Troy wich langsam zurück, schlich auf leisen Pfoten über den Waldboden und versuchte zu verschwinden, bevor sie bemerkten, dass er sie bei ihrem Liebesspiel ertappt hatte.

Doch obwohl er sich umdrehte und versuchte, das Bild zu verdrängen, wie die beiden halbnackt übereinander herfielen, gelang es ihm nicht, seine Ohren zu verschließen. Die Laute, die sie von sich gaben, wurden von atemlosen Worten unterbrochen, die zeigten, dass die beiden nicht einfach nur fickten. Da war etwas *Echtes* zwischen ihnen – mehr als nur der Drang, die lodernde sexuelle Anspannung zu befriedigen, über die alle anderen schon die ganze Woche lang getuschelt hatten.

Und diese Erkenntnis wühlte alles Mögliche in Troy auf, während er sich durch den Wald davonschlich.

Als er weit genug entfernt war, erhöhte er seine

Geschwindigkeit und rannte buchstäblich vom Anblick und den Geräuschen der beiden Liebhaber davon. Doch vor den Gefühlen, die durch das magische Blut seines Wolfes pulsierten, konnte er nicht weglaufen.

Er sollte Zoe ebenfalls gegen einen Baum drücken und ihr zeigen, was er fühlte.

Sein Wolf jaulte sehnsüchtig – sie war die Eine für ihn, ob sie es nun einsah oder nicht. Er hatte sein ganzes Leben damit verbracht, Menschen zu retten, oder es zumindest zu versuchen – erst hatte er sich selbst aus dem Griff der Gangs befreit und sich dann der Aufgabe gewidmet, da zu sein, wenn jemand in Not war. Egal, ob es das Opfer eines Herzinfarktes war, ein Kind, das in einem Feuer feststeckte, oder auch nur die kleinen alten Damen, die vor allem eine Pause von den Qualen ihres einsamen Lebens brauchten und für die die Fahrt im Krankenwagen wegen ihres jüngsten Gichtanfalls eher zweitrangig war.

Bei seiner Arbeit war es schon immer darum gegangen, für jemand anderen *da zu sein*. Aber ihm wurde immer bewusster, dass *Zoe* die Person war, die seine Rettung gerade am nötigsten hatte. Sie brauchte ihn, um sich zu öffnen und ihr inneres Ich zu akzeptieren. Er glaubte nicht an Zufälle, oder zumindest nicht an solche wie den, der ihn genau zum richtigen Zeitpunkt in ihr Labor gebracht hatte, um ihr Geheimnis zu entdecken. Das Universum hatte dafür gesorgt, dass sich ihre Wege kreuzten, weil es *vorherbestimmt* war, dass er sie in- und auswendig kennenlernte. Wenn er sie nur davon überzeugen könnte, sich selbst zu lieben, würde sie sich vielleicht auch von ihm lieben lassen.

Die sexuelle Spannung zwischen den beiden setzte ihm schon die ganze Woche über zu und er wusste, dass es nicht nur ihm so ging. Vielleicht wollte sie keinen Partner – eine so mächtige Wolfshexe war wahrscheinlich ohnehin eine Nummer zu groß für ihn – aber auch sie musste wie jeder andere ab und zu ihre sexuelle Anspannung abbauen. Wenn sie nur zugeben würde, dass es zumindest *das* zwischen ihnen gab, diese glühende, wild knisternde sexuelle Anziehung, dann würde sie ihm vielleicht, nur vielleicht, auch ihr Herz öffnen.

Nur ein wenig womöglich, aber das war alles, was er brauchte.

Er kehrte an den Waldrand zurück, wo seine Kleider immer noch auf einem Haufen lagen. Rasch zog er sich wieder an und machte sich auf den Weg zum Haupthaus. Als er ihre Zimmertür erreichte, klopfte er ohne auch nur eine Sekunde zu zögern an.

„Zoe!“, rief er durch die Tür. „Ich weiß, dass du da drin bist. Mach auf! Ich muss dir etwas sagen.“

Es war so lange still, dass er doch zu zweifeln begann, ob sie überhaupt im Zimmer war. Und selbst wenn, ob sie ihm die Tür öffnen würde, so idiotisch wie er sich gerade verhielt. Vielleicht war sie ja da drinnen und verfluchte ihn lautlos—

Dann ging die Tür auf.

Da stand sie, mit ihrer neuen, leicht zerzausten Frisur, einem besorgten Gesichtsausdruck und weit hochgezogenen Schultern. „Was willst du?“, fragte sie misstrauisch, die Hand immer noch auf der Klinke, als wäre sie bereit, ihm jeden Moment die Tür vor der Nase zuzuschlagen.

Er drückte sie mit einer Hand weiter auf, ließ die andere auf Zoes Hinterkopf gleiten und hielt sie fest, während er ihr einen Kuss auf die vor Überraschung halb offenen Lippen drückte. Ihr Körper erstarrte vor Schreck und er nutzte diesen Sekundenbruchteil, um sie noch enger an seinen Körper zu ziehen, während sein Mund den ihren eroberte.

Dann erwachte sie mit feuriger Leidenschaft aus ihrer Schockstarre.

Ihre Hände fuhren über seine Brust, die Schultern und schließlich seine kurzgeschorenen Kopfhaare... als wollte sie ihn überall gleichzeitig berühren. Er stöhnte in ihren Mund, beugte sie noch weiter nach hinten und vertiefte seinen Kuss. Während er sie mit einer Hand festhielt, griff er mit der anderen nach hinten, um die Tür zu schließen. Dann hob er Zoe hoch, drehte sich mit ihr herum, drückte sie mit ihrem Rücken gegen die geschnitzte Holztür und tauchte tiefer in ihren süßen, zarten Mund ein.

Er unterbrach den Kuss, um seinen Kopf zu senken und ihren Hals zu liebkosen.

Doch das schien die Magie des Moments zu zerstören.

„Troy", keuchte sie atemlos und ihre prächtigen Brüste hoben sich und pressten sich an ihn, während er sie immer noch gegen die Tür stemmte.

„Du bist so verdammt süß", hauchte er gegen ihren Hals. Sanft küsste er sich hoch zu ihrem Ohrläppchen und knabberte daran. *Verdammt*, egal, wo er sie berührte, war es, als würden Funken seine Haut zum Glühen bringen. Sein Wolf verlangte knurrend nach mehr und wollte seine Reißzähne in ihr versenken, doch das war völlig verrückt... und absolut ausgeschlossen.

Doch sie drückte ihn mit den Händen weg.

„War es das, worüber du sprechen wolltest?“, fragte sie und ihre Stimme wurde etwas schärfer.

Er hörte auf, mit der Zungenspitze über ihre süße Haut zu fahren und wich so weit zurück, dass er ihr in die Augen sehen konnte. „Ja. Darüber, dass ich dich will. Und du mich. Und dass wir aufhören sollten, uns das Gegenteil einzureden.“

Sie gab ein schwaches Winseln von sich, was seinen Wolf fast in den Wahnsinn trieb. Er beugte sich vor, um sie wieder zu küssen, hielt aber, kurz bevor sein Mund den ihren berührte, inne. „Küss mich, Zoe Wilding“, flüsterte er gegen ihre Lippen und wartete darauf, dass sie den letzten Schritt machte.

Sie zögerte.

Er wich nicht zurück, sondern verharrte regungslos kurz vor ihren Lippen.

Schließlich entwich ihr eine Art Keuchen, ein kurzes Ausatmen, das er durch seinen gesamten Körper strömen fühlte – *Unterwerfung*. Nicht in der Form, die sein Wolf gerne gehabt hätte, aber sie gab dem heißen Verlangen nach, welches gerade genau wie bei ihm durch ihren Körper pulsieren musste.

Als sie sich dieses kleine Stück nach vorne beugte, um die Lücke zu schließen und ihn zu küssen... wurde etwas in ihm entfesselt. Den zögerlichen Hauch ihrer Lippen beantwortete er mit einem noch eindringlicheren Kuss, bei dem er sie wieder gegen die Tür drückte. Dieses kleine Nachgeben von ihr, diese winzige Andeutung, wie sich ihre Unterwerfung anfühlen würde, machte ihn wahnsinnig.

Sein Schwanz war steinhart und stand drängend zwischen ihnen, während Troy ihren Mund verschlang und sein ganzes aufgestautes Verlangen in den Kuss strömen ließ. Dann begannen seine Hände, über ihren sinnlichen Körper zu fahren, ihren Hintern zu packen und schließlich ihr Bein zu heben, um es über seine Hüfte zu legen, sodass er seinen Ständer gegen ihre zarte, weiche Stelle dort drücken konnte. *Großer Gott*, sie hatten noch all ihre Klamotten an, aber geistig war er schon dabei, sie an der Tür zu nehmen.

Ihre Hände zerrten an seinem Hemd, doch die Tür ließ ihnen nicht viel Bewegungsfreiheit, also wich er ein Stück zurück und unterbrach ihren Kuss, was ihm sofort das Gefühl gab, meilenweit von ihr entfernt zu sein. Schnell streifte er sein Hemd ab und zog sie dann wieder zu sich heran, weg von der Tür. Diese leisen Geräusche der Lust, die sie von sich gab, ihre Hände, die über seine

Brust strichen und vor allem dieses unglaublich weiche Gefühl ihrer Finger auf seiner Haut... Troy musste sie nackt sehen. *Sofort.*

Er packte sie an der Hüfte und drehte sich mit ihr um. Dann hob er sie vom Boden hoch und ging mit ihr an seine nackte Brust gepresst zu ihrem Bett. Ihr Blick war lustvernebelt und ihre Lippen von seinen wilden Küssen leicht geschwollen. Am liebsten hätte er innegehalten und sie einen Moment lang einfach nur *angesehen*... aber das Verlangen, sie auszuziehen und sie zu *berühren*, war zu stark. Er zog ihr das T-Shirt über den Kopf. Ihr BH ließ sich vorne öffnen, also hakte er ihn kurzerhand auf. Er konnte ein Stöhnen nicht unterdrücken, als sich ihre Brüste entblößten – er ging praktisch vor ihr auf die Knie und leckte gierig ihre schnell hart werdenden Brustwarzen, während seine Hände sich an den Knöpfen ihrer Jeans zu schaffen machten.

Ihre Hände packten seinen Kopf, als er ihre Nippel zwischen die Zähne nahm. „Troy!" Ihr atemloses Keuchen brachte seinen Schwanz dazu, seine Hose noch weiter zu spannen.

Endlich gelang es ihm, die Knöpfe ihrer Jeans zu öffnen und sie zusammen mit ihrem Höschen nach unten zu ziehen. Er konnte es kaum erwarten, in sie einzutauchen, aber gerade als er sie auf dem Bett ein Stück zurück in eine sitzende Position schob, damit er die Hose über ihre wunderschönen Beine herabziehen konnte, ließ ihn ein kleines, überraschtes Keuchen von ihr aufblicken.

„Oh“, hauchte sie, während sie ihn benebelt ansah und sich mit den Händen auf ihrem Bett abstützte. „Troy, ich weiß nicht, ob—“

„Hey“, unterbrach er ihren Protest und drückte ihr einen Kuss aufs Knie, während er ihr die Hose endgültig auszog. Er sah zu ihr auf und schenkte ihr sein bestes *„Ich verspreche, es wird dir gefallen“*-Lächeln. „Lehn dich einfach zurück und genieß es“, flüsterte er, während seine Hände nach oben zu ihren herrlichen Brüsten glitten... und sie gleichzeitig dazu bewegen wollten, sich zurückzulehnen. Sie gab ihm eine Chance und die würde er so gut wie möglich nutzen.

Aber sie lehnte sich nicht zurück, sondern setzte sich auf, ergriff seine Schulter und hielt ihn zurück. „Ich... ich weiß einfach nicht, was du...“ Sie schluckte und ihr nervöser Blick ließ seinen Magen verkrampfen.

Machte er ihr Angst?

Mein Gott. „Hey, es ist alles in Ordnung, Süße“, sagte er, erhob sich vom Boden und setzte sich neben sie. Sein Schwanz war kurz davor, eine Revolte anzuzetteln, weil er nicht weitermachte, aber ihr besorgter Gesichtsausdruck zerriss ihn innerlich. Er schob eine Hand unter ihre Beine und hob sie auf seinen Schoß. Dort hielt er sie fest, strich ihr mit den Fingern durchs Haar und sah ihr tief in die Augen. „Stimmt was nicht?"

Sie starrte auf seine Brust, allerdings nicht mit dem lüsternen Blick von gerade... sondern eher so, als könnte sie ihm nicht in die Augen sehen.

„Hey", sagte er sanft und gab ihr einen kurzen Kuss auf die Wange. „Was ist los?" Als sie nicht antwortete, sondern nur die Lippen fester zusammenpresste, fügte er hinzu: „Du weißt doch, ich will *all* deine Geheimnisse erfahren, Zoe Wilding."

Das ließ sie aufblicken. „Ich... ich habe das noch nie gemacht."

Er runzelte die Stirn. „Was genau... hast du noch nie gemacht?" War sie noch nie zuvor von einem Mann geleckt worden? Er konnte es sich kaum vorstellen, aber vielleicht—

„Das alles." Ihre Augen weiteten sich leicht und ihre samtig weiche Haut erschien noch etwas blasser. Sie schluckte. „Ich bin noch Jungfrau."

Darauf hatte er keine Antwort.

Sein Gehirn war irgendwo zwischen *„Hat sie*

gerade gesagt, dass...“ und *„Das kann unmöglich sein“* hängengeblieben.

Ihr Blick verfinsterte sich und sie begann, sich aus seinem Schoß zu winden.

Oh, nein. Er hielt sie an der Taille fest und streichelte ihr mit dem Daumen über die Wange. „Hast du dich deswegen so abgekapselt?“, fragte er sanft. „Die ganze Zeit... weil du das noch nie gemacht hast?“ Sein Hirn erholte sich nur langsam von dem Schock. *Zoe war noch Jungfrau.* Wie zum Teufel war das möglich? Es konnte doch nicht sein, dass noch nie jemand mit ihr ins Bett gewollt hatte. *Natürlich nicht.* War es wegen dieser Sache mit ihrer weißen Wölfin? Das musste es sein...

Sie verzog ihr hübsches Gesicht, versuchte aber wenigstens nicht mehr, vor ihm zu fliehen. „Nein“, sagte sie knapp. „Naja, zum Teil vielleicht. Aber nein. Ich kann nur einfach nicht... Ich kann es nicht riskieren, mit jemandem zu schlafen. Nicht, bis ich...“ Sie atmete tief durch. „Bis ich ein Heilmittel gefunden habe.“

„Ein Heilmittel?“ Sein Gehirn erlitt erneut einen Kurzschluss. Wovon redete sie da nur?

„Ein Heilmittel gegen meine weiße Wölfin.“ Sie saß vollkommen verkrampft auf seinem Schoß –

nackt und höllisch sexy, aber so zugeknöpft, als würde sie einen dreiteiligen Anzug tragen.

„Du willst deine Wölfin loswerden?“ Er konnte seine Fassungslosigkeit nicht verbergen. „Warum willst du das tun, Zo?“ Obwohl sie ihm gesagt hatte, wie viel Angst sie vor ihrer Wölfin hatte, konnte er es nicht begreifen – es wollte ihm buchstäblich einfach nicht in den Kopf. *Gütiger Himmel*, wie sollte das überhaupt gehen?

Sie ballte die Fäuste auf ihren nackten Oberschenkeln. „Ich will sie loswerden, damit ich *das hier* eines Tages tatsächlich haben kann.“ Sie öffnete die Fäuste wieder und gestikulierte zu seinem halbnackten Körper, der immer noch *sowas von bereit* für sie war. Weder die Pause noch ihr Gespräch hatten seine Erektion in irgendeiner Weise gebändigt – tatsächlich heulte sein Wolf nur noch lauter, jetzt, da sie ihm so nahe war.

Er runzelte die Stirn und hatte immer noch Probleme, das alles zu begreifen. „Du willst deine Wölfin loswerden, damit du mit jemandem zusammen sein kannst“, versuchte er es.

Sie verschränkte die Arme und bedeckte ihre Brüste.

Sein Wolf protestierte heftig.

„Ich weiß, dass du mich wahrscheinlich nicht

mehr willst, wenn ich keine Wölfin mehr bin“, sagte sie und Wut färbte ihre Worte, „aber jemand anderes vielleicht schon. Jemand, mit dem ich tatsächlich zusammen sein kann, ohne dass ich mir ständig Sorgen machen muss—“

Sein Wolf horchte auf. „Sorgen worüber?“

„Darüber, Welpen zu bekommen.“

Sein Hirn hatte einen erneuten Aussetzer, aber diesmal erholte er sich schneller. „Du willst nicht mit mir schlafen, weil du Angst hast, dass wir Welpen machen könnten?“ Wusste sie nicht, dass jeder männliche Wolf über dreizehn wusste, wie man das verhinderte?

Ihre Schultern sackten herab. „Es ist mehr als das. Ich meine, *ja*, das auch, aber...“ Ihr hübsches Gesicht bekam wieder diesen gequälten Ausdruck.

Er hob die Hand und fuhr ihr erneut mit dem Daumen über die Wange. Dann küsste er sie, weil er einfach nicht widerstehen konnte. Dann wieder. Und noch einmal. Er musste sich zwingen, aufzuhören, doch als er es tat, hatte sich ihre Anspannung ein wenig gelöst und sie hatte wieder diesen lustvollen Blick, der ihm sagten, dass sie ihn wollte. Als ob der Duft ihrer Erregung ihm nicht alles verraten würde, was er wissen musste.

„Sag es mir“, verlangte er. „Erzähl mir alles.“

Diesmal zögerte sie nur kurz. „Meine Wölfin... sie will dich. Unbedingt. Und das ist... gefährlich für mich. Ich kann es nicht riskieren... nachzugeben. Mich womöglich sogar in dich zu verlieben. Und dann könnte ich vielleicht doch versehentlich schwanger werden und diesen Fluch an meine Welpen weitergeben. Das kann ich einfach nicht zulassen."

Ah... endlich klickte es in seinem Kopf. Und nicht nur das, er wusste auch genau, was zu tun war.

Er zog sie zu sich und küsste sie sanft. „Hat dir das noch nie jemand gesagt, Zo? Jeder männliche Wolf weiß, wie man die Fruchtbarkeit einer Frau wittert, egal ob Wölfin oder Mensch. Ich weiß, wann du fruchtbar bist und wann nicht. Und ich kann dir ganz eindeutig sagen, dass du verdammt heiß und sexy bist... aber nicht fruchtbar. Zumindest nicht im Augenblick."

„Wirklich?", fragte sie, und da war wieder ein wenig von diesem Funkeln in ihren Augen, das zuvor schon aufgefallen war – die Neugier, die ihre gesamte Forschung und ihren unglaublich klugen Verstand antreiben musste.

„Ja, wirklich." Er lächelte. „Und besonders leicht zu wittern ist es, wenn du nackt auf meinem

Schoß sitzt." Er ließ den Blick über ihren süßen, sexy Körper gleiten. Gott, er wollte unbedingt da weitermachen, wo er vor einer Minute aufgehört hatte.

„Naja... ich hatte keine Mutter und mein Vater... nun, das gehört nicht gerade zu den Dingen, über die wir reden." Es schien ihr unangenehm zu sein und das Letzte, worüber Troy jetzt sprechen wollte, war *ihr Vater*, also wechselte er schnell das Thema.

Er küsste sie erneut, diesmal ein wenig ausgiebiger, und ließ seine Hand langsam von ihrem Gesicht zu ihrer Brust hinabgleiten. Dann nahm er ihre Brustwarze zwischen Daumen und Zeigefinger und kniff sie leicht – Befriedigung strömte durch ihn, als Zoe nach Luft schnappte und ihr Nippel sich unter seiner Hand verhärtete. Auch das Gefühl knisternder Hitze war zurück, egal wo sie sich berührten.

Als er den Kuss unterbrach, war seine Stimme heiser vor Verlangen. „Das ist nur Sex, Zoe. Keine Liebe. Keine Paarung. Nur verdammt heißer, scharfer Sex. Weil du mich wahnsinnig machst und ich so sehr in dir sein muss, wie ich Luft zum Atmen brauche."

Er konnte hören, wie ihr der Atem stockte. Die

Hitze, die er unter seinen Fingerspitzen spürte, ließ die zarte Haut ihrer Brust erröten.

„Und du bist dir absolut sicher..." Auch ihre Stimme war heiser und das machte ihn noch verrückter.

„Absolut." Er packte ihre Brust fester und genoss es, wie sie dahinschmolz. Während seine andere Hand langsam die weiche Haut ihres Bauches hinabglitt, legte er den Mund an ihr Ohr. „Lass mich dein erstes Mal sein", flüsterte er. „Lass mich in dich. Ich verspreche dir, mehr will ich von dir nicht... es sei denn, du möchtest es mir geben."

Er spürte den genauen Moment, in dem auch ihr letzter Widerstand brach – sie wich zurück, nahm sein Gesicht in beide Hände und küsste ihn innig.

Kapitel Neun

ZOE WÜRDE ES TUN.

Es war verrückt, aber sie und Troy würden sich lieben. Oder Sex haben. *Wie auch immer.* Sie würde diesem schreienden Verlangen ihrer Wölfin, ihres Körpers und sogar ihrer Seele nachgeben – dem Verlangen, ihn zu küssen, ihn zu berühren und ihn näher an sich heranzulassen als je einen Mann zuvor.

Sein lustvolles Stöhnen, wenn sie ihn küsste, und die Art und Weise, wie seine Hände ihren Körper noch nachdrücklicher berührten… all das ließ sie wissen, dass er sie wirklich wollte. Und mehr brauchte sie nicht – nur einen Mann, mit dem sie heißen Sex haben und dieses quälende Verlangen stillen konnte, um sich dann endlich wieder auf ihre

Arbeit konzentrieren zu können. Und wenn sie ehrlich war, war er der Einzige, mit dem sie das tun konnte – der Einzige, bei dem sie sich *sicher* genug fühlte. All das war so neu für sie und bisher war sie noch nie mit einem Mann nackt gewesen – sie hatte keine Ahnung, was sie da eigentlich tat. Aber sie hatte Troy Hartman bereits ihr Leben und ihr Geheimnis anvertraut – sie konnte ihm auch mit ihrem Körper trauen.

Tatsächlich war er der einzige Mann, den sie überhaupt je in Betracht gezogen hatte.

Und jetzt wollte sie ihn mehr als alles andere auf dieser Welt.

Dann hörte er auf, leidenschaftlich ihre Brust zu kneten und ließ seine Hand in die glühende Hitze zwischen ihren Beinen gleiten. Sie schnappte nach Luft, als seine Finger augenblicklich ihre Lust entfesselten.

„Oh Gott, Zoe“, stöhnte er in ihr Ohr. Er ballte eine Faust in ihrem Haar und zog ihren Kopf zur Seite, um sich an ihrem Hals zu ergötzen. Ihr Herz fühlte sich an, als würde es bei jedem Kuss aus ihrer Brust springen. „Du bist so feucht.“

Dann ließ er einen Finger in sie gleiten und ein Beben rauschte durch ihren gesamten Körper. Sie hatte erwartet, dass es sich vielleicht seltsam oder unangenehm anfühlen würde, aber nicht *so* – mit einer derartigen Ekstase, die ihren Körper erfasste und sie überall entflammte, wo er sie berührte, vor allem *dort unten*, hatte sie nicht gerechnet. Seine Hand legte sich auf ihre Vagina und sein Finger glitt rein und raus, während sein Handballen über ihre empfindsamste Stelle rieb – Gott, ihr ganzer Körper war zu einer einzigen großen empfindlichen Stelle geworden. Egal, wo er sie berührte – von seinen Lippen auf ihrer Brust, über seine Hand auf ihrem Rücken, bis hin zu den mittlerweile *zwei* Fingern, die in sie hinein- und wieder hinausglitten – überall knisterten Funken purer Lust. Sogar dort, wo sein nackter Oberkörper ihre Brust berührte, während er sie wieder aufs Bett legte und dabei weiter ihren Körper beglückte, schien sich jedes Mal ein kleines Feuer zu entfachen.

„Troy", keuchte sie, als seine Hand schneller wurde. Sie packte seine Schultern, hielt sich fest und spreizte die Beine, damit er sich noch besser in ihr bewegen konnte.

Er stöhnte und glitt mit einer Hand wieder hoch in ihr Haar, um ihren Kopf zu neigen und ihren Mund erobern zu können. Seine Zunge fuhr wilde Kreise um ihre, während seine Finger weiter in sie eindrangen. Sie konnte nichts anderes tun, als sich festzuhalten und in ihn hineinzustöhnen. Die Spannung in ihrem Bauch baute sich immer weiter auf und plötzlich schwoll eine Woge der Erregung an und brach über sie herein – es passierte so schnell, dass ihr Körper verkrampfte und gegen ihn bockte, bevor sie überhaupt begriff, was mit ihr geschah. Er gab ihren Mund frei und sie keuchte immer und immer wieder „*Oh Gott, oh Gott*", während ihre Leidenschaft sie durchschüttelte.

Als sie sich endlich wieder fokussieren konnte, sah sie, dass Troys Augen leuchteten. Sein Grinsen und die Laute, die sie von sich gegeben hatte, hätten sie verlegen erröten lassen, doch sie schämte sich bereits, dass sie so schnell gekommen war. Um Himmels willen, Troy hatte sogar noch seine Hose an. Hätten sie nicht zusammen kommen sollen? War das nicht irgendeine Regel?

„Tut mir leid", murmelte sie und versuchte, ihren Atem zu beruhigen. Ihr ganzer Körper kribbelte vor Lust, nicht zuletzt, weil Troys Finger sie immer noch langsam streichelten.

„Es tut dir leid?", fragte er ungläubig. „Was in aller Welt tut dir denn bitteschön leid?"

„Mein Körper war zu schnell", sagte sie, kaum in der Lage, die Worte auszusprechen.

Er vergrub sein Gesicht in ihrer Brust und lachte leise an ihrer Haut.

Na toll. Er lachte sie aus.

Sie versuchte, ihn wegzustoßen, aber er ließ sie nicht los.

Dann hob er den Kopf und seine grünen Augen strahlten sie an. „Wenn du mich lässt, würde ich dich gerne noch ein paar Mal kommen lassen, bevor wir hier fertig sind."

Ein paar Mal noch? *Oh Gott...* Sie schluckte. „Okay."

Wieder schenkte er ihr dieses verruchte Grinsen, dann glitt er ihren Körper hinab und bevor sie begriff, wohin er wollte oder was er vorhatte, war sein Mund bereits an ihrem Intimbereich angekommen.

„Oh!", keuchte sie, setzte sich halb auf und versuchte, ihn aufzuhalten.

Doch dann traf seine Zunge auf ihre Klitoris, ließ sie erneut nach Luft ringen und in ihrem gesamten Körper feurige Erregung auflodern. Kurz musste sie sich an seinen Schultern festhalten, als sie ein Schwindelanfall überkam, doch während er sich weiter ihrer empfindsamsten Stelle widmete – dieses Mal mit seiner Zunge statt mit seinen Fingern – ließ sie sich zurück aufs Bett fallen und stöhnte einfach nur.

Jegliche Scham darüber, dass sein Gesicht zwischen ihren Beinen war, verflog angesichts des Tsunamis der Lust, den er in ihr entfesselte. Es war, als wäre jedes Lecken, Knabbern und Stupsen mit magischer Energie geladen, die jeden noch so kleinen Lustnerv in ihr traf. Ehe sie sich versah, ergriff sie seinen Kopf und trieb ihn dazu an, weiterzumachen. Wieder baute sich dieser Druck in ihr auf und entlud sich ebenso schnell wie zuvor... die Wucht ihres Orgasmus ließ sie erneut aufbocken, als dieser unter Troys andauernder Hingabe in heißen, schweren Wogen von Kopf bis Fuß durch sie wusch.

Als sich sein Mund schließlich von ihr löste, lag sie erschöpft auf dem Bett, während sie gleichzeitig das Gefühl hatte, zu schweben. So etwas hatte sie noch nie in ihrem Leben erlebt – die einfachen Orgasmen zum Stressabbau, die sie normalerweise mit ihrem Vibrator und der Hand zustande brachte, waren nichts, aber auch *gar nichts* im Vergleich hierzu. Wenn diese ein kleiner Lichtblick an einem normalen Tag waren, dann war das hier eine verdammte Supernova.

„Gott, Zoe, ich will in dir sein." Troy hatte sich

vom Bett erhoben und riss ungeduldig an den Knöpfen seiner Jeans.

Es ging weiter? Sie war noch so benommen und überwältigt, dass sie nicht einmal sicher war, ob sie ihn richtig verstanden hatte. Aber als er die Hose fallen ließ und sein Schwanz ihr hart und dick entgegenragte, war völlig klar, was er wollte. Ihre Augen weiteten sich leicht – *er war so groß.*

Plötzlich blitzte Besorgnis in ihr auf und vertrieb einen Teil der Benommenheit. „Ich weiß nicht..."

Er stieg aufs Bett und fuhr dabei mit seinen Händen genüsslich ihren Körper entlang. Sein Schwanz fühlte sich sogar noch größer an, als er gegen ihr Bein drückte, während Troy sich herabbeugte, um sie zu küssen. „Ich kann dir natürlich auch den ganzen Tag lang Orgasmen besorgen. Das wäre definitiv möglich." Die verspielte Art, mit der er sie anlächelte, vertrieb ihre Bedenken wieder. „Aber ich dreh hier durch, Zo. Du bist so wunderschön und sexy und... *was* genau ist das eigentlich, wenn wir uns berühren?"

Sie war sich nicht ganz sicher, was er meinte. „Meinst du dieses... elektrische Knistern?"

„Ja", hauchte er. „Du fühlst es auch, oder?"

„Ja." Das tat sie. Obwohl sie angenommen

hatte, dass es nur ihr so ging, weil sie es nicht gewohnt war, dass jemand sie *so* berührte. „Glaubst du, es liegt an der Magie?“

Troy nickte. „Vielleicht.“ Er biss sich auf die Lippe und senkte den Blick auf ihre Brüste. „Was auch immer es ist, es ist einfach unglaublich. Und ich will mehr davon.“ Er sah ihr wieder in die Augen und die lodernde Erregung in seinem Blick war etwas Weicherem gewichen. „Ich werde ganz zärtlich sein, Zo, ich verspreche es. Lass dich von mir lieben. Du verdienst nur das Beste auf dieser Welt. Lass mich dir zeigen, was du verpasst, bevor du alles wegwirfst.“

Sie war sich nicht einmal sicher, ob sie noch einmal kommen *konnte*, aber das spielte keine Rolle. Sie spürte, wie sehr er sie wollte, und sie wollte ihn dieselben Wogen der Lust reiten lassen, die er ihr bereits geschenkt hatte. *Zweimal.*

Sie nahm sein Gesicht in beide Hände und flüsterte: „Mach Liebe mit mir.“

Seine Augenlieder senkten sich, während er hochrutschte, ihren Körper mit seinem bedeckte und seinen Schwanz in Position brachte. Zu spät fiel ihr auf, dass sie eigentlich *„fick mich“* oder *„schlaf mit mir“* hätte sagen sollen, aber selbst in ihrem Kopf hörten sich diese Worte für das, was sie hier taten, nicht richtig an. Troy fickte sie nicht nur. Und falls doch... dann hatte sie keine Ahnung, wie ein tatsächlicher Liebesakt aussehen sollte. Er war so zärtlich, liebevoll und sanft – wenn das „nur Sex" war, konnte sie sich nicht vorstellen, wie es sein würde, wenn sie tatsächlich ineinander verliebt wären. Wenn sie sich erlauben würde, sich zu verlieben.

Oder wenn sie Partner wären.

Er atmete schwer, aber noch verharrte er mit seinem Schwanz vor ihrer Vagina, ohne in sie einzudringen. „Alles in Ordnung?", fragte er. So sanft. So liebevoll.

Sie nickte.

Und er glitt behutsam in sie hinein.

Ihr Mund klappte auf und einen Moment lang stockte ihr der Atem. *Er war so groß.* Er füllte sie komplett aus und dehnte sie auf eine Weise, bei der ihr die Luft wegblieb. Und er machte weiter, drang immer tiefer und tiefer in sie, bis sie nicht mehr sicher war, ob sie ihn überhaupt komplett aufnehmen konnte.

Aber dann hörte er auf und ließ sich auf sie herabsinken.

Er neigte den Kopf zu ihr, seine Lippen ganz nah an ihren. „Gott, Zoe, du bist so eng."

Sie konnte kaum atmen, geschweige denn sprechen. Aber sie schaffte es noch, „Ist das gut?“ zu fragen. Sie wollte nicht, dass es sich schlecht für ihn anfühlte, nicht, wo es doch so unglaublich für sie gewesen war.

„Oh Gott, ja.“ Er hob den Kopf, um ihr in die Augen zu sehen. „Alles okay?“

Sie nickte und konnte spüren, wie sich ihr Körper etwas entspannte. Plötzlich verspürte sie den Drang, sich zu bewegen. Ihre Hüfte hob sich ohne ihr Zutun und verlangte ihn tiefer in sich.

Ein Knurren vibrierte in Troys Brust. Er wich zurück und glitt dann langsam wieder in sie hinein. Allein diese kleine Bewegung erregte Zoe dermaßen, dass sie sich in seinen Rücken krallte.

„Gefällt dir das?“, fragte er mit einem amüsierten Unterton, obwohl seine Stimme eher heiser und knurrend war, als wäre sein Wolf schon halb hervorgekommen.

„Ja!“, stieß sie hervor und bockte gegen ihn, um ihn dazu zu bringen, sich weiter zu bewegen.

Dieses Mal wich er noch weiter zurück und stieß sich heftiger in sie hinein.

Das überwältigende Gefühl der Lust ließ ihren Verstand kurzzeitig aussetzen.

Vielleicht hatte sie sogar geschrien.

Troy stöhnte und sie spürte, wie es ihren Körper erbeben ließ.

Er machte immer weiter, wurde schneller und stieß mit jedem Mal fester und tiefer in sie. Sie war sich ziemlich sicher, dass ihre Beine um seinen Rücken geschlungen waren, denn ihre Knöchel prallten immer wieder gegen sein prachtvolles Hinterteil – allerdings pulsierte alles in ihrem Körper mit solcher Ekstase, dass sie kaum etwas anderes spüren konnte als Troys Schwanz, der sie immer wieder füllte. Das Ziehen, das sie vor den anderen Orgasmen im Bauch gefühlt hatte, wurde noch stärker und fester als zuvor, und sie war sich sicher, dass sie sterben würde, bevor sie den Höhepunkt erreichen konnte.

Troy knurrte und stöhnte. Dann veränderte er plötzlich seine Position ein wenig und drang so noch tiefer in sie ein.

Sie schrie auf, als er völlig neue Stellen in ihr berührte.

„Komm für mich, Zoe", befahl er mit angespannter Stimme.

Der Rausch dieses Befehls, das heftige Pulsieren, das sie erfüllte, und der süße Kuss, den er ihr auf die Wange drückte, während er vor Verlangen leise fluchte und ihren Namen raunte... all das ließ einen Orgasmus in Zoe explodieren, der sie, ihren Körper und ihre Seele zerrüttete. Sie bockte gegen ihn und verlor jegliche Kontrolle über ihren Körper. Troy stöhnte noch lauter und hielt dann tief in ihr vergraben inne. Sie spürte, wie er seine Erlösung tief und heiß in sie hineinpumpte. Sein Körper bebte, innig mit ihrem durch ihr heißes, süßes Liebesspiel verbunden.

Selbst als sie sich langsam wieder beruhigten, spürte sie dieses magische Knistern immer noch überall dort, wo sie sich berührten – bei seinen hauchzarten Küssen auf ihrem Gesicht, seiner Hand auf ihrer Brust, seinem tief in ihr versunkenen Schwanz. Als schließlich selbst die sanften Küsse verebbten, glitt Troy aus ihr heraus und sackte neben ihr aufs Bett.

„Heilige Scheiße", flüsterte er.

Ihr Körper war vor Erregung komplett elektrisiert – sie konnte sich kaum bewegen und als sie es doch tat, machte sich ein herrlich wundes Gefühl zwischen ihren Beinen bemerkbar. Doch jetzt vermisste sie Troy dort. Sie drehte sich auf die Seite und legte ihre Hand auf seine muskulöse Brust, die sich immer noch schwer atmend hob und senkte.

„War es gut für dich?", fragte sie und betete,

dass es für ihn wenigstens halb so gut gewesen war wie für sie.

Er hob den Kopf und sah sie an, als sei sie verrückt, dann ließ er den Kopf wieder sinken und starrte zur Decke. „Wow. Mehr habe ich dazu nicht zu sagen." Doch dann zog er sie näher zu sich heran, sodass sie sich auf seiner Brust abstützen und er ihr in die Augen blicken konnte. Seine Hände spielten mit ihrem Haar. „Ich weiß nicht, ob dieses Funkensprühen von deiner Wölfin oder deiner inneren Hexe kommt, oder einfach nur daher, dass du so verdammt heiß bist, aber es ist, als würde man Liebe mit der Sonne machen. So etwas habe ich noch nie erlebt. Bitte sag mir, dass wir das nochmal machen können."

Sie lächelte. „Ich dachte, wir hätten nur Sex."

Erneut sah er sie an, als wäre sie verrückt. „Ich weiß, das war dein erstes Mal, aber Zoe, meine Liebe, das war *nicht* nur Sex."

Diese Worte ließen sie innerlich strahlen.

Er rollte sie auf den Rücken, sodass er jetzt auf ihr lag und sich sein wunderbar nackter Körper an sie presste. „Und jetzt sag mir, dass wir das nochmal machen können... sonst brichst du mir das Herz."

Sie lächelte noch breiter. Bestimmt gab es irgendeinen Grund, warum sie nicht noch einmal mit Troy Hartman schlafen sollte, aber ihr fiel beim besten Willen keiner ein.

„Nun, ich habe wohl vergessen, vorab festzulegen, wie oft wir es tun können."

Seine grünen Augen leuchteten und dann küsste er sie, immer und immer wieder, auf die Wangen, die Lippen und auf ihre Nase. Wieder war jede Berührung, als würden kleine Funken zwischen ihnen sprühen. Und sie genoss jeden einzelnen davon.

Aber als er zurückwich, war seine Miene wieder ernst. „Spürst du das?"

„Die Funken?", fragte sie und ihr Lächeln wurde etwas schwächer. Gefiel ihm das etwa nicht?

„Ja, die Funken." Er fuhr ihr mit dem Daumen über die Unterlippe und selbst das entfachte einen kleinen Hauch der Magie, die wann und wo auch immer sie sich berührten auf ihrer Haut zu tanzen schien. „Egal was du auch tust, das darfst du nicht wegwerfen, Zoe. Ich liebe das an dir. Ich will es zusammen mit dir *entdecken*. Bitte sag mir, dass du es behältst, zumindest noch ein bisschen."

Sie runzelte die Stirn und plötzlich fiel ihr ein, warum es eine so schlechte Idee war, mit Troy Hartman zu schlafen – gerade weil sie es wieder und wieder machen wollte. Für immer.

„Naja, genau genommen weiß ich auch noch nicht, wie ich meine Wölfin loswerden kann.“ Sie wusste zwar, wie sie ihre Bestie zum Schweigen bringen und in die Tiefe verbannen konnte – dafür hatte sie das Serum – aber ihre Wölfin würde einfach nach einer Weile wieder emporkommen.

„Gut.“ Troy küsste sie nochmal. „Belass es erst einmal dabei. Zumindest solange wir noch miteinander schlafen. Was, wenn es nach mir ginge, noch sehr, sehr lange dauern darf.“ Dann küsste er eine verführerische Linie zu ihrer Brust hinab und sie konnte kaum glauben, dass er es ernst meinte.

Nochmal? Sie hatte schon gehört, dass männliche Wölfe einen geradezu legendären sexuellen Appetit hatten.

Aber erst jetzt hatte sie auch eine Vorstellung davon, was das wirklich bedeutete.

Kapitel Zehn

DIE SONNE WAR LÄNGST UNTERGEGANGEN, DOCH Troy war einmal mehr hart.

Sein Schwanz glitt in Zoe, während sie in Löffelchenstellung auf dem Bett lagen und er sie diesmal von hinten nahm. Murmelnd griff sie nach hinten, um seinen Arsch zu packen und ihn anzutreiben. Er war sich nicht ganz sicher, ob sie vor zwei Minuten schon wach gewesen war, aber jetzt musste sie es sein, so fordernd, wie seine Hände ihre Brüste kneteten und über ihre Vagina streichelten, während er tief in sie stieß.

Sie keuchte auf, vergrub die Finger in seiner Pobacke und schrie seinen Namen. Ja, sie war *definitiv* wach. Er pumpte fester und schneller und konnte es kaum glauben, dass sie es *schon wieder* taten. Und jede Berührung war genauso knisternd heiß wie beim ersten Mal.

Sie hatten den ganzen Tag im Bett verbracht, hatten zwischen ihren Schäferstündchen gedöst und waren nur aufgewacht, um wieder übereinander herzufallen. Sie war vielleicht noch Jungfrau gewesen, als sie heute Morgen angefangen hatten, aber davon war sie jetzt weit entfernt. Es erstaunte ihn etwas, dass sie nicht längst wund war, aber diese übernatürliche Heilkraft ihrer weißen Wölfin schien ihr plötzliches Sexleben noch zu befeuern. Und ihre Wölfe waren so aufgeladen, so elektrifiziert von dem Kontakt zwischen ihnen, dass es sich jedes Mal, wenn sie aufwachten, bloß natürlich anfühlte, sich zu berühren und zu küssen und… dann führte eines zum anderen und… Troy hatte den Überblick darüber verloren, wie oft sie gekommen waren. Was die Anzahl der Orgasmen anging, führte Zoe mit Sicherheit, aber nicht weit.

Sein Wolf war in seinem ganzen Leben noch nie so satt und befriedigt gewesen.

Ihre Hände arbeiteten sich hoch und packten seine Arme, die er um sie gelegt hatte, um sie so festhalten zu können, dass er tief in ihren süßen Körper eintauchen konnte.

„Gott, Troy, ja“, keuchte sie und ihre Hände

griffen nach hinten an seine Schultern. Er beugte sich vor, um sie zu küssen und damit er nahe genug war, um ihre Klitoris massieren zu können. Er war steinhart und doch ließ ihn ihre spontane Nummer von null auf hundert auf einen Orgasmus zurasen – aber er musste sie zuerst dorthin bringen.

„Ahhh…“, stöhnte sie und ihre Hände griffen wild nach ihm, während sie sich gegen ihn stemmte, um seinen Stößen zu begegnen und ihn noch tiefer aufzunehmen. Dann ließ sie sich schreiend gehen, zog sich um ihn herum zusammen und molk den Höhepunkt direkt aus ihm heraus. Er stöhnte auf, während er kam und weiter in sie pumpte, bis sich ihr Höhepunkt erschöpft hatte. Durch ihre wilden Bewegungen hatten sie bereits sämtliche Bettlaken und –decken heruntergestoßen und sie liefen Gefahr, selbst vom Bett zu fallen.

Er zog sie noch näher an sich und rettete sie davor, von der Bettkante zu rutschen. Dann rollte er sie auf sich, blieb aber weiterhin in ihr. Es war seltsam erotisch und beinahe hätte er versucht, sie nochmal zum Kommen zu bringen, aber verdammt, irgendwann mussten sie wirklich aus dem Bett raus.

Er war ausgehungert.

Sein Magen verriet ihn, indem er auf sehr unerotische Art knurrte.

Zoe brach in einen Kicheranfall aus, den er bis in sein Innerstes spürte – der Klang befriedigte etwas in ihm, das nichts mit ihrem intimen Moment zu tun hatte und noch tiefer lag, als sein vom Sex betrunkener Wolf – einen Teil tief in ihm, der sie *glücklich* machen wollte. Der dafür sorgen wollte, dass sie sich sicher fühlte. Für immer geliebt.

Wenn sie ihn nur lassen würde.

Er zog sich langsam aus ihr heraus und drehte sie um, damit sie einander ansehen konnten.

„Hat dir das auch noch niemand gesagt?“, fragte er mit gespielter Ernsthaftigkeit. „Man darf einen Mann im Bett nicht auslachen.“

Sie grinste noch breiter. „Du bist kein Mann. Du bist ein Sexgott, der zu uns Sterblichen herabgestiegen ist, um uns zu verführen.“

Er konnte nicht anders, als zu lächeln. Dann zog er sie für einen Kuss zu sich. „Du bist *keine* einfache Sterbliche.“ Gerne hätte er ihr gesagt, dass ihre weiße Wölfin etwas Besonderes war – etwas, das es wert war, behalten und geliebt zu werden – aber er hatte das Gefühl, dass er damit zu weit gehen würde. Sie war noch nicht bereit, es zu hören. Stattdessen überließ er seinen Fingern das Reden und ließ sie ihre Wange und ihren Hals herabgleiten, dann über ihre Schulter und den Rücken – und überall, wo er sie berührte, verbanden sie diese knisternden Funken der Magie. Je näher sie sich gekommen waren und je öfter sie sich geliebt hatten, desto intensiver war es geworden. Es brachte ihr Liebesspiel in ungeahnte Höhen und elektrifizierte ihre intimsten und sensibelsten Stellen, wenn sie sich berührten… was einer der Hauptgründe war, warum sie immer wieder mehr wollten.

Er konnte den Schatten auf ihrem Gesicht sehen, als ihr klar wurde, was er damit meinte. Dass die Magie *mehr* aus ihr machte. Er war mehr als je zuvor davon überzeugt, dass sie die Eine für ihn war – wenn er sie nur dazu bekommen konnte, diesen Teil von sich zu akzeptieren. Vielleicht ja mit genug Orgasmen…

Sie senkte den Blick und legte ihm die Hände auf die Brust. „Ich schätze, wir sollten aufstehen."

„Jetzt macht das auch keinen Sinn mehr. Es ist fast Schlafenszeit", konterte er. Mit ein bisschen Schlaf wäre er wieder fit genug, ihr einmal mehr zu zeigen, wie *magisch* die Dinge zwischen ihnen sein konnten. Und er musste ihr wirklich dieses verrückte Vorhaben ausreden, ihre Wölfin loszuwerden. Er hatte keine Ahnung, wie sie das erreichen wollte, aber für ihn klang es geradezu gefährlich. Ganz zu schweigen davon, dass er sie – *alles von ihr* – so wollte, wie sie jetzt war. Egal ob als Wölfin oder Hexe oder welche Kombination auch immer dafür sorgte, dass im Bett zwischen ihnen die Funken sprühten.

Sie funkelte ihn an. „Dein Magen beschwert sich eindeutig darüber, das Abendessen verpasst zu haben."

Troy atmete durch. Er würde zweifellos etwas zu essen brauchen, wenn er in dem Tempo weitermachen wollte. „Na gut, wir stehen auf und essen was. Dann ziehen wir uns wieder für den Rest der Nacht hierher zurück. Aber ich trete nur unter einer Bedingung den Gang der Schande in mein Zimmer an, um kurz zu duschen und mir andere Klamotten anzuziehen."

Sie sah ihn mit fragend hochgezogener Augenbraue an und zusammen mit ihrem vom Sex verstrubbelten Haar war es der süßeste Anblick, der sich ihm je geboten hatte. „Gang der Schande?"

„Ich bin mir ziemlich sicher, dass das ganze

Anwesen weiß, was wir heute getrieben haben." Er grinste, als ihr das die Schamesröte ins Gesicht trieb. Wieder ließ er seine Finger über ihren Körper gleiten. „Und sie werden sich wundern, warum wir überhaupt aus dem Zimmer kommen", flüsterte er sanft und zog sie für einen weiteren Kuss zu sich.

Sie legte ihm eine Hand auf die Lippen, um ihn zu stoppen. „Essen. Ich brauche was zu essen."

Er lächelte und küsste ihre Hand, dann zog er sie von seinem Mund weg, um reden zu können. „Erst musst du mir was versprechen."

Sie beugte sich vor und küsste ihn flüchtig auf die Lippen. „Habe ich Ihnen nicht schon alles gegeben, was Sie wollten, Mr. Hartman?" Sie grinste.

„Gutes Argument", gab er zu. Dann setzte er eine ernste Miene auf. „Versprich mir, dass du nichts Voreiliges tun wirst, was… deine Wölfin betrifft."

Sie runzelte die Stirn, wich zurück und rollte sich von ihm runter. „Das geht dich eigentlich nichts an." Sie zog die Beine an und schlang ihre Arme darum.

Er legte ihr eine Hand aufs Knie, um sie davon abzuhalten, sich noch weiter abzuschotten. „Nein, ich würde mir nur wünschen, dass du sie nicht loswirst – was immer das auch bedeuten soll – bevor wir den Wolfsjäger gefunden haben."

Interessiert schielte sie zu ihm. „Wieso?"

Er zuckte die Schultern und versuchte, möglichst rational zu klingen. „Wir könnten dich brauchen."

Sie runzelte die Stirn, biss sich auf die Lippen… und nickte schließlich. „Na gut. Ich werde nichts tun, bis wir diesen Typen erledigt haben. Aber das heißt nicht, dass ich aufhören werde, an dem Serum zu arbeiten."

Serum? Gütiger Himmel. Er versuchte, sich nichts anmerken zu lassen. „Du kannst arbeiten, woran du möchtest", sagte er knapp und zog seine Hand zurück. „Versprich mir nur, dass du nichts tust, bis wir ihn endgültig unschädlich gemacht haben." Er drohte ihr spielerisch mit dem Finger, während er aus dem Bett stieg. Er schindete bloß Zeit, das wusste er, aber diese zusätzliche Zeit würde ihm wenigstens eine Chance geben. Sie weiter zu verführen. Sich endlose Stunden lang mit ihr zu lieben. Ihr zu zeigen, was sie haben könnte… und was ihr entgehen würde, wenn sie ihre Wölfin plötzlich aus ihrem Körper verbannte. Oder sie mit irgendeinem verrückten Serum tötete. Mann, das war so irre, dass es ihn frösteln ließ.

„Versprochen." Doch ihre Miene verschloss sich mit jeder Sekunde mehr.

„Ich mach mich mal eben ein bisschen frisch", sagte er, nachdem er entschieden hatte, dass sie beide gerade etwas Abstand gebrauchen konnten. Und ein wenig Zeit, um darüber nachzudenken, was zwischen ihnen passiert war. „Sollen wir uns in zwanzig Minuten treffen, um den Kühlschrank zu plündern? In der Regel hat Mama River da jede Menge Reste gelagert."

Sie nickte und er ließ sie widerwillig alleine in ihrem Zimmer zurück.

Troy unternahm den weltkürzesten Gang der Schande, duschte schnell und beeilte sich, fertig zu werden, bevor Zoe so weit war. Er lehnte sich an die Flurwand neben ihrer Tür und wartete. In diesem Flügel des Anwesens herrschte kein besonders großer Durchgangsverkehr. Nicht dass es ihn wirklich kümmerte, ob ihn jemand bei seiner erbärmlichen Warterei vor ihrer Tür sah. Doch sie brauchte so lange, dass er sich fragte, ob er sie vielleicht doch verpasst hatte.

Endlich öffnete sie die Tür und wirkte überrascht, ihn draußen davor vorzufinden.

Er nahm ihre Hand, als wäre es die natürlichste Sache der Welt, und führte sie den Flur entlang zur

Treppe im vorderen Teil des Hauses. Zunächst wirkte sie leicht nervös, doch nach ein paar Schritten wurde das Schweigen zwischen ihnen zu einer angenehmen Stille und sie entspannte sich.

Das große Wohnzimmer des Anwesens war ziemlich verlassen – das Abendessen war schon Stunden her – aber als sie in die Küche kamen, war Mama River dort… und sie sah nicht gerade glücklich aus.

Sie hatte die Arme fest vor der Brust verschränkt, hielt in der einen Hand ein Telefon und hatte mit der anderen ihren Oberarm umklammert. Sie starrte finster zu Boden, schüttelte den Kopf und schien beinahe nicht zu bemerken, dass sie durch die Küchentür kamen.

Er und Zoe tauschten einen besorgten Blick aus.

„Alles in Ordnung, Mama River?“, fragte sie.

Die ältere Frau sah auf. „Ehrlich gesagt bin ich mir gerade nicht sicher.“ Sie hielt ihnen das Handy hin. „Grace sagt, der Bürgermeister sei nicht in sein Büro zurückgekehrt. Und er geht auch nicht an sein Telefon. Sie sagt, dass das äußerst ungewöhnlich sei und soweit ich den Mann kenne, nimmt er seine Verpflichtungen sehr ernst.“

Zoe zog eine Grimasse. „Die weißen Wölfe und

ihre Magie scheinen ihn definitiv geschockt zu haben."

Mama River schüttelte den Kopf, legte das Handy auf der Küchenanrichte ab und strich nachdenklich darüber. „Ein Mann in seiner Position sollte von ein wenig Magie nicht so aus der Fassung gebracht werden. Nicht in Seattle." Sie runzelte die Stirn und ging wieder dazu über, finster zu Boden zu starren. „Für so intolerant hätte ich ihn nicht gehalten." Dann wurden die zarten Fältchen um ihre Augen noch tiefer. „Ich dachte, an diesem Mann wäre mehr dran."

Zoe warf Troy einen verstörten Blick zu und ihn beschlich dasselbe ungute Gefühl, das auch sie ihre Augenbrauen zusammenziehen ließ – normalerweise war Mama River immer ruhig und ausgeglichen. Absolut nichts brachte sie aus der Fassung. Aber diese Sache mit dem Bürgermeister bereitete ihr eindeutig Sorgen. Troy kannte den Mann nicht und er vertraute ihm auch nicht besonders, aber er musste zustimmen, dass ein paar weiße Wölfe, die mit magischen Kugeln um sich warfen, ihn nicht so verstören sollten. Nicht bei alledem, was sich in dieser Stadt schon abgespielt hatte.

„Es ist ja nicht so, als wüsste der Bürgermeister nichts von Magie", sagte Troy vorsichtig und ließ seine Hand in Zoes gleiten, um sie beruhigend zu drücken. „Und soweit ich das beurteilen kann, kommt er sehr gut mit Grace Krepky aus. Zumindest sagte sie das. Das klingt für mich nicht nach einem intoleranten Menschen.“

Mama River nickte und sah auf. „Das habe ich auch gedacht. Aber dass er einfach so verschwindet…“

Troy konnte erkennen, dass die Sorge in ihren Augen größer war, als die, die sie bloß für irgendeinen streunenden Wolf gehabt hätte, der durch ihre Tür kam. Diese Sache mit dem Bürgermeister war etwas Persönliches. Während Troy noch krampfhaft nach etwas suchte, das er sagen könnte, um sie zu beruhigen, fiel Mama Rivers Blick auf Troys und Zoes Händchenhalten.

Die kleinen Falten, die sich um ihre Augen und in ihre Stirn eingegraben hatten, wurden von einem Lächeln verdrängt. „Nun, wenigstens scheint da jemand seinen Partner gefunden zu haben.“

Oh nein. Zoe ließ seine Hand fallen, als stünde sie plötzlich in Flammen und machte sogar einen Schritt zur Seite, als hätte er eine ansteckende Krankheit. Troy kämpfte den stechenden Schmerz in seiner Brust zurück und schaffte es, ein paar Worte hervorzupressen. „Wir sind kein Paar, Mama

River. Nur…“ Er konnte sich nicht davon abbringen, einen weiteren Blick zu Zoe zu werfen – sie kaute auf ihrer Unterlippe und sah so aus, als würde sie sich Sorgen machen und sich gleichzeitig zusammenreißen müssen, nichts zu sagen. Troy wandte sich wieder Mama River zu. „Wir sind Freunde. Gute Freunde, aber nur Freunde.“

Scheiße. Sein Wolf heulte protestierend auf, aber Troy versuchte trotzdem, seine Worte möglichst überzeugend klingen zu lassen.

Mama River kaufte ihm das kein Stück ab. Sie zog eine Augenbraue hoch und grinste Troy an. „Nun, es ist definitiv schön, wenn man mit seinem Partner befreundet ist.“ Sie neigten den Kopf zu ihm. „Oder seiner zukünftigen Partnerin.“ Sie kicherte – es schien sie zu amüsieren, wie unangenehm den beiden die Situation war. Wenigstens hatte sie sich dem gestellt und Troy vermutete, dass sich das wohl als Fortschritt bezeichnen ließ.

Die Patriarchin des River-Anwesens schlenderte zum Kühlschrank. Ohne den Blick auf sie zu richten, ließ sie sie weiter verlegen dastehen, während sie sich damit beschäftigte, die Reste vom Abendessen herauszuholen. „Ich vermute mal, dass ihr Kinder Hunger habt.“ Es lag immer noch ein

Schmunzeln in ihrer Stimme, bei dem sich Troys Magen zusammenzog.

Er schielte zu Zoe – sie sah aus, als würde sie am liebsten im Boden versinken.

„Ich bin am Verhungern“, sagte Troy und versuchte, möglichst ungezwungen zu klingen und die Aufmerksamkeit von Zoe wegzulenken. „Was hast du denn da für uns?“

„Nur Sandwiches und noch etwas Hackbraten und Kartoffeln vom Abendessen“, sagte Mama River, während sie die Sachen auf die Anrichte stellte. „Ihr könnt euch gerne bedienen.“ Sie schlug die Kühlschranktür zu und drehte sich zu ihnen um. „Wisst ihr, wir haben jede Menge Platz im Anwesen, aber wenn ihr euch ein Zimmer teilen wollt… oder in eine der Hütten hinterm Haupthaus ziehen möchtet…“

Troy ging an die Anrichte und nahm sich einen der Teller dort. Das Gericht darauf sah wie Hackbraten aus. „Das wird nicht nötig sein.“ Er versuchte, die Unterhaltung auf ein anderes Thema zu lenken, bevor Zoe sich noch entschied, einfach aus dem Raum zu rennen. Sie stand immer noch unsicher an der Tür und sah aus, als würde sie am liebsten fliehen. Er winkte sie zu sich. „Komm her. Such dir aus, was du willst – ich kann dir nämlich nicht garantieren, dass noch was übrig ist, wenn ich fertig bin."

Mit hochgezogenen Schultern kam Zoe zur Anrichte geschlichen. Jede Faser ihres Körpers strahlte ihr Unbehagen aus.

Troy unterdrückte ein Seufzen, machte einen Schritt zurück und ließ ihr den Vortritt bei der Essensauswahl. Sie nahm sich ein paar Sandwichzutaten und ein Stück Brot von der Anrichte. In der wachsenden Stille verschränkte Mama River erneut die Arme, lehnte sich mit dem Rücken gegen den Kühlschrank und beobachtete ihre unbeholfenen Bewegungen.

„Seit mein Mann von uns gegangen ist, ist dieses Haus mit viel Glück gesegnet worden", sagte Mama River.

Troy betete, dass sie keinen Vortrag über die Freuden der Paarung bekommen würden.

„Ich finde, du hast jedes Glück verdient, das dir widerfährt", sagte Troy in der Hoffnung, den Vortrag hinauszuzögern. Er gestikulierte zum Essen – Zoe war mittlerweile mit vollen Armen zu dem kleinen Ecktisch hinten in der Küche geschlurft, um sich ihr Sandwich zu machen. Den Großteil der Essensreste hatte sie nicht angerührt. „Du scheinst dich um jeden zu kümmern, der durch deine Tür kommt. Bei meiner Feuerwehrtruppe haben wir ein Wort für Leute wie dich." Er schenkte Mama River ein kokettes Grinsen.

Sie runzelte die Stirn und drohte ihm mit dem Finger. „Wage es ja nicht, mit mir zu flirten, Troy Hartman. Das kannst du dir für Miss Wilding aufsparen."

Sein Herz zog sich zusammen, aber er lächelte weiter und fuhr fort. „Wir nennen Leute wie dich Schutzengel. Wir sehen sie ständig, wenn wir ausrücken – die eine Person, die der Fels in der Brandung ist und sich um alle anderen kümmert. Die dafür sorgt, dass sich alle sicher und geborgen fühlen. Und selbst wenn die schlimmsten Dinge passieren – was für gewöhnlich der Fall ist, wenn ein Trupp von Feuerwehrleuten vor deinem Haus auftaucht – gibt es diesen gewissen Jemand, der rumgeht und sicherstellt, dass alle da sind, bis hin zu den Haustieren und Teddybären."

Sie sah ihn kopfschüttelnd an, doch es hatte sich ein schwaches Lächeln auf ihr Gesicht geschlichen. „Du bist genau so ein Süßholzraspler wie der Bürgermeister", tadelte sie ihn leicht, aber Troy merkte, dass sie es nicht ernst meinte.

Er wiederum hatte jedes Wort ernst gemeint. Und er war nicht der Typ, der sich Dinge verkniff, die gesagt werden mussten – zu oft hatte er miterlebt, dass Leute in den schlimmsten Momenten ihres Lebens all die Dinge bereuten, die sie schon längst hatten sagen wollen, während Troys Kollegen ihre Liebsten auf einer Trage wegbrachten.

„Du bist etwas Besonderes, Mama River", sagte Troy sanft, „und wenn dieser Trottel von Bürgermeister sich verkrümelt hat, ohne dir das zu sagen, dann war er deine Zeit sowieso nicht wert."

Das brachte einige der Fältchen um Mama Rivers Augenwinkel zurück. „Robert Truhall mag vieles sein", antwortete sie genauso sanft, „aber ich bezweifle sehr, dass er ein Trottel ist."

Troy hob die Hände. „Ich mein ja bloß…"

Das zauberte erneut ein Lächeln auf Mama Rivers Gesicht. Troy warf einen verstohlenen Blick zu Zoe, die sich anscheinend nicht mehr ganz so unwohl fühlte. Sie zupfte an ihrem Sandwich herum, aß es aber nicht.

„Mach dir keine Sorgen um mich, Troy Hartman", sagte Mama River, tätschelte seinen Arm und reichte ihm einen Teller.

Er begann, sich sein Abendessen zusammenzustellen – den Rest des Hackbratens, eine große Portion Kartoffelpüree und eine Art Gemüsepfanne. Während er seinen Teller in die Mikrowelle stellte, faltete Mama River die Hände und lehnte sich zurück, um ihn erneut von Kopf bis Fuß zu mustern. Offenbar hatte seine kleine Rede sie weit genug abgelenkt, dass sie nicht mehr so auf Zoe achtete, und dieser nicht noch unwohler zumute wurde.

„Ich durfte miterleben, wie jeder meiner Jungs seine Partnerin gefunden hat“, sagte Mama River in dem ruhigen, bedachten Ton, den sie normalerweise hatte. „Und jetzt auch in der Wilding-Familie…“ Nun sah sie doch zu Zoe. „Der Wolfsjäger hat deiner Familie schreckliche Dinge angetan, Zoe. Aber ich habe gesehen, wie sie einer nach dem anderen ihre Partner gefunden haben, ihre wahre Liebe – und das inmitten von all diesem Hass, der Angst und dem Schrecken, die dieser bösartige Mann unserer Stadt gebracht hat. Und du magst es vielleicht noch nicht verstehen, aber für den Rest von uns ist das unglaublich wichtig.“

Zoe runzelte die Stirn und warf Troy einen Blick zu. Er zuckte bloß die Schultern und war sich nicht ganz sicher, worauf Mama River hinauswollte.

Sie sah wieder zu Mama River. „Was meinst du damit?“

Die Mikrowelle piepte. Troy nahm sein Essen

heraus, gesellte sich zu Zoe an den Tisch und langte zu. Er war tatsächlich am Verhungern. Er deutete ihr, auch zu essen, und sie biss endlich in das Monster von Sandwich, das sie sich gebastelt hatte.

Mama River ließ sich Zeit mit ihrer Antwort. „Ich meine, dass Glück und Liebe ansteckende Dinge sind." Sie gestikulierte zu Troy und Zoe am Tisch. „Wenn ich zwei junge Leute sehe, die sich selbst und zueinander finden, füllt es mein Herz mit einer Freude, die schwer zu artikulieren ist. Ich kannte dieses Glück einst, mit meinem eigenen Partner, und seit er weg ist, hat die Freude anderer dieses Loch gefüllt."

Troy hielt im Kauen inne und war sich unsicher, was er tun sollte – kleine Tränen traten Mama River aus den Augenwinkeln. Zoe sah ebenfalls betroffen aus.

Mama River lachte schwach und wischte sich über die Augen. „Ich müsst einer alten Frau vergeben, wenn sie manchmal sentimental wird."

Troy hatte einen Kloß im Hals, der definitiv kein Hackbraten war.

Mama River schniefte kurz. „Ich will damit nur sagen: Wenn ihr etwas Wunderbares findet, dann stoßt es nicht weg. Liebe ist für die Liebenden, aber wie bei jeder Magie beeinflusst sie weitaus mehr, als nur die beiden Personen, zwischen denen sie sich abspielt."

Troy wollte aufstehen und Mama River umarmen, hatte aber nicht das Gefühl, dass er sowas tun konnte. Glücklicherweise war Zoe bereits von ihrem Stuhl aufgesprungen und schon auf halbem Weg durch den Raum. Sie warf die Arme um Mama River und die beiden Frauen umarmten sich. Allein ihnen zuzusehen zwang Troy dazu, sich einen Moment abzuwenden, um seine Emotionen wieder unter Kontrolle zu bekommen.

Er wusste genau, was Mama River ihnen sagen wollte, und das wollte er auch für Zoe. *Von ganzem Herzen*. Er wollte, dass sie ihre innere Wölfin akzeptierte, damit sie auch die Liebe akzeptieren konnte, die zwischen ihnen wuchs. Er wusste nicht, ob Mama River irgendeine Ahnung hatte, was zwischen ihnen wirklich vor sich ging, aber er hoffte, dass ihre Worte Zoe so erreichten, wie sie etwas in ihm erreicht hatten.

Mama River tätschelte Zoes Rücken und umarmte sie erneut, dann kicherte sie leise und wich zurück. Mit beiden Händen auf Zoes Wangen sagte sie: „Du verdienst nur Gutes, Zoe Wilding. Ich hoffe, du findest dein Glück und lässt es dann nicht mehr los."

Zoe sah aus, als würde sie gleich anfangen zu weinen, und das brachte Troy endlich dazu, sich aus seiner Starre zu lösen und von seinem Stuhl aufzustehen. Gerade als er sie erreichte und ihr die Hand auf den unteren Rücken legte, um sie wissen zu lassen, dass er da war, ertönte ein lautes Klopfen an der Haustür.

„Ich geh schon", sagte Mama River mit einem Lächeln. Sie eilte aus der Küche.

Troy zog Zoe in seine Arme und blickte in ihre glasigen Augen hinab, in denen sich langsam Tränen bildeten, auch wenn sie noch nicht gefallen waren – sie schien sie mit aller Macht zurückhalten zu wollen. Er strich ihr mit dem Daumen über die Wange. „Diese Mama River ist wirklich eine schlaue Frau."

Zoe lachte schnaubend auf und blinzelte rasch. „Nicht schlau genug, um sich nicht in den Bürgermeister zu verlieben."

„Für mich klingt's eher so, als wäre der Bürgermeister von den beiden der Dumme."

Zoe nickte zustimmend. „Aber er ist kein Wolf. Es wäre… kompliziert für sie."

Troy wusste, dass sie gerade über mehr redeten als nur über Mama River und den Bürgermeister. Und es stimmte, dass da eine riesige Kluft herrschte

– zwischen Zoe, einer mächtigen, magieschleudernden Wolfshexe und ihm, einem gewöhnlichen braunen Wolf, der sich mühsam aus den Shifter-Gangs herausgekämpft hatte.

„Nicht komplizierter als die Hälfte der Paarungen, die ich hier gesehen habe“, sagte er und hielt ihren Blick fest. „Emily war ein Mensch, bevor sich Noah mit ihr gepaart und sie in eine Wölfin verwandelt hat. Jared ist ein gewöhnlicher Wolf und mit Grace, einer weißen Wölfin, gepaart. Genau wie deine Cousine Terra, deren Partner Kaden ebenfalls ein weißer Wolf ist. Wieso sollte das bei uns nicht auch klappen, Zo? Mama River hat recht – so etwas Unwichtiges sollte uns nicht im Wege stehen.“ Verdammt, manchmal sollte er wirklich einfach seine verdammte Klappe halten. Er hatte nicht vorgehabt, so weit zu gehen.

Doch Zoe verschloss sich ihm nicht wieder – stattdessen suchten ihre wunderschönen dunkelblauen Augen sein Gesicht ab.

Da ertönte ein Keuchen im Vorderraum.

Irgendwas stimmte nicht.

Zoe zog den Atem ein. „Die Haustür—“

Aber Troy rannte bereits los – er war schon fast aus der Küche, bevor Zoe sich überhaupt bewegte. Doch als er durch das Esszimmer und ins große

Wohnzimmer stürmte, sah er, wer an der Haustür stand, und wurde langsamer.

Es war der Bürgermeister, der mit seiner losen Krawatte und einem Dreitagebart ziemlich mitgenommen aussah. „Bitte, Eleanor… lass mich rein."

Kapitel Elf

„Ja, natürlich.“ Mama River trat zur Seite, um den Bürgermeister hereinzulassen.

Soweit Zoe sich erinnern konnte, trug er dieselbe Kleidung wie am heutigen Morgen, nur war der Mann mittlerweile ein absolutes Wrack. Er hatte einen gehetzten Blick in den Augen, die Krawatte war gelockert, und sein weißes, an den Ärmeln hochgerolltes Hemd war so staubig und zerknittert, als hätte er den Großteil des Tages damit verbracht, Gräben auszuheben.

„Was ist los?“, fragte Mama River mit angespannter Stimme und düsterer Miene.

Der Bürgermeister hatte nur Augen für sie – er warf kaum einen Blick auf Zoe und Troy. Sie standen beide ein paar Schritte von der Eingangstür entfernt, die Mama River jetzt hinter dem Bürgermeister geschlossen hatte.

„Ich muss verschwinden, Eleanor“, sagte der Bürgermeister. „Aber ich wollte die Stadt nicht verlassen, ohne mich zu verabschieden.“

„Verschwinden?“ Mama Rivers Miene wurde von Sekunde zu Sekunde finsterer. „Wieso musst du verschwinden?“

Zoe hatte keine Ahnung, was los war – warum war der Bürgermeister panisch weggerannt, nur um dann zurückzukommen und zu sagen, dass er wieder gehen müsse? Sie war zutiefst verwirrt und ein kurzer Blick zu Troy sagte ihr, dass er genauso durcheinander war.

Die dunklen Ringe unter den Augen des Bürgermeisters wurden noch tiefer. „Ich bin nicht…“ Er schien nach Worten zu ringen. „Ich bin nicht der, für den du mich hältst.“ Er warf Zoe einen unsicheren Blick zu.

Sofort ergriff Troy ihre Hand und schob sich leicht vor sie, als erwartete er, dass der Bürgermeister einen Zwei-Meter-Satz machen und sie angreifen würde. Der Bürgermeister zog eine Grimasse, als er die beschützende Pose bemerkte, die Troy eingenommen hatte.

Aber er richtete trotzdem eine Frage an Zoe.

„Gehörst du auch dazu? Bist du ein weißer Wolf wie Grace und die anderen?“ Sein Blick wanderte zu Mama Rivers Gesicht, in dem jetzt offene Überraschung geschrieben stand. „Und wie Daniel jetzt auch, schätze ich.“ Dann sah er wieder zu Zoe. „Ich muss es wissen, Zoe. Bitte.“ Sein abgezehrter Gesichtsausdruck wich einer Art erschöpften Verzweiflung, die etwas in Zoes Brust berührte.

Sie hatte immer noch keine Ahnung, was los war, aber wenn er bereits von allen anderen wusste, spielte es wohl keine große Rolle mehr, ob sie ihm ihr Geheimnis verriet oder nicht. „Ja, ich bin auch ein weißer Wolf.“

Mama River zog zwar die Augenbrauen hoch, sah aber nicht sonderlich überrascht aus. Der Bürgermeister hingegen stolperte buchstäblich rückwärts und stützte sich mit einer Hand an der Tür ab. „Wie viele gibt es noch?“ Seine Stimme war ein raues Flüstern.

„Warum wollen Sie das wissen?“, fragte Troy mit einer Spur Schärfe in der Stimme.

Der Bürgermeister fuhr zusammen und hätte sich fast mit flachem Rücken gegen die Tür gepresst. „Ich will nur wissen…“ Er schluckte sichtbar. „Für wie viele ich verantwortlich bin.“

Verantwortlich? Zoe musterte ihn mit zusammengekniffenen Augen – der Typ war ein emotionales Häufchen Elend. Das alles nahm ihn ganz schön mit. „Das sind alle, von denen wir wissen." Sie war sich sowieso nicht sicher, ob sie ihm verraten hätte, wenn sie von weiteren gewusst hätte.

Die Augen des Bürgermeisters weiteten sich etwas. „Und dann gibt es noch *ihn*."

Seine Worte ließen Zoes Herzschlag kurz aussetzen – welchen *ihn?* Gab es noch einen weißen Wolf, von dem der Bürgermeister wusste und sie nicht?

Er wandte sich wieder Mama River zu. „Ich kann nicht bleiben." Seine Stimme zitterte. „Ich dachte, ich könnte es, aber ich… kann einfach nicht. Du sollst wissen, dass ich versucht habe, zu helfen, Eleanor. Ich habe wirklich versucht, alles in Ordnung zu bringen. Aber ich kann nicht—" Wieder rang er nach Worten. „Ich bringe euch alle nur in Gefahr."

„Was zur Hölle redest du da?", wollte Zoe wissen. „Und wer ist dieser andere weiße Wolf?"

Er sah sie mit gequälter Miene an. „Der Wolfsjäger natürlich. Er ist ein weißer Wolf wie du. Wie ihr alle."

Zoe tauschte erst einen Blick mit Troy und dann mit Mama River aus. Es war nicht öffentlich bekannt, dass der Wolfsjäger ein weißer Wolf war, aber da die Polizei an Terras Rettung beteiligt gewesen war und ihr Partner Kaden dazugehörte – hatte vielleicht er es dem Bürgermeister verraten. Oder Grace.

„Also ist das der weiße Wolf, von dem du geredet hast?", fragte Zoe.

„Ja." Dann straffte er die Schultern und erlangte etwas von der selbstsicheren Haltung zurück, die er gehabt hatte, bevor er durchgedreht war. „Ihr seid alle weiße Wölfe… *wegen mir*."

Und dann shiftete er… *in einen weißen Wolf.*

Zoes Mund klappte auf. Mama River keuchte und schlug die Hände vor den Mund.

„Heilige Scheiße", keuchte Troy neben ihr.

Der Bürgermeister war ein beeindruckender weißer Wolf – etwas größer als ein normaler Wolf, mit schneeweißem Fell, das dermaßen dicht war, dass seine Pfoten fast wie dicke Fäustlinge aussahen. Seine Rute ragte hoch hinter ihm auf und seine Ohren waren gespitzt – *die Alphapose*. Zoe konnte spüren, wie es in ihr widerhallte, so mächtig war er.

Seine Magie war *so stark*. Weil… *er wirklich ein Hexer war.*

Der Wolf des Bürgermeisters senkte den Kopf und nahm seine Kleidung ins Maul, dann drückte er mit einer Pfote die Klinke der Haustür runter und zog sie auf. Bevor jemand von ihnen noch etwas sagen konnte, war er in die Nacht hinausgeschlüpft und um die Ecke der Veranda gebogen, die vor dem Haupthaus des River-Anwesens verlief.

„Robert!" Mama River eilte ihm nach.

Zoe legte Troy die Hand auf die Brust, um ihn davon abzuhalten, ihnen nachzugehen. „Er ist der weiße Wolf!", zischte sie, so leise und tief, dass der Bürgermeister und Mama River sie auf keinen Fall hören konnten. Sie konnten noch nicht weit von der Tür weg sein.

„Naja, offensichtlich…" Doch Zoes eindringlicher Gesichtsausdruck ließ ihn verstummen. „Moment… meinst du, er ist *der* weiße Wolf? Der, nach dem ihr gesucht habt?"

Zoe nickte.

Mama Rivers Stimme drang von der Veranda zu ihnen. „Robert Truhall, komm zurück ins Haus und erklär mir das gefälligst." Sie war *stinksauer*.

Zoes Hirn versuchte krampfhaft, das alles zusammenzusetzen. Robert… Bobby… Bobby Wilding. *Heilige Scheiße*.

Der Bürgermeister kam in seiner menschlichen Form zurückgeschlichen, die Hose wieder an, doch sein weißes Hemd in der Hand geknüllt, immer noch zugeknöpft, so wie er aus ihm herausgeshiftet war. Mama Rivers Augen loderten – und Zoe konnte nicht sagen, ob es nur vor Wut war oder ob noch mehr dahintersteckte, angesichts dessen, dass der Mann, für den sie Gefühle zu haben schien, halbnackt vor ihnen stand.

„Du bist mein Großvater“, warf Zoe in den Raum. Erst war es für sie nicht viel mehr als eine Mutmaßung, aber alle Unsicherheit verflog, als sie den Blick des Bürgermeisters wahrnahm – Schuldgefühle, Scham, und ein seltsamer Schmerz, dessen Ursprung sie nicht ausmachen konnte.

„Ja, Zoe, offenbar bin ich das. Und der von Noah und Daniel ebenfalls.“ Es war verrückt – der Bürgermeister sah nicht älter als Mitte vierzig aus – aber genau genommen wusste Zoe, dass das bei einem Hexer nichts zu sagen hatte. Vielleicht gab es neben den Schönheitszaubern, die sie in den Hexenzirkeln benutzten, auch lebensverlängernde Zaubersprüche… oder vielleicht rührte die Langlebigkeit einfach daher, dass so viel magische Energie in seinem Körper und Blut angestaut war. Die sich konstant erneuerte. Ihn konstant heilte… genau wie es das Serum für die Superheilung tun sollte, hinter dem sie her war…

Und die ihre weiße Wölfin längst besaß.

Ihr Mund klappte auf, als sie begriff, dass das, was ihren Großvater all diese Jahre am Leben gehalten und dazu geführt hatte, dass er gerade einmal graue Schläfen hatte, dieselbe DNA wie ihre war – dasselbe magische Blut, das durch ihre Adern lief. *Wie lange würde sie leben?* Hatte sie ein Unsterblichkeitsgen in sich?

All diese Gedanken wirbelten durch ihren Kopf und verschlugen ihr die Sprache.

Der Bürgermeister – oder Bobby Wilding, wie er wirklich hieß, selbst wenn er sich jetzt Robert Truhall nannte – schien ihre Verwirrung als eine Art Ungläubigkeit zu interpretieren. „Es stimmt, Zoe. Auch wenn ich mir sicher bin, dass es dir schwerfällt, das zu glauben. Ich habe selbst lange versucht, mir das Gegenteil einzureden. Aber all diese Geschichten, die du zweifellos über den schrecklichen Tag gehört hast, an dem das Wilding-Rudel auseinandergebrochen ist, haben sich so nie abgespielt. Die Legende deiner Familie – *unserer Familie* – ist eine Lüge."

Zoe fühlte sich, als würde die Welt unter ihren Füßen wegbrechen.

Troys Hand legte sich auf ihren unteren Rücken und stützte sie. „Du musst dir den Schwachsinn von diesem Typen nicht anhören", sagte er leise. „Sag nur ein Wort, und ich schmeiße ihn raus." Er starrte den Bürgermeister mit hartem Blick an, aber das Letzte, was Zoe wollte, war den Bürgermeister zu vertreiben – sie hatte ihn *überall* gesucht, und jetzt war er einfach auf ihrer Türschwelle aufgetaucht.

„Nein", sagte sie sanft, tätschelte Troys Brust und sah in seine Augen hoch, um ihn zu beruhigen. „Ich muss das hören."

Der Bürgermeister wandte sich von Mama Rivers durchdringenden Starren ab und sah stattdessen zu Zoes. „Du glaubst bestimmt, ich hätte das Wilding-Rudel auseinandergebracht, indem ich die Partnerin des Alphas verführt habe – etwas, das ich nur tun konnte, weil ich ein Hexer bin. Und ein Verräter." Er senkte den Blick und starrte zu Boden. „All das ist tatsächlich wahr." Dann sah er Zoe wieder in die Augen. „Aber ich habe die Partnerin meines Bruders nicht *verführt.* Ich habe sie *geliebt.* Und lange Zeit – eine sehr, sehr lange Zeit – bin ich der treue Beta geblieben, der ich sein sollte. Und Sophie und ich haben unsere Gefühle füreinander ignoriert. Sie hatte sich mit dem Alpha unseres Rudels gepaart und unsere Liebe hätte unmöglich sein sollen. *Aber das war sie nicht* – nicht zuletzt, weil mein Bruder ein riesiges Arschloch war."

„Was genau willst du damit sagen, Robert?“, fragte Mama River. Zoe konnte die Wut und die Missbilligung in ihrer Stimme hören. Dieselbe Wut, die sich durch Zoes Familie zog – es gab einen Grund, warum das Zersplittern des Rudels so eine beschämende Sache war. Warum sich jeder Wilding heimlich fragte, wie viel wahrer Wolf wohl in ihnen steckte – als ob sich böse Taten und ein schlechter Charakter durch DNA vererben lassen würden. Egal wie sehr Bobby Wilding die Partnerin seines Bruders geliebt hatte, er hätte nicht mit ihr ins Bett gehen dürfen. Und erst recht keine Kinder mit ihr zeugen – was offensichtlich geschehen war, angesichts dessen, wie viele in der zweiten Familiengeneration das Weiße-Wolfs-Gen in sich trugen.

Der Bürgermeister zog eine Grimasse. „Ich will damit sagen, dass mein Bruder ein bösartiger Alpha war. Und auch Sophie war er kein guter Partner. Er hat sie *jahrelang* misshandelt. Und ich habe jahrelang zugesehen… wobei ich jedes Mal innerlich ein wenig gestorben bin, wenn sie mit neuen blauen Flecken auftauchte.“ Er wandte sich Mama River zu. „Eleanor, wenn irgendjemand dir das angetan hätte, was mein Bruder Sophie angetan hat, würde mich niemand dafür verurteilen, wenn ich ihn umbringen würde.“

„Also haben Sie den Betaschwur gebrochen", sagte Troy. „Und Ihren Bruder getötet." Es lag überraschend wenig Vorwurf in seiner Stimme.

„Nein." Der Bürgermeister ließ den Kopf hängen. „Ihr glaubt gar nicht, wie oft ich mir schon gewünscht habe, dass ich genau das getan hätte. Aber er war mein Bruder und mein Alpha – das war nicht bloß eine Frage der Magie. Ich habe sehr lange gebraucht, um mich aus dem emotionalen Würgegriff zu befreien, in dem er mich hatte, ganz zu schweigen von Sophie. Ich bin vielleicht ein Hexer, aber ich bin auch ein *Wolf*. Und wir waren Brüder, selbst wenn wir nicht unterschiedlicher hätten sein können. Er war durch und durch aggressiv und hat jeden im Rudel eingeschüchtert. Inklusive mir. Er war unberechenbar. Explosiv." Der Bürgermeister musste sich schütteln. „Und meine eigene Feigheit hat mich davon abgehalten, ihn zu konfrontieren. Doch obwohl ich mich ihm nicht entgegengestellt habe, konnte ich nicht zulassen, dass Sophie weiter litt. Ich habe mich um ihre Wunden gekümmert, geholfen, sie zu verdecken und irgendwann… hat sie in meinen Armen Trost gefunden. Ich habe mir eingeredet, dass sie von mir die Liebe bekam, die sie verdient hatte, selbst wenn sie weiter mit ihm verbunden war. Es war eine tröstliche Lüge. Eine dumme Lüge. Eine, die ich bis heute bereue.“ Er hielt inne, als hätte er etwas Bitteres im Mund. „Im Laufe der Zeit hat unsere Liebe auch Welpen hervorgebracht – obwohl ich nie ganz sicher war, welche meine und welche von Gary waren. Aber ich konnte diesbezüglich natürlich nichts unternehmen. Ich hätte sonst entweder meinen Bruder töten oder meine Geliebte und meine Kinder in den Händen eines Monsters zurücklassen müssen. Und für keines von beidem war ich stark genug.“

Zoe schwankte leicht, während sie versuchte, all das aufzunehmen. Aber für sie klang seine Geschichte glaubwürdig. Und er stellte sich definitiv nicht als Unschuldslamm dar. „Was ist dann passiert?“, fragte sie. „Laut den Erzählungen bist du entdeckt worden und hast sie beide mit Hilfe deiner Magie getötet.“

„Das ist eine verdammte Lüge!“ Die Augen des Bürgermeisters blitzten auf. Und in diesem Moment konnte Zoe die familiäre Ähnlichkeit nur zu deutlich sehen: Das pechschwarze Haar unter dem Anflug von Grau, die dunkelblauen Augen, die eines der Merkmale der Wilding-Familie waren – selbst die Leidenschaft in seiner Körpersprache erinnerte sie ein wenig an die Wilding-Wildheit, die so stark in ihrem Stammbaum vertreten war. Falls sie noch irgendwelche Zweifel gehabt hätte, ob er wirklich ein Wilding war, wären diese spätestens jetzt beseitigt gewesen.

Der Bürgermeister schien Schwierigkeiten zu haben, seine Wut wieder unter Kontrolle zu bekommen. „Gary *hat* es herausgefunden. Er hat uns in flagranti erwischt, also hat es keinen Sinn gemacht, es abzustreiten. Aber *ich* war nicht derjenige, der Sophie umgebracht hat – das war *er*. In einem Tobsuchtsanfall, der so heftig war, dass er den Paarungsschwur, sie zu beschützen, außer Kraft gesetzt hat, hat er ihr das Genick gebrochen. Ich glaube, sie war schon tot, bevor er überhaupt begriffen hat, was er da tat. Ich hatte immer vermutet, dass in ihm auch etwas weiße Wolfsmagie steckte. Das ist die einzige Möglichkeit, wie er ihr das Leben nehmen konnte." Der Bürgermeister schloss kurz die Augen und atmete durch, dann stieß er die Luft langsam wieder aus. Als er seine Augen wieder öffnete, war das Feuer darin durch den Schmerz ersetzt worden, den Zoe zuvor schon gesehen hatte. „Der Unterwerfungsbund, mit dem ich meinem Bruder die Treue geschworen hatte, war simple Magie, einfach zu brechen. Er hat sie in seiner Wut getötet. Ich habe ihn in meiner Wut getötet. Es ging ganz schnell, aber es hat *alles* zerstört. Ich bin geflohen, weil… ja, was hätte ich sonst tun sollen? Der Vater von den Kindern meines Bruders werden? Ich war mir so gut wie sicher, dass Billy von mir war. Astor möglicherweise auch. Aber sie hatten gerade erst ihre Eltern verloren, wie hätte ich sie da auch noch dem Rudel entreißen können? Stattdessen bin ich geflohen und… habe Dinge getan, auf die ich nicht stolz bin."

Mama Rivers schroffer Blick war etwas sanfter geworden. „Die anderen Kinder", sagte sie leise.

„Ja, die anderen Kinder." Der Bürgermeister sah sie immer noch nicht an, aber er blickte tief in Zoes Augen. „Mein Herz war gebrochen. Nicht, dass das eine Entschuldigung wäre. Aber in der Zeit danach habe ich mit allen möglichen Frauen geschlafen und mich nicht darum gekümmert, ob dabei Welpen entstehen… nein, das stimmt nicht ganz. Ich habe *absichtlich* Welpen gezeugt, was ich nicht hätte tun sollen. Ich glaube, ich wollte bloß… etwas haben, das meins war, etwas Eigenes, das nichts mit meiner Vergangenheit zu tun hatte. Mit Kadens Mutter. Graces Mutter. Und *seiner*…" Er schluckte. „Die Mutter des Wolfsjägers. Ich erinnere mich an jede einzelne. Sie waren alle wundervoll und unglaublich hübsch, aber jedes Mal, wenn ich herausgefunden habe, dass sie mit einem meiner Kinder schwanger waren… bin ich abgehauen. Wie der Feigling, der ich bin."

Der Schmerz war in sein Gesicht zurückgekehrt. „Die Mutter von Grace war die Letzte. Sie war diejenige, bei der ich das Gefühl hatte… bei ihr bleiben zu können. Ich *wollte* sie – *liebte* sie wie ich Sophie geliebt habe – aber sie war mit einem mächtigen Senator verheiratet, einem furchtbaren Mann, und… das kam mir alles zu bekannt vor. Und das war es auch, was mich schließlich gebrochen hat. Ich habe aufgehört, ein Wolf *oder* ein Hexer zu sein und habe eine neue Identität als Mensch angenommen. Kein Shiften mehr. Keine Magie. Und langsam aber sicher habe ich mir so ein echtes Leben erarbeitet. Dann bin ich einer Frau begegnet – einer menschlichen Frau, meiner Ehefrau – und sie hat alles verändert. Mit ihr war ich endlich jemand *Anständiges*." Sein Blick verdüsterte sich und er starrte wieder zu Boden. „Zumindest für eine Weile. Es war ihre Idee, dass ich als Bürgermeister kandidiere. Aber wir hatten nie Nachwuchs – ich wollte keine weiteren Kinder in die Welt setzen."

„Aber deine Vergangenheit konntest du nicht abschütteln." Mama Rivers Stimme war mit einem

Mitgefühl erfüllt, bei dem Zoe nicht sicher war, ob sie es teilte. Das Leben und die Fehler dieses Mannes hatten sie zu dem gemacht, was sie heute war. Er hatte es ja selbst gesagt – er war für sie *verantwortlich*, für alle weißen Wölfe. Er hatte ihre Familie auseinandergebracht, seine DNA über ihren Vater an sie weitergegeben und war dann untergetaucht und hatte sich verantwortungslos fortgepflanzt.

Und trotzdem… fiel es ihr schwer ihn zu verurteilen, wie er so vor ihr stand, das Gesicht verzerrt vor Schmerz und Bedauern.

„Meine Vergangenheit hat mich nie losgelassen", sagte der Bürgermeister und schüttelte dabei langsam den Kopf. „Zumindest nicht gänzlich. Ich habe immer gewusst, dass ich eines Tages für meine Sünden bezahlen würde. Als meinc Frau starb, hätte ich beinahe die Stadt verlassen. Sie war mein Anker und der war nun weg. Doch dann hat sich Grace als weiße Wölfin zu erkennen gegeben und da wusste ich natürlich, dass sie von mir ist. Sie war unglaublich mutig, clever und erwachsen – all die Dinge, die ich nie war – und da konnte ich nicht mehr gehen. Ich musste ihretwegen bleiben und alles in meiner Macht Stehende tun, um sie zu beschützen."

Zoe konnte nicht verhindern, dass ihr Tränen in die Augen traten. Seine eigenen Probleme zur Seite zu schieben, um Grace zu helfen? Das war etwas, das ihr Vater auch tun würde. Ihr gütiger, süßer, liebevoller Vater – der der Sohn dieses Mannes war. Und der ihr bewies, dass DNA kein Schicksal war. Sie fragte sich, wie sie das nie zuvor hatte erkennen können.

„Also sind Sie geblieben, um Grace zu beschützen", sagte Troy und auch in seiner Stimme schwang Anerkennung mit. „Weiß sie Bescheid?"

Der Bürgermeister schüttelte den Kopf. „Ich wollte bloß…" Er seufzte. „Bitte sagt ihr, wie leid es mir tut, dass ich es ihr nicht schon früher gesagt habe. Ich erinnere mich noch sehr gut an ihre Mutter. Und an Kadens."

Ein plötzlicher Geistesblitz schoss Zoe durch den Kopf. „Und erinnerst du dich auch noch an die Mutter des Wolfsjägers? Weißt du, wer sie ist?" Vielleicht konnten sie ihn ja so finden.

„Natürlich, aber sie ist schon lange tot. Eine ganze Zeit lang wusste ich nicht einmal, ob sie das Kind überhaupt ausgetragen hat. Aber als Grace mir sagte, dass der Wolfsjäger ein weißer Wolf sei, wusste ich, dass er von mir sein muss. Also habe ich versucht, sie ausfindig zu machen, und es war genauso, wie er gesagt hat – sie ist bei der Geburt gestorben. Und die Unterlagen über die Pflegefamilien des Kindes waren versiegelt. Dabei war es eh nicht so, als hätte ich ihn unbedingt finden wollen."

„Wieso nicht?" Die Schärfe hatte sich zurück in Troys Stimme geschlichen.

„Weil ich ein verdammter Feigling bin", sagte der Bürgermeister wütend. „Habt ihr das immer noch nicht kapiert?"

Zoe zog eine Grimasse, denn die Wut des Bürgermeisters entstand aus seinem Selbsthass… und das kam ihr viel zu bekannt vor.

„Ich habe schon vor so langer Zeit aufgehört, Magie zu benutzen", sagte der Bürgermeister verbittert. „Das konnte ich nicht wieder anfangen. Ich konnte nicht all das aufgeben, das ich mir in meinem Leben als Mensch und schließlich als Bürgermeister aufgebaut hatte – das wollte ich nicht riskieren. Außerdem gibt es hier eine große und starke magische Gemeinschaft – sie hätten mich augenblicklich gefunden, wenn ich versucht hätte, ihn mit Hilfe von Magie aufzuspüren. Ich hätte bloß meine Signatur im magischen Reich wieder aufgefrischt. Selbst wenn ich mich durch die ganze Bürokratie gearbeitet hätte, hätte das Aufmerksamkeit erregt. Der Wolfsjäger hätte *mich* gefunden und das war das Letzte, was ich wollte. Ich wusste, dass er hinter mir her war. Alles, was er getan hat – *alles davon* – war wegen mir. Ich dachte, ich könnte Grace beschützen, und für Terra habe ich auch getan, was ich konnte, aber jetzt gibt es so viele von euch. Es ist nur eine Frage der Zeit, bis der Wolfsjäger eure magischen Spuren wittert und mich findet."

Troy verzog vor Abscheu das Gesicht und Zoe stand ihm dabei in nicht viel nach. „Und deswegen laufen Sie weg?", fragte Troy. „Weil Sie nicht wollen, dass der Wolfsjäger Sie findet?"

„Ich muss verschwinden, bevor ich euch alle in Gefahr bringe", sagte der Bürgermeister mit erneuter Verbitterung in der Stimme. „Das alles ist meine Schuld – wenn ich verschwinde, hört er vielleicht auf, nach mir zu suchen."

„Wenn Sie verschwinden, wird er weitersuchen, bis er uns alle umgebracht hat." Troy sah aus, als wäre er kurz davor, dem Bürgermeister an die Gurgel zu gehen.

Aber Zoe wollte unter keinen Umständen, dass Troy ihn vertrieb. So gemischt ihre Gefühle gegenüber diesem Mann, der hier vor ihr stand, auch waren – gegenüber *ihrem Großvater* – er war nichtsdestotrotz der weiße Wolf, den sie gesucht hatte.

Der, dessen Blut sie für das Serum brauchte. Für *beide* Seren. Und dafür durfte er nicht aus der Stadt flüchten, sondern musste hierbleiben.

Während Zoe verzweifelt nach einem Argument suchte, mit dem sie ihn in Seattle halten konnte, ging Mama River einen Schritt auf ihn zu. „Du musst bleiben, Robert."

„Eleanor, *bitte.*" Seine Stimme klang gequält. „Ich bin nur gekommen, um mich zu verabschieden. Und weil du es verdienst, zu erfahren, warum ich einfach so verschwinde. Ich wollte dich nur wissen lassen, dass es nichts mit dir zu tun hat."

„Du kannst nicht noch länger davor wegrennen", sagte sie sanft. Dann streckte sie eine Hand aus und legte sie ihm auf den Arm – ihre Berührung schien ihm noch mehr Schmerzen zu verursachen. „Dieses Haus ist seit jeher ein sicherer Hafen für *alle* Wölfe. Du solltest hierbleiben und die Sache bis zum Ende durchstehen. *Bleib*. Beschütze deine Familie. Zeig mir den Mann, der du sein könntest."

Die Miene des Bürgermeisters war jetzt so schmerzverzerrt, dass es aussah, als würde es ihn in der Mitte zerreißen. „Verstehst du das denn nicht?" Seine Stimme war nur noch ein Flüstern. „Ich habe *all das* verursacht. Und ich kann das nicht mehr in

Ordnung bringen. Ich würde es nur schlimmer machen."

„Dann musst du dich dem stellen. Übernimm Verantwortung dafür und tu, was du kannst, noch heute, hier und jetzt."

Er schloss die Augen und antwortete nicht.

Mama River redete weiter auf ihn ein. „Ich habe gesehen, wie du deine Familie beschützt – erzähl mir nicht, dass du nicht weißt, wie. Ich habe es bei Grace gesehen. Bei Zoe. Bei Terra – bei jedem aus der Wilding-Familie, der in Gefahr war. Du hast getan, was du konntest, um sie zu beschützen. Ich weiß, dass deine Weiße-Wolfs-DNA dich teilweise zu einem Hexer macht. Ich weiß nicht, wie sehr. Aber es ist Zeit für dich, dich wie ein Wolf zu benehmen und dein Rudel zu beschützen."

„Mein Rudel?", flüsterte er. „Ich hatte kein… nicht seit…"

„Ein Rudel wird nicht durch Blut, sondern durch *Taten* geformt, Robert Wilding." Da war eine vertraute Stärke in Mama Rivers Stimme, von der Zoe sich wünschte, dass sie sie auch besitzen würde. Und ihre Stärke schien durch ihre Berührung und ihre Worte in den Bürgermeister zu sickern.

Er straffte sich wieder. „Glaubst du das wirklich?"

„Von ganzem Herzen", sagte Mama River. „Ich sehe es jeden Tag, bei jedem Wolf, der durch meine Tür kommt. Wenn du bleibst, bist du einer von uns. Wenn du gehst, wirst du nie weit genug fliehen können, um deinem Schmerz zu entkommen."

Unglauben breitete sich auf seinem Gesicht aus. „Ihr würdet mich bleiben lassen? Obwohl ihr wisst, was ich alles getan habe?"

„Ja." Mama River hielt seinen Blick mit einem eindringlichen Starren fest.

Zoe konnte erkennen, dass sie zu ihm durchdrang, doch dann überraschte er selbst Mama River, indem er eine Hand ausstreckte und sie ihr auf die Wange legte. „Ich will bleiben", sagte er leise.

Mama River lächelte und als der Bürgermeister näherkam und aussah, als würde er sie küssen wollen, wichen Zoe und Troy zurück und wandten den Blick ab. Mit Troys Hand immer noch auf ihrem unteren Rücken schlichen sie auf leisen Sohlen vom Hauseingang weg. Als sie das Esszimmer erreicht hatten, waren Mama River und der Bürgermeister bereits in einem Kuss versunken, der drohte, die Vorhänge in Brand zu setzen.

Sobald sie in der Küche waren, zog Troy sie zu sich. „Heilige Scheiße, *der Bürgermeister*", flüsterte er.

Zoe schüttelte den Kopf. „Mein Hirn versucht noch, das zu verarbeiten. Aber dass Mama River ihn dazu bringen konnte, zu bleiben, ist schonmal eine gute Sache.“

Er sah sie stirnrunzelnd an. „Weil er dein Großvater ist?“

„Weil er der weiße Wolf ist.“

Troys Augen weiteten sich leicht, aber sie wollte die Magie ihres Großvaters nicht dazu nutzen, den Wolfsjäger zu finden, was zweifellos das war, was Troy dachte. Obwohl das zuerst geschehen musste – sie hatte ihm versprochen, dass sie ihre weiße Wölfin nicht töten würde, bevor sie den Wolfsjäger selbst getötet hatten, und sie würde dieses Versprechen halten. Aber jetzt, da sie ihren Großvater und seine DNA hatte, war ihr Traum, ein Serum zu entwickeln, das ihre Wölfin endgültig auslöschen würde, wenigstens erreichbar. Mit der Hilfe ihres Großvaters.

Sobald Mama River ihn endgültig davon überzeugt hatte, zu bleiben, würde Zoe ihre Ansprüche stellen.

Kapitel Zwölf

Troy lag wieder mit Zoe im Bett.

Was allerdings nicht hieß, dass er schlafen konnte – nicht, dass er sich beschwerte.

Es war irgendwann nach Mitternacht, mehr konnte er nicht sagen, ohne auf sein Handy zu schauen, das irgendwo in seiner Hose steckte, die auf der anderen Seite des Raumes auf dem Boden lag. Diesmal waren sie in seinem Schlafzimmer und gingen es mit dem Sex etwas langsamer an – sie waren gerade zum ersten Mal wach, nachdem sie sich über Mama Rivers Abendessen hergemacht und danach ins Bett gegangen und eingedöst waren. Sie hatten eben erst miteinander geschlafen und drifteten jetzt wieder in den Schlaf ab… zumindest galt das für Zoe. Troy machte sich

Sorgen darüber, wo all das enden würde, aber er war von der Stille gefangen, die sich auf sie herabgesenkt hatte.

Mama River und der Bürgermeister waren verschwunden und Troy konnte nur vermuten, dass sie sich irgendwo im Anwesen befanden und ihre Liebe zementierten, so wie Troy und Zoe es gestern den ganzen Tag über getan hatten. Er gönnte es ihnen, obwohl er sich noch lange nicht sicher war, ob er dem Bürgermeister wirklich vertraute, auch wenn der Mann jetzt offenbar zur Familie gehörte. Mama Rivers Herz war groß genug, um jeden darin aufzunehmen – und das besorgte Troy eine schlaflose Nacht, in der er dabei zusah, wie das Mondlicht durch das Zimmer wanderte und Zoes wunderschönes Gesicht auf dem Kissen neben ihm beleuchtete.

Sie hatte den Bürgermeister ebenfalls unbedingt dabehalten wollen, und auch das bereitete ihm Sorgen. Trotz des Geständnisses und seiner offensichtlichen Reue wusste Troy, dass sich alte Gewohnheiten schwer ablegen ließen. Und soweit er das sagen konnte, hatte der Bürgermeister – dieser weiße Wolf, nach dem Zoe gesucht hatte – die tief verwurzelte Angewohnheit, vor seinen Problemen und Pflichten davonzulaufen. Der

Gedanke, dass er Zoe durch irgendeine Tat oder Untätigkeit Leid zufügen würde, ließ Troys Wolf beschützend aufbegehren.

Der Mann war einfach eine unbekannte Variable und das gefiel Troy am allerwenigsten.

Neben ihm gab Zoe einen süßen, behaglichen Laut der Zufriedenheit von sich, während sie sich zu ihm rollte und die Hand auf seine nackte Brust gleiten ließ. In der Dunkelheit konnte er einen kleinen Bogen blauen Feuers sehen, der sich zwischen ihren Fingerspitzen und seiner Haut spannte, wie eine statische Entladung, die ihm jedoch anstatt Schmerzen kribbelnde Lust bescherte. Wenn sie so weitermachte, war er gleich schon wieder bereit für mehr.

Troy zog sie näher, um sie an sich zu kuscheln, und diese kleine Bewegung ließ sie die Augen öffnen und zu ihm aufschauen.

Als sie bemerkte, dass er hellwach war, runzelte sie die Stirn. „Alles in Ordnung?"

Er strich ihr mit der Hand über die Schulter und genoss das weiche Gefühl ihrer Haut. „Ich mache mir bloß Sorgen um dich."

„Wieso?" Sie setzte sich etwas aufrechter hin.

„Mir gefällt es nicht, dass dein Großvater hier ist", gestand er. „Selbst in den Gangs, mit denen ich in der Innenstadt rumgehangen habe, habe ich bessere Vorbilder für die Vaterrolle gesehen."

Ihr Stirnrunzeln wurde düsterer. „Ich weiß. Aber er ist der Schlüssel zu meiner Forschung. Ich brauche ihn hier, zumindest für eine Weile."

Na klasse. Das war nicht gerade das, was er hatte hören wollen. „Es geht um das Serum, von dem du mir erzählt hast, richtig?" Es gelang ihm nicht, sein Missfallen aus seiner Stimme zu halten.

Sie schob sich etwas von ihm weg und er hasste augenblicklich die Distanz zwischen ihnen. „Ja", sagte sie mit einer leichten Schärfe in der Stimme. „Aber er ist auch der Schlüssel für ein Serum, das einen riesigen Unterschied für Wölfe und Menschen machen kann."

Troy runzelte die Stirn. „Wie meinst du das?"

„Du weißt doch, dass ich eine extreme Heilkraft habe. Wie alle weißen Wölfe."

Troy nickte. Das wusste er, auch wenn er es nicht geglaubt hätte, hätte er es nicht mit eigenen Augen gesehen.

„Ich arbeite gerade mit den Datenbank-Informationen aus den Shifter-Experimenten daran, ein Serum zu entwickeln, das diese Superheilungskräfte zu etwas destilliert, das für jede Art von Heilung genutzt werden kann."

„Echt, ohne Scheiß?“

Sie grinste. „Falls mir das gelingt und wir damit tatsächlich praktisch jeden heilen können, sind Rettungssanitäter wie du vielleicht bald arbeitslos.“

Troys Augen wurden groß. „Also, wenn dein Großvater wirklich dabei helfen kann… ich schätze, dann werde ich den alten Mann wohl eine Weile ertragen können.“ Was nicht hieß, dass er ihm gegenüber nicht weiter ein gewisses Misstrauen hegen würde.

Zoe rutschte wieder näher zu ihm. „Außerdem hast du ja gesehen, wie Mama River zu ihm war.“

Troy zog eine Grimasse. „Ja, aber manchmal glaube ich, dass Mama Rivers Herz größer ist, als es ihr guttut.“

Sie schlug ihm leicht auf die Brust. „Sei doch nicht so abwertend. Die Liebe fällt nun mal hin, wo sie eben hinfällt.“

Er ergriff ihre Hand und hob sie für einen kurzen Kuss an seinen Mund. „Ich bin so abwertend wie ich will, bei Typen, die ich für Arschlöcher halte.“ Mit dem Daumen strich er ihr über den Handrücken. „Obwohl ich zumindest einen Teil seiner Geschichte nachvollziehen kann. Wenn irgendwer die Frau, die ich liebe, misshandeln würde, würde mich wohl auch ein mörderischer

Wutausbruch befallen. Nur schonmal als Anmerkung für die Zukunft."

Zoe lächelte. „Also würdest du mich vor bösen Typen beschützen? Ich dachte, wir hätten hier nur Sex, ohne uns zu verlieben." Doch die Art, wie sie es sagte, ließ Troys Herz hüpfen. Denn das war genau das, was er damit sagen wollte… und vielleicht fühlte sie es ja auch.

Er knurrte besitzergreifend und drückte sie mit dem Rücken aufs Bett. „Wir haben definitiv Sex. Viel Sex. Und wir werden weiterhin jede Menge Sex haben, bist du erkennst, dass ich absolut unwiderstehlich bin und du nie mehr ohne mich leben könntest."

Sie lachte und der Klang wanderte direkt in seine Seele, wie er es immer tat. Er tauchte ab, um ihren Mund zu erobern, doch dann ließ ein lauter Knall sie beide aufschrecken.

„Was zur Hölle—" Troy rollte sich von Zoe runter und sprang aus dem Bett. Er rannte zum Fenster und starrte alarmiert nach draußen – da waren mindestens ein Dutzend schwer bewaffneter Männer in schwarzer Kampfmontur vor dem River-Anwesen.

„Was ist los?", fragte Zoe, während sie hastig ihre Klamotten vom Boden aufhob und anzog. Sie zog sich ihr T-Shirt über den Kopf und griff nach ihrer Jeans.

„Irgendwas geht da draußen vor sich." Für einen kurzen Moment drückte Panik auf Troys Brust, doch dann übernahmen sein Instinkt und sein berufliches Training die Kontrolle. Er eilte zurück zu Zoe, ließ das Zimmerlicht aber ausgeschaltet – er wollte die Männer draußen nicht auf sie aufmerksam machen. Während er seine Jeans vom Boden aufhob, sie anzog und hastig zuknöpfte, redete er schnell auf Zoe ein. „Da draußen sind etwa ein Dutzend bewaffnete Männer. Sie könnten wegen dir hier sein. Bleib hier. Und rühr dich nicht." Er stieß mit dem Zeigefinger in ihre Richtung, um ihr zu zeigen, wie ernst er es meinte. „Ich schnappe mir ein paar von den anderen Wölfen und gehe mit ihnen hintenrum. Mal sehen, ob wir—"

„Ich bleibe auf gar keinen Fall hier", knurrte sie und huschte zum Fenster. *„Oh Gott!"* Ihr Kopf wirbelte wieder zu ihm. „Sie haben Mama River!"

Scheiße. Troy hörte auf, sich mit seiner Hose zu beschäftigen, und rannte zur Tür. Er riss sie auf und sprintete durch den Flur, doch kurz darauf nahm er leichte Schritte wahr, die ihm folgten. Zoe war hinter ihm. *Fuck.* Aber er hatte jetzt keine Zeit, mit ihr zu diskutieren. Er war bereits oben an der Treppe zum Eingangsbereich angekommen, bevor er seinen Fehler begriff – *die Männer waren schon im Haus.*

Derjenige, der die Eingangstür bewachte, riss sein Gewehr hoch und richtete es auf Troy. Er taumelte vom Treppenabsatz zurück, hakte seinen Arm um Zoes Hüfte und riss sie zurück in den Flur. Mehrere Schüsse ertönten, aber keiner erwischte ihn. Hastig zerrte er Zoe weiter mit sich und von der Treppe weg.

„Alles in Ordnung mit dir?", fragte er mit heiserem Flüstern. Sie wehrte sich gegen seinen Griff, während er versuchte, sie weiter weg zu tragen. „Zoe, *komm schon!* Sie haben Waffen! Wir müssen hintenrum gehen."

„Sie haben Mama River", zischte sie und befreite sich schließlich. Dann sprintete sie auf die Treppe zu und Troy fühlte sich, als würde er einen Herzinfarkt bekommen.

Er stolperte ihr hinterher, aber sie hatte bereits die Hände gehoben und es sammelte sich blaues Feuer in ihren Handflächen. Am oberen Treppenrand angekommen spreizte sie die Arme und hüllte sich in ein blaues Kraftfeld ein. Schüsse flogen um sie herum, aber sie trampelte einfach mit nackten

Füßen die Treppe runter, während ihr T-Shirt um ihre kaum bedeckte Taille tanzte. Der blaue Schutzschild bewegte sich mit ihr, während sich in ihren Händen bereits neue Feuerbälle bildeten. Die Männer in den Kampfausrüstungen gerieten in Panik und flohen wie Ratten durch die Haustür nach draußen. Zoe schleuderte ihnen durch die offene Tür einen Feuerball hinterher und ein blauer Blitz drang durch eines der Fenster im großen Wohnzimmer herein.

Wahnsinn. Sie schlug sie in die Flucht!

Troy hetzte hinter ihr die Stufen runter und betete, dass ihr Schutzschild halten und sie beschützen würde. Als er nach draußen kam, fuhr einer der Vans bereits los und die übrigen Angreifer versuchten Hals über Kopf, in die anderen beiden Transporter zu klettern. Zoe schoss einen weiteren blauen Feuerball auf den Transporter, der ihr am nächsten war. Die blaue Energie verteilte sich über die komplette Oberfläche, bevor sie explodierte und alle Fensterscheiben herauspustete. Troy bedeckte hastig sein Gesicht, um es vor fliegendem Glas zu schützen. Zoe war der Explosion zwar näher, aber ihr Schild beschützte sie. Zwei der Angreifer waren zu Boden gegangen. Dann fuhr der zweite Transporter los. Ein Mann mit dunklem Haar, dessen Gesicht im bläulichen Schein einer knisternden Feuerkugel in seiner Hand aufleuchtete, lehnte sich aus der offenen Hintertür.

Im Wegfahren schleuderte er den Ball auf Zoe.

„Pass auf!" Troy stürzte zu ihr und warf sich mit dem ganzen Körper gegen Zoes Schutzschild. Seine Haut brannte und zischte und sie wurden beide von dem Energiestoß, der gegen sie krachte, zurückgeschleudert. Troy landete flach auf dem Rücken. Zoes Schild brach zusammen und ließ sie auf ihn fallen. Das Feuer des blauen Energieballs prasselte auf sie herab – überall, wo es Troy traf, brannte es höllisch und ließ ihn vor Schmerzen aufstöhnen. Aber Zoe hatte es mit voller Breitseite erwischt – weshalb auch ihr Schild kollabiert war.

„Oh mein Gott, oh mein Gott, Zoe", murmelte er zusammenhanglos. Sie lag wie totes Gewicht schlaff auf ihm. Sein Herz zog sich zusammen, während er versuchte, sie möglichst sachte auf den verkohlten Boden neben sich zu legen. Die vordere Hälfte ihres T-Shirts war komplett weggebrannt und ihre Haut war ebenfalls schwarz und verkohlt.

„Oh Gott, nein." Seine Hände zitterten. Er hatte keine Ahnung, was er tun sollte. Sie war immer noch bewusstlos und er hatte schreckliche Angst, sie

zu berühren und ihr noch mehr Schmerzen zu verursachen.

Dann begannen die verkohlten Teile ihrer Haut, sich vor seinen Augen abzuschälen. Er schnappte nach Luft, aber er drängte die Panik zurück, die drohte, seinen Verstand zu erfassen, und versuchte, sich zu beruhigen. Wie schon zuvor heilte sich ihr unglaublicher Körper in Wahnsinnsgeschwindigkeit selbst – nur war sie diesmal nicht von einer Explosion oder einer Brandbombe verletzt worden. Das hier war *magisches* Feuer. Aber ihr Körper stieß die verbrannten Stellen ab, während er sich gleichzeitig regenerierte. Troy wippte auf seinen Hacken zurück und glotzte sie an.

Dann legte er ihr einen Finger an den Hals und suchte nach einem Puls. Ihr starker, regelmäßiger Herzschlag ließ die Panik in seinem Kopf abflauen. Jetzt sah er auch, wie sich ihre nackte Brust hob und senkte. Einen Moment später öffnete sie mit flatternden Lidern die Augen.

Er zog sie in seine Arme. „Gott, Zoe, ich hatte solche Angst, dass…“ Er hielt inne und schluckte die restlichen Worte runter. Er musste es nicht aussprechen. Und sie musste es nicht hören, nicht jetzt.

Als wäre sie nicht gerade eben noch ein halb verkohltes Etwas gewesen, mühte sie sich in den Sitz hoch. „Wo sind sie hin?“, fragte sie mit hoher Stimme, während ihr Blick auf die beiden Männer fiel, die von ihrem magischen Feuer niedergestreckt am Boden lagen. Die restlichen Angreifer waren in den anderen beiden Transportern entkommen.

Erst dann hörten sie das leise Stöhnen einer weiteren Person, die nahe der Veranda auf dem Boden lag. Der Mond warf Schatten über das Gesicht der Gestalt, doch als sie den Kopf hob und in ihre Richtung sah, konnte Troy erkennen, wer es war.

„Es ist Mama River!“, sagte er aufgeregt.

„Geh zu ihr!“, sagte Zoe und versuchte bereits, sich wieder hochzurappeln.

Widerwillig wich Troy von ihrer Seite und eilte zu Mama River. Er kniete sich neben sie und half ihr auf, während sie sich in eine sitzende Position mühte. „Bist du verletzt?“

Sie schüttelte kurz den Kopf, nur um ihn sich dann mit beiden Händen zu halten. „Einer von ihnen hat mich geschlagen und mich ausgeknockt. Ich bin nicht mehr so flink wie früher.“ Sie zog ihr loses Nachthemd fester um sich – es war offenbar zerrissen worden, als sie sich gewehrt hatte.

Troy hätte sie am liebsten direkt untersucht, aber dafür war es hier draußen zu dunkel. „Wo hat er dich erwischt?“ Er musste die Worte an einem Knurren vorbei durch seine Kehle zwängen – welcher Wichser würde eine alte Frau schlagen? Aber diese Frage konnte er sich eigentlich selbst beantworten. Er wusste, dass es die Männer des Wolfsjägers gewesen waren.

Mama River tätschelte seine Hand, dann packte sie seinen Arm und hielt sich daran fest, während sie aufstand. „Mir geht’s gut, versprochen.“

Zoe kam zu ihnen geeilt und ergriff Mama Rivers anderen Arm. „Bist du sicher, dass es dir gut geht?“

Mama River nickte düster. „Ja. Konntest du sie aufhalten, Zoe? Sie wollten den Bürgermeister mitnehmen…“ Sie blickte zu dem ausgebrannten Transporter, der zurückgeblieben war, und zu den reglosen Gestalten auf dem Boden, aber es war deutlich zu sehen, dass keiner von beiden der Bürgermeister war.

„Sie haben den Bürgermeister entführt?“ Zoes Mund klappte auf.

Mama River war ihre Bestürzung deutlich anzusehen. „Ich habe versucht, sie aufzuhalten. Sie sind in mein Schlafzimmer eingebrochen. Wir haben geschlafen, aber irgendwie wussten sie ganz genau, wo sie ihn finden würden. Sie haben ihn aus dem Bett gezerrt und aus dem Haus geschleift. Ich wollte ihnen nach, aber sie haben mich einfach festgehalten. Bobby hat versucht, sich zu wehren, aber sie haben ihn mit einem Betäubungspfeil abgeschossen und er war schon bewusstlos, bevor sie überhaupt das Schlafzimmer verlassen hatten."

Plötzlich strömten vom ganzen River-Anwesen Leute zu ihnen, die Hälfte menschlich, die anderen bereits in Wolfsform – aber der Kampf war längst vorüber.

Troy war erleichtert, Daniel unter ihnen zu sehen – er konnte das Rudel organisieren und die Angreifer verfolgen. „Die Leute vom Wolfsjäger sind gerade erst in zwei Transportern geflohen. Wenn ihr direkt losfahrt, könnt ihr sie vielleicht einholen. Sie haben den Bürgermeister entführt."

„Alles klar", sagte Daniel und rannte los, während er mehreren Wölfen Befehle zubellte.

Troy wandte sich wieder Zoe und Mama River zu. „Ich weiß nicht, ob sie Erfolg haben werden – die Transporter haben schon einen ziemlichen Vorsprung."

Zoe war damit beschäftigt, sich mit den Händen durchs Haar zu fahren, das von der letzten Feuerattacke jetzt noch kürzer und krauser an den Spitzen war. Es machte Troy ganz krank, das sehen zu müssen, aber genau genommen war das gerade ihre geringste Sorge.

„Sie waren hinter irgendwas her", murmelte sie. „Warum würden sie den Bürgermeister entführen?"

Troy zuckte die Achseln – er hatte keine Ahnung. „Woher wussten sie überhaupt, dass er hier war?"

„Genau", sagte Zoe finster. „Und wer zum Teufel war dieser Typ hinten im Van, der blaue Feuerbälle auf uns geschleudert hat?"

„Das war der Wolfsjäger", sagte Mama River leise.

Beide wirbelten zu ihr herum. „Woher weißt du das?", fragte Zoe mit großen Augen.

Mama River presste ihre Lippen zu einer dünnen Linie zusammen. „Kurz bevor sie ihn mitgenommen haben, sagte Bobby: *'Du bist es wirklich'*. Er hat ihn offenbar wiedererkannt. Und wenn er Magie benutzt hat, ist er die einzige Person, die in Frage kommt."

Scheiße. Bedeutete das, dass—

Doch Zoe war schneller als er. „Weil der Wolfsjäger ein weißer Wolf ist." Sie zeigte mit dem Finger auf Mama River, als hätte sie das gerade erst herausgefunden. „Und jetzt macht er sich seine Magie zunutze. *Heilige Scheiße.*“ Sie ging wieder dazu über, sich mit den Fingern durchs Haar zu fahren.

„Also… hat er so auch den Bürgermeister gefunden?“ Bei der Hälfte dieses Magiekrams wusste Troy nicht wirklich, wie er funktionierte.

„Es muss mit dieser magischen Signatur zu tun haben, die den Bürgermeister so nervös gemacht hat“, sagte Zoe. „Wenn der Wolfsjäger jetzt auch Magie benutzt, hat er vielleicht eine Möglichkeit gefunden, darüber den Bürgermeister aufzuspüren. Erinnert ihr euch, wie mein Großvater sagte, dass er seine Magie die letzten zwanzig Jahre nicht benutzt hat und Angst davor hätte? Er hatte Angst, dass der Wolfsjäger *ihn finden würde*.“

Troy entging nicht, dass sie den Bürgermeister als ihren Großvater bezeichnet hatte. „Aber er *hat* seine Magie nicht benutzt… oder doch?“ Die Frage richtete er an Mama River.

Sie schüttelte den Kopf, aber Zoe sagte: „Natürlich hat er das.“ Sie schnipste mit den Fingern und zeigte dann auf Troy. *„Er ist geschiftet.“*

Troy zog eine Grimasse. Natürlich, auch das hatte mit Magie zu tun – nur nicht mit der Sorte, die er normalerweise mit weißen Wölfen in Verbindung brachte. „Was hat er sich nur dabei gedacht?“

Zoe schüttelte den Kopf. „Er hat wahrscheinlich nicht vorgehabt, hierzubleiben.“ Nachdenklich rieb sie sich mit der Hand übers Kinn. „Okay. Also hat der Wolfsjäger seine Magie genutzt, um die Magie des Bürgermeisters zu verfolgen. Was bedeutet, dass er weiß, dass der Bürgermeister ein weißer Wolf ist.“

Troy runzelte die Stirn und war sich nicht ganz sicher, worauf sie hinauswollte. „Aber der Wolfsjäger ist doch schon die ganze Zeit hinter seinem Vater her, von dem er weiß, dass er ein weißer Wolf ist, oder nicht? Ich meine, er war besessen davon, ihn zu finden und Rache zu nehmen für… was auch immer sein scheiß Problem ist.“

„Na gut, aber warum hat er ihn dann nicht einfach umgebracht?“, fragte Zoe so, als wüsste sie die Antwort bereits.

„Weil der Mann auf ausgedehnte Folterungen steht?“ Troy fuhr zusammen, als er den Ausdruck auf Mama Rivers Gesicht bemerkte. „Tut mir leid, ich wollte nicht—“

Sie winkte ab, doch die Sorge stand ihr deutlich ins Gesicht geschrieben.

„Vielleicht“, sagte Zoe. „Vielleicht brauchte er seinen Vater aber auch noch für etwas anderes… für dieselbe Sache, für die *ich* ihn brauche.“

Das ließ Mama Rivers Augenbrauen nach oben schnellen.

„Hier ist nicht nur das Leben eines einzelnen Mannes in Gefahr“, erklärte Zoe ihr und Troy. „Ich bin mir ziemlich sicher, dass der Wolfsjäger dieselbe Datenbank hat wie ich. Und dieselben wissenschaftlichen Möglichkeiten. Außerdem…“ Wieder fuhr sie sich mit den Händen durchs Haar und dachte offenbar nochmal nach. „Außerdem sammelt er schon die ganze Zeit Blutproben. Und jetzt, wo er den ursprünglichen weißen Wolf hat, hat er das eine fehlende Puzzlestück – das Stück, das auch mir gefehlt hat… *Scheiße.*“ Sie schlug sich mit der flachen Hand an die Stirn. „Wieso bin ich da nicht früher drauf gekommen?“

„Wodrauf gekommen?“ Troy tappte buchstäblich im Dunkeln.

Zoe ballte die Fäuste. „Jetzt kann der Wolfsjäger genau das tun, was ich auch vorhatte – ein Superheilungsserum entwickeln. *Oder* er könnte ein Serum herstellen, das sämtlich Spuren von Magie in uns eliminiert – die Sache, die uns zu *Wölfen* macht.“

Mama Rivers entsetzter Gesichtsausdruck passte gut zu dem Hämmern in Troys Brust.

„Das könnte er?“ Troy wollte es kaum laut

aussprechen. Er hatte von ihrem Plan gewusst, ein Serum zu entwickeln, dass ihre eigene Wölfin töten würde, aber er war nicht einmal gänzlich überzeugt gewesen, dass das überhaupt möglich war. Doch das musste es wohl sein, wenn sie davon ausging, dass der Wolfsjäger es jetzt vor ihr schaffen würde.

„Ja", sagte Zoe zähneknirschend. „Und damit könnte er uns alle auslöschen."

„*Scheiße*", flüsterte Troy. „Okay, dann finden wir ihn besser, bevor er irgendwas davon umsetzen kann."

Zoe nickte eifrig. „Nur habe ich leider keine Ahnung, wo er den Bürgermeister hinbringt."

Troy kniff die Augen zusammen. „Ich habe vielleicht eine Idee, wie wir das herausfinden können."

Kapitel Dreizehn

Es war mitten in der Nacht, aber Zoe war noch nie in ihrem Leben so wach gewesen.

Daniel und seine Männer waren den Transportern hinterhergefahren, aber sie hatten keinen Erfolg gehabt und waren mit leeren Händen zurückgekehrt. Doch Zoe schätzte sich glücklich, dass Daniel und Skylar eine der hinteren Hütten in Beschlag genommen und auf dem River-Anwesen übernachtet hatten, denn die beiden waren entscheidend für ihre Chancen, den Wolfsjäger aufzuspüren. Gerade jetzt hingen Troy und Daniel an ihren Handys und versuchten, die anderen weißen Wölfe – Noah, Owen, Kaden und Grace – zu erreichen, damit diese zu ihnen in die Berge kamen, während sie gleichzeitig weitere Wölfe vom Anwesen zusammentrommelten.

Währenddessen machten sich Zoe und Skylar daran, den Wolfsjäger zu finden.

Wer auch immer er im echten Leben war, ganz offensichtlich hatte er die Ressourcen, um eine beachtliche paramilitärische Streitkraft aufzustellen. Wenn Daniel und Riverwise sich mit ihm messen und versuchen wollten, den Bürgermeister zu befreien, würden sie jede Hilfe brauchen, die sie bekommen konnten. Es lag jetzt an Zoe und Skylar, den Wolfsjäger zu finden, bevor es zu spät war – denn niemand konnte wissen, wie dessen Pläne für seinen Vater aussahen, jetzt wo er ihn in Gewahrsam hatte.

„Bist du soweit?“, fragte Skylar sie. Sie hatten sich an einen schmalen Tisch in einer Ecke der Küche zurückgezogen, um den anderen nicht im Weg zu stehen, während diese zwischen dem Esszimmer und dem Hinterausgang des Hauses durch die Küche joggten und ihren Angriffstrupp organisierten.

„Ja, ich denke schon.“ Zoe sah Troy nach, während dieser vorne im Wohnzimmer verschwand. Der Wolfsjäger und seine Männer hatten den Bürgermeister vor weniger als dreißig

Minuten entführt, aber die Zeit lief ihnen trotzdem unerbittlich davon.

Sie zwang sich dazu, ihre Fäuste zu entspannen. „So einen Suchzauber habe ich noch nie gemacht."

Skylar zog ihre schmale Nase kraus. „Es ist nicht die angenehmste Form der Magie, aber mit deiner Verbindung zu deinem Großvater solltest du die beste Kandidatin dafür sein."

Zoe nickte. Es war immer noch schräg, den Bürgermeister als ihren Großvater zu sehen – besonders, da sie ihr Leben lang versucht hatte, der Tatsache zu *entkommen*, dass sie eine weiße Wölfin war. Sie atmete durch. „Na gut, dann lass uns mal anfangen."

Skylar kramte in einer kleinen schwarzen Tasche herum und holte eine winzige Phiole mit weißem Pulver hervor. Sie schraubte den Verschluss auf und kippte ein kleines Häufchen des Puders in ihre Handfläche. Dann verschloss sie die Phiole wieder und ließ sie zurück in ihre Tasche gleiten. Zoe hatte keine Ahnung, was dieses weiße Zeug war, aber das spielte auch keine Rolle, solange es seinen Zweck erfüllte. Skyler ließ ihre Hand über dem Pulver kreisen und schon bald flitzten blaue Funken in und um das weiße Häufchen herum. Dann hob das ganze Ding ab, als würde sich ein kleiner Sturm in Skylars Handfläche zusammenbrauen.

Sie sah von dem magischen Wirbel in ihrer Hand auf. „Du solltest dich wohl besser setzen."

Fast hätte Zoe widersprochen, aber sie konnte bereits spüren, wie die Magie pulsierte, beinahe wie statische Elektrizität in der Luft, die knisternd und zischend nach ihr rief. Also nahm sie auf dem klapprigen Stuhl neben dem kleinen Tisch Platz. Skylar kniete sich vor ihr hin und betrachtete einen Moment lang ihr Gesicht, dann atmete sie tief durch und blies Zoe die Wolke aus magischem Rauch ins Gesicht. Sie rechnete damit, husten zu müssen, und versuchte, nicht reflexartig den Atem anzuhalten, doch stattdessen verschwamm der Raum an den Rändern ihres Sichtfeldes und kippte leicht, fast als wären sie plötzlich auf einem Schiff auf hoher See, das auf den magischen Wellen ritt, die sie umgaben.

„Denk an deinen Großvater." Skylars ansonsten hohe, süße Stimme erklang plötzlich laut und dröhnend in Zoes Ohren. „Such dir eine möglichst mächtige Erinnerung aus, die du mit ihm verbindest. Je stärker, desto besser."

Zoe runzelte die Stirn. Sie hatte kaum irgendwelche Erinnerungen an den Bürgermeister, schon gar nicht in seiner Rolle als ihr Großvater, doch sie hatte definitiv noch die ergreifende Szene an der Haustür vor Augen, als er alle Sünden aus seiner Vergangenheit gebeichtet hatte und endlich ein Zuhause in Mama Rivers Armen zu finden schien. Plötzlich war sie zurück in diesem Moment und beobachtete die beiden, wie sie sich in die Augen blickten. Ihre Münder bewegten sich tonlos, aber Zoe erinnerte sich noch an jedes einzelne Wort.

„Ja, die ist gut." Skylars dröhnende Stimme schien sie gänzlich zu umgeben. „Konzentrier dich, Zoe. Wie hast du dich dabei gefühlt? Fokussier dich auf seine Magie."

Die Szene bewegte sich auf den Moment der Offenbarung zu – als der Bürgermeister vor ihren Augen in einen weißen Wolf shiftete. Groß und stolz warf er sich vor ihnen in die Alphapose, aber die Gefühle, die Zoe in diesem Moment durchströmten, hatten eher wenig mit Stolz zu tun gehabt… vielmehr mit Überraschung, Entsetzen und einem langsam einsinkenden Gefühl der Furcht. Erst später war ihr die Erkenntnis gekommen, dass sie die mögliche Lösung für all ihre Probleme gefunden hatte.

Sie war sich nicht sicher, ob sie alles glaubte, was ihr Großvater erzählt hatte – aber das spielte gerade auch keine große Rolle. Gerade zählte nur, dass sie ihn finden musste, um den Wolfsjäger aufzuhalten und ihre Familie zu beschützen. Zoe wollte vielleicht kein weißer Wolf wie er sein, aber das hieß nicht, dass sie alle Wölfe auslöschen wollte – und je länger sie darüber nachdachte, desto sicherer war sie sich, dass genau das das erklärte Ziel des Wolfsjägers bei all dem hier war. Seine Besessenheit und sein Selbsthass waren definitiv groß genug – und dazu hatte er noch alle nötigen Mittel, das auch umzusetzen.

Und so sehr sie sich auch von ihrer weißen Wölfin befreien wollte, musste sie zugeben, dass auch eine gewisse Schönheit darin lag, ein Wolf zu sein. Vielleicht sogar darin, ein weißer Wolf zu sein – weil sie *das hier* tun konnte. Sie konnte ihre Kräfte nutzen, um ihren bösen Cousin zweiten Grades aufzuhalten… Oder ihren Onkel? Das war alles so verwirrend. In welcher Beziehung sie auch zu dem Wolfsjäger stehen mochte, sie wollte diesen ganzen Hass ersticken, den er geschürt hatte, und ihn davon abhalten, den Wölfen Leid zuzufügen, die er für seine Probleme verantwortlich machte.

Zoe konzentrierte sich voll und ganz auf dieses beschützende Gefühl und nutzte es, um sich in diesen Zeitabschnitt mit ihrem Großvater als weißen Wolf einzuschließen. Sie kniete sich vor ihn und er senkte den Kopf, nicht als Unterwerfungsgeste, sondern als Bitte um Vergebung. Und obwohl dies hier eine Art Traum oder eine magisch hervorgerufene Halluzination war, gab es ein sehr reales Anschwellen der Magie zwischen ihnen, als sie seine weiße Wolfsform mit der Hand berührte.

Plötzlich konnte Zoe fühlen, wie die Magie sie miteinander verband – die Magie in ihrer DNA – und genauso schnell dehnte sich ihre Wahrnehmung der Welt aus. Sie konnte sie *alle* spüren, jedes einzelne Rudelmitglied der Wildings und jeden, der auch nur die leiseste Spur von weißem Wolf in sich trug – es war, als wäre ihre DNA-Magie ein gigantisches Netz, das sie alle durch ein alternatives Raum-Zeit-Kontinuum miteinander verband. Plötzlich verstand sie, was ihr Großvater damit gemeint hatte, dass er seine Signatur im Reich der Magie auffrischen würde… und wie der Wolfsjäger ihn dadurch aufspüren konnte.

„Heilige Scheiße, Zoe." Skylars Stimme war übermäßig laut, aber auch voller Ehrfurcht. „Du hast echt krasse magische Power, Mädchen."

Zoe konnte nicht sprechen – der Einfluss des Zauberspruchs ließ ihren Mund nicht richtig funktionieren – aber sie hangelte sich wie eine Spinne an den Fäden des Netzes entlang und suchte nach dem einen Strang, der zu ihrem Großvater führte. Doch er war der Knotenpunkt im Zentrum – alle Fäden führten zu ihm. Und ganz nahe dem Zentrum befand sich auch der Strang, der zum Wolfsjäger gehörte. Ein angstvolles Zittern erfasste sie, als sie sich durch den magischen Raum mit diesen beiden Wesen verband – wenn Zoe als weiße Wölfin in zweiter Generation schon über so mächtige Magie verfügte, wie viel mächtiger würde dann der Wolfsjäger als jemand aus der ersten Generation sein? Und noch während sie dies dachte, begann das magische Netz zu pulsieren und schleuderte sie weg… immer weiter weg… und mit einem plötzlichen Ruck befand sie sich wieder in Mama Rivers Küche, wo Skylar mit großen Augen und besorgter Miene vor ihr kniete.

„Du bist zurück“, flüsterte sie.

Zoe hustete, als die Reste des Zauberpulvers schließlich doch noch ihre Lunge erreichten. „War ich lange weg?“ Sie hatte jedes Zeitgefühl verloren und keine Ahnung, wie lange sie unter dem Einfluss des Zauberspruchs gestanden hatte.

„Ich habe dich verloren“, sagte Skylar leise und warf einen Blick über die Schulter, aber ihnen hörte sonst niemand zu, da alle zu beschäftigt mit ihren Vorbereitungen waren. „Alles in Ordnung?“

War es das? „Abgesehen davon, dass ich noch etwas aufgewühlt bin, ja.“ Zoe räusperte sich. „Aber ich habe leider nicht herausgefunden, wohin der Wolfsjäger den Bürgermeister gebracht hat.“ Mist, würde sie die ganze Sache jetzt nochmal durchmachen müssen?

Skylar grinste. „Ich aber. So funktioniert der Suchzauber. Du sorgst für die Verbindung…“ Sie tippte sich mit dem Finger an die Schläfe. „Und ich liefere die GPS-Daten.“

Zoes Augen wurden groß. „Du weißt, wo er ist?“

Sie nickte. „Ich kenne seine momentanen Koordinaten und weiß, wohin er unterwegs ist – und er ist nicht mehr weit von seinem Zielort entfernt. Lass uns eine Karte holen und herausfinden, wo dieses Arschloch ist.“

Zoe stand vom Tisch auf und die beiden eilten ins Esszimmer. Der große Tisch dort war mit Karten übersät und jemand hatte mehrere Laptops aufgebaut, auf denen sie offenbar die Aufnahmen von Verkehrskameras verfolgten. Zoe hatte nicht einmal gewusst, dass das möglich war, aber Daniel hatte nicht nur die Leitung übernommen, er konnte auch jederzeit über die Ressourcen von Riverwise verfügen. Troy stand neben Daniel am Kopf des Tisches und unterhielt sich im Flüsterton mit ihm – aber sie hielten inne, als Zoe und Skylar in den Raum kamen. Ein Großteil der übrigen Wölfe hatte sich ebenfalls um den Tisch herum versammelt und wartete mit sorgenschweren Schultern auf einen Plan und weitere Anweisungen.

Mama River stand etwas abseits, die Arme fest vor der Brust verschränkt. „Habt ihr sie gefunden?"

Es tat Zoe im Herzen weh, sie so zu sehen – der Mann, den sie gerade erst in ihr Haus und in ihr Herz gelassen hatte, war entführt worden. Und Mama River hatte schon einmal einen Partner verloren – Zoe wollte unter keinen Umständen, dass sie einen weiteren verlor, bevor sich ihre Beziehung überhaupt richtig entfaltet hatte. Das allein motivierte Zoe dazu, den Bürgermeister heil und gesund zurückzubringen.

„Skylar weiß, wo er ist." Zoe deutete auf die zierliche Hexe neben ihr.

Daniels Augen leuchteten auf. „Hat der Suchzauber funktioniert?"

Skyler huschte an seine Seite. „Ich brauche eine Karte. Ich kann dir die GPS-Daten geben, aber ich weiß dadurch nicht automatisch, wo dieser Punkt in der echten Welt ist. Das Einfachste wäre, mir eine Karte zu geben, und dann kann ich euch sagen, wo sie sind und wo sie hinwollen."

„Perfekt." Daniel gab ihr einen schnellen Kuss auf die Wange, dann führte er sie zu einem der Computerbildschirme und stieß den Typen, der dort die Maus bediente, mit dem Ellbogen zur Seite. Gemeinsam riefen sie die Karten verschiedener Stadtgebiete auf und arbeiteten diese nacheinander durch.

Troy kam an Zoes Seite und ließ den Arm um ihre Taille gleiten. „Wie geht's dir?"

„Mir geht's gut", sagte sie reflexartig. Auf seinen zweifelnden Blick hin fügte sie hinzu: „Das ist alle so… verwirrend."

Sachte drückte er ihre Taille. „Verwirrend, weil du gerade erst deinen Großvater kennengelernt hast? Oder verwirrend, weil er ein weißer Wolf ist?"

Sie zog eine Grimasse. „Verwirrend, weil ich mein ganzes Leben lang nie so wie er sein wollte… und jetzt alles tue, was ich kann, um ihn zu retten."

Troy ließ den anderen Arm ebenfalls um sie gleiten und gab ihr eine richtige Umarmung und einen sanften Kuss auf die Stirn. Dann wich er zurück und sah sie mit seinen wunderschönen grünen Augen an. „Deswegen hätte ich gerne, dass du abwartest, bevor du irgendetwas Drastisches tust. Dass du das nochmal durchdenkst, bevor… naja, bevor du alles wegwirfst. Vielleicht ist es doch keine so schlechte Sache, dass wir deinen Großvater gefunden haben.“ Er hatte ein hoffnungsvolles Schimmern in den Augen, bei dem sie sich innerlich winden musste. Sie wusste, was er wollte – das hatte er ihr mehr als deutlich gemacht. Er wollte, dass sie eine Wölfin blieb. Nur *war* sie keine Wölfin – sie war eine weiße Wölfin. *Eine Hexe.* Und laut Skylar offenbar eine sehr starke Hexe. Und ihre Verbindung zu jedem Wolf im Wilding-Rudel war jetzt viel realer, nachdem sie sie als dünne blaue Linien im magischen Reich gespürt hatte, die ihre magische Energie untereinander verknüpften. Sie fühlte sich fast, als wäre all das, was das Wolfssein ausmachte – dass Rudel durch die Magie ihrer Unterwerfungs- oder Paarungsbunde miteinander verbunden waren – in ihr mit der unbändigen, grellen magischen Kraft einer Hexe kombiniert worden.

Es war alles zu viel, um es direkt verarbeiten zu können – besonders, weil sie ihr Leben lang davor weggelaufen war.

Sie wandte sich etwas aus Troys Halt und verspürte ein kurzes Stechen in der Brust, als sie seinen enttäuschten Gesichtsausdruck sah. Sie drückte seinen Arm, um ihn zu beruhigen, befreite sich aber trotzdem aus seiner Umarmung.

„Jetzt muss ich mich erstmal darauf konzentrieren, ihn zurückzuholen. Wenn das alles hier hinter uns liegt, mache ich mir wieder um mich Sorgen." Sie schenkte ihm ein kleines Lächeln.

Troy legte ihr eine Hand auf die Wange und neigte den Kopf, um sie sachte auf die Lippen zu küssen. „Wenn du weiter so redest, schleppe ich dich wieder zurück in mein Zimmer."

Sie grinste, was ihn nur dazu brachte, sie nochmal küssen zu wollen. Sie stieß ihn spielerisch von sich weg. „*Konzentrier dich.*"

Er lachte.

„Da ist es!" Skylars zarte Stimme wurde durch den Raum getragen. Sie deutete auf den Bildschirm und Daniel zoomte rasch auf die Stelle, auf die sie gezeigt hatte.

Zoe und Troy eilten zusammen mit Mama River und dem Rest der Wölfe zu ihnen an den Computer.

„Wo ist das?", fragte Zoe.

„Mitten in der Innenstadt." Daniel sah sie über die Schulter hinweg an. „Haben wir irgendeine Ahnung, wer dieser Typ ist? Irgendwelche Infos aus eurem Suchzauber, von denen ich wissen sollte?“

Zoe schüttelte den Kopf. „Nur dass der Wolfsjäger definitiv der Sohn des Bürgermeisters ist. Sie sind im magischen Reich ziemlich eng miteinander verknüpft. Und natürlich das Offensichtliche – dass er die Ressourcen hat, eine kleine paramilitärische Armee zu beschäftigen.“

Daniel gestikulierte zum Bildschirm. „Tja, auf jeden Fall ist er auf direktem Wege zu einer High-Tech-Forschungseinrichtung unterwegs. Dieses Hochhaus, das Skylar ausgemacht hat, gehört zu Serafin Genetics.“

Zoes Mund klappte auf. „Die Jungs, die Forschung mit rekombinanter DNA betreiben? Heilige Scheiße.“

„Ganz genau.“ Daniel blickte düster auf den Bildschirm, dann sah er zu Skylar. „Wie genau ist der Suchzauber? Wissen wir mit Sicherheit, wohin er unterwegs ist? Denn laut dem, was du mir gerade gezeigt hast, hat er gerade erst die Innenstadt erreicht und ist noch zehn Minuten davon entfernt. Wäre es möglich, dass er woanders hinwill?“

Skylars Lippen wurden zu einer schmalen Linie. „Er könnte sich jederzeit umentscheiden. Aber zum Zeitpunkt des Suchzaubers, wollte er *da* hin. Am besten wäre es wohl, wenn wir den Zauber unterwegs weiterlaufen lassen, um sicherzugehen, dass er seinen Plan nicht ändert."

Daniel trat vom Computer zurück. „Stimmt. Jetzt, wo wir unseren Zielort haben, sollten wir so schnell wie möglich ausrücken." Er gab den restlichen Wölfen ein Zeichen und alle setzten sich gleichzeitig in Bewegung.

Troys Hand fand ihre. „Ich werde nicht einmal *versuchen*, dir zu sagen, dass du nicht gehen sollst."

Sie sah ihn an, als wäre er verrückt. „Warum solltest du das auch tun?" Der Raum hatte sich innerhalb von zwei Sekunden in ein Chaos aus gebrüllten Befehlen und scharrenden Schritten verwandelt, während alle versuchten, möglichst schnell ihre Ausrüstung zusammenzuraffen und aus der Haustür zu stürmen.

Er drückte ihre Hand. „Oh, ich weiß nicht… vielleicht weil ich dich lieber aus einem brennenden Gebäude retten würde, als mitansehen zu müssen, wie du einem Wahnsinnigen mit magischen Kräften nachjagst?"

Sie runzelte die Stirn. Tatsächlich hatte sie keine Ahnung, wie mächtig der Wolfsjäger wirklich war. Seine magische Feuerkugel war definitiv stark genug gewesen, um sie zu Boden zu schleudern und sie durch ihren Schutzschild hindurch zu verbrennen. Sie würde sich unterwegs etwas einfallen lassen müssen… aber sie wollte auf keinen Fall, dass Troy sich Sorgen machte.

Sie erwiderte seinen Händedruck. „Wenn in dem Gebäude Feuer ausbrechen sollte, kannst du mich wieder retten kommen."

Er schüttelte den Kopf. „Oh, nein. Ich werde dir nicht von der Seite weichen, Zoe Wilding."

Und er meinte es ernst. Er wich ihr nicht von der Seite, während sie mit den anderen Wölfen durch die Haustür ins Freie strömten. Die Transporter des Rudels warteten schon draußen. Daniel telefonierte mit jemandem, während er gleichzeitig all ihre Streitkräfte koordinierte, die sie zusammengetrommelt hatten, um eine Chance gegen den Wolfsjäger zu haben. Kurz bevor Zoe in den Transporter kletterte, warf sie einen Blick zurück und entdeckte Mama River, die in der Haustür stand und ihnen nachsah.

Zoe fing ihren Blick ein und schenkte ihr ein Nicken, von dem sie hoffte, dass es ihr so etwas wie *Ich bringe ihn dir zurück* signalisierte.

Mama River reagierte nicht, sondern sah ihnen bloß nach, als sie losfuhren.

Kapitel Vierzehn

Troy und Zoe saßen hinten im Transporter und wurden unsanft auf der gepolsterten Rückbank hin und her geworfen, während sie mit halsbrecherischer Geschwindigkeit den Berg runterfuhren. Troy blieb an ihrer Seite, genau wie er versprochen hatte. Er wusste, dass sie die Schlüsselfigur bei diesem Einsatz war, und ihm war auch klar, wie viel auf dem Spiel stand, aber ihm gefiel trotzdem nicht, dass sie so tief in dieser Sache drinsteckte – *überhaupt nicht.*

Vorne saßen zwei der Riverwise-Wölfe, von denen einer fuhr und der andere navigierte. Auf der anderen Seite von Zoe saß Skylar – die beiden waren bereits kurz nachdem sie das River-Anwesen verlassen hatten in einen weiteren Suchzauber abgetaucht. Der Transporter-Konvoi hatte fünfundvierzig Minuten gebraucht, um den Berg hinunter zu rasen und mitten in der Nacht in die Innenstadt zu fahren, und Zoe hatte fast die gesamte Zeit über unter dem Einfluss des Zauberspruchs gestanden.

Und genauso lange hielt Troy schon ihre Hand in seiner, die sie ab und zu ruckartig drückte, so als hätte sie plötzlich das Gleichgewicht verloren. Der Van hatte nicht die besten Stoßdämpfer und es waren mehr Schlaglöcher in den Straßen, als er es in Seattle erwartet hätte, aber das war es nicht, was sie schwanken ließ – es lag an dem, was sie in dem Zauberspruch durchlebte. Daniel saß ihnen gegenüber inmitten einer Reihe weiterer Wölfe, die alle mit Kampfmontur und schweren Waffen ausgerüstet waren. Grace und die anderen weißen Wölfe – Noah, Kaden und Owen – würden am vereinbarten Treffpunkt zu ihnen stoßen.

Daniel hatte einen Laptop auf dem Schoß und beriet sich regelmäßig mit Skylar über ihren Zielort, der sich bis jetzt allerdings nicht verändert hatte. Trotzdem tippte er eifrig auf der Tastatur herum und benutzte seinen Laptop für irgendwas, wobei er Zoe zwischendurch besorgte Blicke zuwarf, was Troys Magen nur noch weiter verknotete.

„Irgendwelche Veränderungen?“, fragte Daniel Skylar zum dritten Mal in zehn Minuten.

„Nein“, sagte sie leise, die Augen geschlossen und genauso tief wie Zoe im Suchzauber versunken.

Troy gefiel es nicht, dass sie bei der Mission dabei war. Ihm gefiel es nicht, dass sie in dem Zauberspruch gefangen war. Eigentlich ging ihm das *alles* hier gegen den Strich, aber das durfte er sich nicht anmerken lassen. Er hegte immer noch die geheime Hoffnung, dass diese ganze Sache – den Wolfsjäger aufzuhalten und ihren Großvater zu retten – sie dazu bringen würde, ihre weiße Wölfin doch zu akzeptieren. Zu sehen, dass sie einen *Sinn* hatte.

Er betete nur, dass sie nicht vorher umgebracht wurde.

Obwohl der logische Teil seines Gehirns wusste, dass ihre Superheilung es fast unmöglich machte, sie zu töten – was er mittlerweile mehr als einmal miterlebt hatte – hieß das nicht, dass sie unsterblich war. Eine Kugel im Kopf würde die Frau, die er liebte, genauso töten wie jeden anderen auch.

Daniel starrte finster auf seinen Laptop. „Oh, Shit“, murmelte er leise zu sich selbst.

Troy beugte sich vor und stützte sich mit dem

Ellbogen auf seinem Knie ab. Er wollte Zoe und Skylar nicht in ihrer Trance stören – aber er hielt weiterhin ihre Hand fest, für den Fall, dass sie ihn brauchte.

„Was hast du da?“, fragte Troy.

„Weißt du noch, wie ich sagte, dass das Gebäude Serafin Genetics gehört?“, fragte Daniel und warf einen kurzen Blick zu Zoe, die aber immer noch in den Zauberspruch vertieft war.

„Ja, und?“

„Tja, wie es scheint, wurde Serafin Genetics vor einem Jahr von Emergent Technologies aufgekauft.“ Das ließ die Wölfe um sie herum aufhorchen – die meisten der Jungs gehörten zur Riverwise-Sicherheitsfirma und waren damals freiwillig zurückgeblieben, um Mama Rivers Anwesen zu bewachen, nachdem der Wolfsjäger dessen Lage öffentlich gemacht hatte und die restlichen Wölfe das Grundstück verlassen mussten. Und obwohl der Wolfsjäger offensichtlich gewusst hatte, wo sich das Anwesen befand, hatte er keinen Grund gehabt, dort aufzutauchen, bis der Bürgermeister vor Mama Rivers Tür gestanden und Vergebung und Zuflucht gesucht hatte. Troy war immer noch nicht davon überzeugt, dass der Kerl es wert war, gerettet zu werden, mit Ausnahme der

Tatsache, dass ihn zu retten vielleicht auch Zoe retten würde.

„Sollte ich wissen, wer oder was Emergent Technologies ist?", fragte Troy.

„Nicht, solange du nicht beim Militär bist oder für einen militärischen Subunternehmer arbeitest." Daniel schüttelte den Kopf. Troy wusste, dass Daniel Soldat war – zumindest war er das gewesen, bis ihn dasselbe Militär, für das er arbeitete, entführt und den Shifter-Experimenten ausgesetzt hatte. Mittlerweile war er aus der Armee ausgetreten, um für Riverwise zu arbeiten und das Wilding-Rudel zu beschützen… ähnlich dem, was Troy gerade machte. „Emergent Technologies ist vor fünf Jahren groß rausgekommen, als sie eine innovative Sicherheitssoftware entwickelt haben. Die hatte einen besonderen Algorithmus, der ihre smarten Systeme noch sicherer gemacht hat. Emergent ist ein relativ junges Unternehmen, das wegen seiner hochsensiblen geschäftlichen Tätigkeiten nie an die Börse gegangen ist. Ihre Technologie hat sich rasend schnell bei US-Militärsystemen durchgesetzt, obwohl die Details dazu unter Geheimhaltung stehen. Mittlerweile expandieren sie auch in den kommerziellen Markt, aber sie haben immer noch jede Menge Top-Secret-Verträge mit dem Militär."

Troys Augenbrauen waren ein gutes Stück nach oben gewandert. „Also liegt es vielleicht an seinen Beziehungen zu Emergent Technologies, dass sich der Wolfsjäger diese riesige Privatarmee leisten kann, die seine Drecksarbeit erledigt."

Daniel nickte. „Es würde nicht einmal Aufmerksamkeit erregen, wenn ein Haufen privater Sicherheitsdienste bei Emergent Technologies ein- und ausgeht. Außerdem sind sie erst vor Kurzem in dasselbe Gebäude wie Serafin Genetics gezogen, nachdem sie sie gekauft hatten."

„Und dorthin sind wir unterwegs?", vergewisserte Troy sich.

„Ja. Und noch was…" Daniel sah von seinem Laptop auf. „Der CEO von Emergent lebt extrem zurückgezogen. Zeigt sein Gesicht nicht im Internet und auch sonst gibt es nirgendwo Bilder von ihm – angeblich, weil er im Security-Business ist. Aber rate mal, wie er heißt?"

Troy schüttelte bloß den Kopf. „Sag mir nicht, dass er mit Nachnamen Wilding heißt."

„Nein… *Hunter*. Declan Hunter."

Ein ungläubiges Stöhnen ging durch den Transporter. „Hunter, wie in *Jäger?* Du willst mich wohl verarschen", sagte Troy.

„Nichtmal ein kleines bisschen." Daniel lehnte

sich zurück und konsultierte wieder seinen Laptop. „Angeblich war Declan Hunter so etwas wie ein Wunderkind. Ist in mehreren Pflegefamilien aufgewachsen und hat irgendwann seinen Namen geändert, als er sich emanzipiert hat. Aber da hat er bereits an der Technologie hinter Emergent gearbeitet – an der Software, die ihn praktisch über Nacht vom mittelosen Kind ohne Schulabschluss zum Milliardär gemacht hat. Einem zurückgezogen lebenden, gesichtslosen Milliardär… mit Zugang zu Militärtechnologie und einem Genetiklabor."

„Fuck." Aber es ergab Sinn. So jemand konnte mit allem möglichen Scheiß davonkommen.

„Das ist unser Mann." Daniel sah auf. „Zoe sagte etwas davon, dass er auf dieselben Daten wie sie Zugriff habe. Weißt du, welche Daten sie genau meinte?"

„Ja", sagte Troy. „Das sind die Forschungsdaten von Agent Smith, die Grace sicherstellen konnte, als sie von ihm entführt wurde. Darin sind alle Informationen über die Shifter-Experimente enthalten." Er schüttelte langsam den Kopf. „Das wird ja immer schlimmer. Jetzt verstehe ich auch, warum sie den Bürgermeister so unbedingt aus den Händen dieses Typen retten will."

Daniel nickte zustimmend. „Ja, es würde mich

nicht überraschen, wenn Hunter durch seine Militärverträge direkten Zugriff auf Agent Smiths Daten gehabt oder sich einfach dort reingehackt hätte. So oder so hat er viel zu viele Ressourcen, die er zu seinem Vorteil nutzen kann. Das gefällt mir kein bisschen."

„Also, wie sieht unser Plan aus? Werden wir tatsächlich mitten in der Innenstadt das Emergent-Technologies-Hochhaus stürmen?", fragte Troy. „Ich meine, sollten wir nicht die Polizei rufen oder so?"

„Das könnten wir", sagte Daniel, lehnte sich zurück und biss sich auf die Lippe. „Besonders, weil es den Bürgermeister betrifft. Ich bin mir sicher, dass sie sogar mit einem SWAT-Team anrücken würden. Allerdings haben wir eine viel größere Chance, den Bürgermeister lebendig zu befreien, als sie. Und die Magie, die wir mit unseren weißen Wölfen einsetzen können, macht es auch wahrscheinlicher, dass wir das tun können, ohne dass andere Menschen verletzt werden."

„Was ist mit dem Rest von Riverwise?", fragte Troy. „Werden sie uns helfen können?"

„Die sollten gleich zu uns stoßen." Erneut überprüfte Daniel etwas auf seinem Laptop. „Der Treffpunkt ist nur noch ein paar Blocks entfernt. Wir sind fast da.“ Dann sah er zu den Mädchen.

Zoes Stirnrunzeln war etwas tiefer geworden und ihre Hand war schweißnass und glitschig. Troys Magen zog sich noch weiter zusammen. „Können wir sie da endlich rausholen?“, fragte er Daniel.

„Sind wir immer noch zum richtigen Ziel unterwegs, Sky?“, fragte Daniel.

Sie öffnete die Augen. „Er hat sich die letzte halbe Stunde nicht mehr bewegt.“

„Ich schätze, wenn er wüsste, dass wir kommen, wäre er schon längst wieder von dort verschwunden“, sagte Daniel.

Als der Transporter anhielt, wedelte Syklar mit der Hand vor Zoes Gesicht. Langsam blinzelnd öffnete sie die Augen, aber sie wirkte immer noch benebelt. Troy half ihr beim Aufstehen und stützte sie, während die anderen Leute das Fahrzeug verließen. Als sie schließlich selbst ausstiegen, wirkte sie wieder etwas stabiler.

Sie waren definitiv in der Innenstadt, aber nicht in einem der besseren Stadtteile – die Gegend, in der sie sich befanden, hatte zweifellos schon bessere Tage gesehen. Es standen bereits eine Reihe anderer Vans und Trucks auf dem rissigen Asphalt des ansonsten leeren Parkplatzes hinter etwas, das wie ein riesiger, heruntergekommener Supermarkt aussah. Troy entdeckte die drei River-Brüder – Jaxson, Jace und Jared – die ein Rudel mit mindestens zwanzig Wölfen bei sich hatten. Ein Stück entfernt von ihnen stand ein weiteres Rudel, das von einem jungen Wolf mit den charakteristischen schwarzen Haaren und dunkelblauen Augen der Wilding-Familie angeführt wurde.

Troy gestikulierte zu ihm und fragte Zoe: „Ist das ein Verwandter von dir?"

„Das sind Marco Wilding und sein Rudel hier aus der Innenstadt."

„Ah." Sie meinte wohl seine *Gang*. Troy erinnerte sich, Marco in den Nachrichten gesehen zu haben, als der Wolfsjäger Kinder aus der Innenstadt entführt hatte. Marco und seine neue Partnerin hatten die illegalen Machenschaften drangegeben und eine neue Spielzeugfirma gegründet, die Shifter unterstützte… was das Beste war, das Troy je aus den Gangs hatte kommen sehen, also war er ziemlich beeindruckt.

„Tja, scheint so, als hätten wir auf jeden Fall genug Leute," bemerkte er.

„Ich hoffe, dass du da recht hast." Daniel winkte Grace herbei, die gerade aus einer Stretchlimousine stieg, welche äußerst fehl am Platze wirkte. Owen,

Noah und Kaden formten ein kleines, knallhart aussehendes Trio, das selbst unter den anderen kräftigen Riverwise-Angestellten herausstach.

Skylar blieb nahe bei Zoe, was Troy wieder nervös machte – hoffentlich war es nicht nötig, dass die Frauen weiterhin involviert waren, jetzt da sie den Aufenthaltsort des Wolfsjägers lokalisiert hatten. Troy war gerne bereit, seinen Teil beizutragen, obwohl er Feuerwehrmann und kein ausgebildeter Soldat war.

Kaden, Owen und Noah kamen herüber und gesellten sich zu Daniel – mit Zoe und Grace dazu waren jetzt alle sechs weißen Wölfe beisammen. Zusammen verfügten sie über ein beeindruckendes Ausmaß an magischer Feuerkraft, das wahrscheinlich selbst das Waffenarsenal der Riverwise-Truppe und von Marcos Gang in den Schatten stellte.

„Riverwise hat ungefähr zwanzig Wölfe zur Unterstützung mitgebracht“, sagte Kaden und deutete auf die River-Brüder, die sich ein Stück hinter ihm aufhielten. „Dann kommen noch dreißig Wölfe vom Wilding-Rudel dazu. Also, wie sieht unser Plan aus?“

Daniel hatte anscheinend die Einsatzleitung übernommen. „Die Zeit arbeitet gegen uns. Wir müssen uns beeilen, bevor der Wolfsjäger merkt, dass wir ihm auf den Fersen sind. Offenbar ist er auch mit diesem magischen Netzwerk verbunden, also könnte das jederzeit passieren. Der Typ heißt übrigens Declan *Hunter.*“ Das wurde von Owen und Noah mit einem Stöhnen quittiert. „Er ist der CEO von Emergent Technologies. Wir haben Grund zur Annahme, dass er Agent Smiths Daten und die Ressourcen von Serafin Genetics benutzt, um irgendwelche Seren zusammenzubrauen, die uns Shifter buchstäblich zerstören könnten. Und der Bürgermeister ist der Schlüssel zu seinen Plänen, weil er der ursprüngliche weiße Wolf ist – ihr wisst schon, der, von dem wir alle abstammen.“

Das ließ alle ziemlich schnell nüchtern werden.

„Wie geht es dem Bürgermeister?“, fragte Grace und wrang nervös ihre schlanken Hände. Einer der River-Brüder – ihr Partner Jared, wenn Troy sich nicht irrte – beobachtete sie aufmerksam, hielt sich aber im Hintergrund, während sie ihren Plan schmiedeten.

„Soweit wir das sagen können, ist seine magische Signatur sehr stark“, sagte Zoe.

„Und er ist ganz in der Nähe des Wolfsjägers“, fügte Skylar hinzu.

„Grace, du musst dich da raushalten“, sagte Daniel und Troy war sehr froh, das zu hören. Er ging davon aus, dass alle Frauen zurückbleiben würden. „Als offizielle Shifter-Kandidatin fürs Repräsentantenhaus bist du viel zu wichtig. Wir brauchen dich hier, damit du mit der Presse reden kannst – ich bin mir ziemlich sicher, dass sie hier auftauchen werden, bevor wir fertig sind."

„Die Polizei ebenfalls", sagte Kaden. „Oder sagen wir ihnen selbst Bescheid?" Er zuckte die Achseln. „Nur damit das klar ist – ich kann mit beidem leben."

Daniel nickte. „Wenn wir die Polizei anrufen, verlieren wir das Überraschungselement. Ich weiß, dass du einer von ihnen warst, Kaden, aber daher weißt du ja auch, dass nicht alle von ihnen Shiftern freundlich gesinnt sind. Wenn nur einer von ihnen mit den Wolfshassern unter einer Decke steckt, oder zu den Lakaien des Wolfsjägers gehört, könnte er sie vorwarnen, und das sollten wir nicht riskieren."

„Alles klar", sagte Kaden. Soweit Troy wusste, gehörte er nicht mehr zur Polizei – sondern arbeitete seit ein paar Monaten für Riverwise.

„Leider", sagte Daniel mit einer Grimasse, während er zu Skylar sah, „werden wir Skylar und Zoe brauchen, um uns reinzubringen."

„*Was?*", fragte Troy und konnte seinen Ohren

kaum trauen. „Was zur Hölle redest du da, Daniel? Die beiden haben da drinnen nichts verloren."

Daniel warf ihm einen finsteren Blick zu. „Mir gefällt das genauso wenig."

„Aber du hast recht, Daniel." Skylar knickte die Hüfte ein und stützte ihre Hand darauf. „Tut mir leid, Jungs, aber ich bin eine Hexe. Ihr solltet euch daran gewöhnen, dass ich so ziemlich jeden von euch mit dem kleinen Finger plattmachen kann."

Owen schnaubte und Noah sah so aus, als müsste er sich sehr bemühen, ein Lachen zu unterdrücken. Kaden grinste bloß. Und ja, das war alles saukomisch… nur dass Zoe keine Hexe war.

„Von mir aus könnt ihr gerne die Hexe für mehr Feuerkraft mitnehmen", sagte Troy wütend. „Da bin ich der Letzte, der was dagegen hätte, vor allem, weil ich selbst keine magischen Kräfte beisteuern kann, nur die Fähigkeit, eine Waffe abzufeuern, ohne mich dabei selbst umzubringen. Wahrscheinlich. Aber Zoe muss da nicht mit rein."

Er spürte, wie sich ihre Hand auf seinen Oberarm legte. „Doch, muss ich", sagte sie sachte.

Er wandte sich ihr zu und der ernste Ausdruck auf ihrem Gesicht stach ihm direkt ins Herz. „Zo, du musst das nicht machen. Wenn sie erst einmal im Gebäude sind, werden sie ihn schon finden. So groß ist der Laden nicht."

Ihr sanfter Blick sagte ihm, dass sie seine Sorge zu schätzen wusste, er es aber nie im Leben schaffen würde, ihr das auszureden. „Es ist ein fünfzigstöckiges Hochhaus. Wenn Skylar und ich da drin in Echtzeit Hinweise geben können, haben wir eine viel größere Chance, den Bürgermeister dort lebendig rauszubekommen… und alle anderen auch. *Du* bist derjenige, der hierbleiben sollte."

Sein Kiefer klappte herunter. „Weil ich *nur ein Wolf* bin, richtig? Praktisch nutzlos in dieser speziellen Situation."

Sie fuhr zusammen. „Damit meinte ich nicht—"

Er schnitt ihr mit einer Handbewegung das Wort ab. „*Oh, nein.* Mir ist egal, was du sagst, Süße, ich komme mit. Ich lasse dich das auf keinen Fall ohne mich machen. Das kannst du dir direkt wieder aus dem Kopf schlagen."

„Alles klar, Troy ist dabei", sagte Daniel sachlich. „Der Rest von euch Knallköpfen auch, vermute ich mal?" Kaden, Noah und Owen nickten. Daniel sah zu Grace. „Ist das in Ordnung für dich, hierzubleiben?"

Sie presste die Lippen zusammen und nickte ebenfalls.

„Gut. Kaden, sag Jaxson Bescheid, dass wir seine und Marcos Leute brauchen werden, um uns Zugang zu verschaffen. Skylar und Zoe werden uns lotsen, während der Rest von uns fünfen ihnen Feuerschutz gibt. Außerdem werden wir jemanden brauchen, der das Sicherheitssystem hackt oder irgendwie dafür sorgt, dass der Alarm nicht losgeht – ich schätze, das könnte Jared übernehmen. Irgendwann wird sowieso jemand die Polizei rufen, aber es wäre gut, wenn wir das möglichst lange hinauszögern könnten. Ihr habt zehn Minuten, um das hinzubekommen. Ansonsten gehen wir eben so rein. Es gibt hinten eine Laderampe, die der Schwachpunkt ihrer Sicherheitsmaßnahmen sein könnte, also werden wir uns dort Zutritt verschaffen. Doch dann werden wir Riverwise und das Wilding-Rudel brauchen, um diesen Zugang zu verteidigen und eventuell angeforderte Verstärkungen draußen zu halten – und die Polizei ebenso, wenn sie eintreffen. Die würden das sowieso nur vermasseln. Macht bitte allen klar, dass wir dort voll bewaffnet und mit jeder Menge Hexenmagie reingehen, um den Bürgermeister zu retten. Jeder, der uns dazwischenkommt, hat gute Chancen, gegrillt zu werden. Habe ich mich deutlich ausgedrückt?“

Kaden nickte scharf. „Ich gebe das eben weiter und bin gleich zurück.“ Er rannte zur Riverwise-Gruppe herüber.

Troy juckte es in den Fingern, Zoes Hand zu halten, aber sie war zu sehr damit beschäftigt, wütende Blicke in Daniels Richtung zu schicken. Sie war offensichtlich *stinksauer*, dass Troy mitkam, aber das war ihm egal. Er würde sie unter keinen Umständen aus den Augen lassen, egal, was sie sagte.

Daniel griff nach hinten, zog eine Pistole aus seinem Hosenbund hervor und reichte sie Troy. „Weißt du, wie man so ein Ding benutzt? Oder muss ich mir Sorgen machen, dass du mir aus Versehen in den Rücken schießt?“

Troy nahm ihm die Waffe ab. „Nein, kein Problem.“ Die Zeit, in der er sich bemüht hatte, in den Innenstadt-Gangs zu überleben, hatte es unabdingbar gemacht, sich zumindest ein wenig mit Waffen auszukennen.

Daniel wandte sich Skylar zu und senkte die Stimme zu einem weicheren Ton als den, den er nutzte, um das Team zu befehligen. „Bist du bereit, meine heiße Hexe?“

„Bereit, wenn du es bist, mein scharfer Wolfshexer“, antwortete Skylar mit einem süßen Lächeln.

Daniel grinste, dann wurde er wieder ernst. „Du hältst dich die ganze Zeit im Hintergrund, verstanden? Geh kein unnötiges Risiko ein.“

Sie nahm seine Hand und drückte ihm einen kurzen Schmatzer auf die Wange. „Mach dir keine Sorgen um mich. Und komm mir nicht in die Quere, wenn ich die Chance bekommen sollte, dieses Arschloch zu rösten.“ Während Daniel sich vorbeugte, um Skylar etwas ausgiebiger zu küssen, warf Troy einen Blick zu Zoe. Ihre Miene spiegelte immer noch deutliche Verwirrung wider, als könnte sie einfach nicht verstehen, wie Daniel Skylar auf diese Mission gehen lassen konnte. Oder wieso er so bereitwillig zugestimmt hatte, dass Troy mitkam. Aber Troy wusste genau, was Daniel dachte – Zoe würde sicherer sein, wenn Troy an ihrer Seite war, und Troy hätte mit Sicherheit versucht, die Scheiße aus ihm zu prügeln, wenn Daniel ihn davon abgehalten hätte.

Und für nichts davon hatten sie Zeit.

Außerdem verstand Daniel offensichtlich, was es bedeutete, ein Wolf zu sein, der in eine außergewöhnliche Frau verliebt war – die er zu seiner Partnerin machen und immer beschützen wollte, selbst wenn das angesichts ihrer übermenschlichen Hexenkräfte etwas lächerlich wirken mochte.

Troy griff nach Zoes Hand, doch bevor er etwas sagen konnte, beendete Daniel seinen Kuss mit Skylar und rief: „Na gut, dann mal los!“

Zoe drückte noch kurz Troys Hand, dann ließ sie ihn los und machte sich zum Transporter auf.

Er folgte ihr und betete, dass das nicht alles ein riesiger Fehler war.

Kapitel Fünfzehn

Zoes Herz hämmerte in ihrer Brust.

Trotz ihres mutigen Geredes – und besonders ihres Beharrens, dass Troy bei dieser Mission nicht dabei sein sollte – war sie froh, ihn an ihrer Seite zu haben. Sie fuhren in einem Konvoi aus einem halben Dutzend Fahrzeugen zu dem Hochhaus in der Innenstadt, in dem sich Emergent Technologies befand. In den fünf Vans vor ihnen befanden sich die Leute von Riverwise und Marcos Rudel, während in Zoes Wagen nur sechs weitere Leute saßen – Daniel, der fuhr, Skylar auf dem Beifahrersitz, und Owen, Kaden und Noah hinten bei ihr und Troy. Sie waren alle in irgendeiner Form weiße Wölfe oder Hexen… außer Troy.

Grace war an ihrem Treffpunkt zurückgeblieben und bereitete sich auf die Folgen ihres bevorstehenden Angriffs vor – oder der Rettungsaktion, je nachdem wie es ausgehen würde. Während sie auf den Parkplatz nahe der Laderampe fuhren, konnte Zoe durch die Windschutzscheibe sehen, dass die anderen Fahrzeuge bereits dort waren… und der Kampf, falls überhaupt einer stattgefunden hatte, bereits vorbei war. Zwei Sicherheitsbedienstete lagen auf dem Boden und wurden jeweils von mehreren Wölfen festgehalten. Die einzige Überwachungskamera der Rampe baumelte an ihrer Halterung und war offensichtlich kaputtgeschlagen worden. Jaxson signalisierte seinen Leuten lautlos, das Gelände zu sichern und Marco tat dasselbe – insgesamt hatten sie eine beachtliche Streitkraft von Wölfen.

Daniel parkte den Transporter direkt vor der Laderampe. Rasch drückte Zoe Troys Hand, bevor sie mit den anderen aus dem Wagen ausstiegen. Er hatte einen grimmig entschlossenen Gesichtsausdruck und blieb direkt neben ihr, während sie auf die Hintertür zurannten, wo vier schwer bewaffnete Riverwise-Wölfe den Eingang bewachten.

„Alles sauber", sagte Jaxson. „Haltet uns auf dem Laufenden." Er reichte Daniel ein Walkie-

Talkie, der es einsteckte und Skylar schnell ein Signal gab.

Die junge Hexe hatte bereits ihren Suchzauber heraufbeschworen – Zoe eilte an ihre Seite und ließ sich von ihr den magischen Rauch ins Gesicht pusten. Die Welt kippte und Zoe griff nach Skylars Hand, während ihre Sicht verschwamm. Die beiden würden mehr oder weniger blind sein, solange sie in dem Zauberspruch versunken waren, also würde Troy ihre Augen und Ohren sein müssen. Er nahm Zoes andere Hand und das Hämmern in ihrer Brust beruhigte sich bei seiner Berührung ein wenig.

„Ist er immer noch auf dem Penthouse-Stockwerk?", fragte Daniel.

Zoe tastete sich an dem magischen Netz entlang, aber sie waren jetzt so nahe, dass sie den Wolfsjäger und den Bürgermeister im Handumdrehen gefunden hatte. Ihre magischen Essenzen waren wie kräftige Pulse – und ganz in der Nähe.

Skylar war diejenige, die dem Strang folgen und den Weg in die echte Welt übertragen konnte, also antwortete sie: „Er ist immer noch im obersten Stockwerk. Dort ist er seit dem letzten Suchzauber nicht mehr weggegangen."

Zoe öffnete ihre Augen einen Spalt, sodass sie

trotz ihrer verschwommenen Vision wenigstens sehen konnte, was vor ihr war. Sie sah auf eine seltsame Art doppelt, bei der die echte Welt so wirkte, als würde sie sie durch Wasser hindurch betrachten – unruhiges, magisches Wasser, über dem das Energienetz lag, das sie mit allen anderen weißen Wölfen verband, inklusive dem Bürgermeister und Declan Hunter.

„Na gut, dann los." Daniel nickte der kleinen Gruppe von Riverwise-Wölfen zu, die vor ihnen ins Gebäude gehen würden. Sie brachen die Tür auf und stürmten in voller Kampfmontur und mit angelegten Waffen in den dahinterliegenden Flur.

Daniel deutete dem Rest von ihnen, ihm zu folgen. „Bleibt dicht beieinander." Er und Kaden übernahmen die Führung, ohne Schusswaffen, aber mit wabernden blauen Kugeln magischer Energie über ihren Handflächen. Noah und Owen blieben eng bei ihnen, folgten mit nur einem halben Schritt Abstand auf den Flanken und beschworen ebenfalls ihre Magie herauf – sie waren für alles bereit, was sich ihnen auf dem Weg nach oben entgegenstellen konnte. Troy hatte seine Pistole gezogen und hielt sie schussbereit in der Hand, während er mit der anderen Zoe führte. Obwohl der Flur für sie so aussah, als würden sie über den Grund eines Sees laufen, schafften Skylar und sie es trotzdem, Schritt zu halten.

Sie eilten weiter und steuerten die Aufzüge an, die sich auf halbem Wege zwischen dem Eingang und dem Ende des Flurs befanden.

Es ging keinerlei Alarm los – es fühlte sich ein wenig surreal an, sich an ganz normalen Büroräumen vorbeizuschleichen, um etwas so Simples zu tun, wie den Aufzug ins oberste Stockwerk zu nehmen. Aber Zoe war froh, dass sie es bei Nacht taten – es gab keine normalen Arbeiter oder Pendler im Gebäude, nur Sicherheitspersonal und vielleicht ein paar Hausmeister. Die Fahrstühle waren ein Risiko, aber es würde zu lange dauern, die Treppen zu nehmen, ganz zu schweigen davon, dass sie fix und fertig sein würden, wenn sie oben ankamen. Also war es entscheidend, dass sie unbemerkt in die Aufzüge kamen – Jared musste es geschafft haben, das Sicherheitssystem auszuschalten oder das Riverwise-Team hatte bereits diejenigen überwältigt, die die Überwachungskameras bedienten, denn ihre eng zusammengedrängte Gruppe schaffte es zu den Fahrstühlen, ohne entdeckt zu werden.

Daniel drückte die Ruftaste für den Aufzug und sie wartete eine gefühlte Ewigkeit, bis die Kabine ankam. Zoe wurde fast wahnsinnig – sie konnte kaum die verschwommenen Wände um sie herum erkennen, und schon gar nicht hätte sie irgendwelches Sicherheitspersonal gesehen, das eventuell durch den Flur auf sie zugestürmt kam. Ihre Nerven lagen komplett blank.

Die lange Fahrt hoch in den fünfzigsten Stock war sogar noch nervenaufreibender – Zoe war fest davon überzeugt, dass die Kabine jeden Moment kreischend anhalten und sie irgendwo mitten im Gebäude in der Falle sitzen würden, bis das Sicherheitspersonal sie festnehmen konnte. Oder es zumindest versuchen würde. Immerhin hatten sie höllisch viel magische Feuerkraft zu bieten.

Auf dem Weg nach oben wandte sich Daniel ihnen erneut zu. „Bewegt er sich? Sind wir aufgeflogen?“, fragte er.

Zoe passte konstant auf, also hätte sie direkt Bescheid gesagt, falls Skylar etwas entgangen wäre. Declan Hunter bewegte sich tatsächlich, aber es war nur ein begrenztes Hin- und Herlaufen, alles in demselben Raum im obersten Stockwerk.

„Nö“, sagte Skylar. „Er ist noch da.“

Troy drückte beruhigend Zoes Hand und es half ein wenig, doch die Fahrt zog sich trotzdem quälend lange hin. Schließlich hatten sie es bis nach oben geschafft und die Fahrstuhltüren glitten auf.

Das Penthouse-Stockwerk hatte einen edlen Teppichboden und Glaswände, die das ganze Ding fast schon futuristisch aussehen ließen. Es gab nur eine einzige Tür aus Milchglas, in die das Logo von Serafin Genetics eingeätzt war. Die Deckenbeleuchtung war halb heruntergedimmt worden, um Energie zu sparen, aber die Bewegungsmelder mussten sie registriert haben, denn die Lichter begannen, flackernd anzuspringen.

Daniel zog eine Grimasse. „Lasst uns schnell machen. Die Lichter klauen uns unser Überraschungsmoment. Er stieß die Milchglastür auf, hinter der ein Rezeptionsbereich lag, aber ihre Gruppe schaffte es kaum in den Raum, bevor zwei Wachmänner in Kampfmontur aus einer weiteren Milchglastür platzten, die zum Hauptbüro führte. Sie rissen ihre Waffen hoch, aber Daniel und Kaden ließen ihre blauen Feuerkugeln fliegen, die gegen die Wachen und die Wände krachten, die Männer zu Boden warfen und alles in Brand setzten, das sie berührten. Die Magie verdampfte beim Aufprall, aber sie setzte beinahe die Wände in Brand und hinterließ grässliche Brandwunden bei den Männern, die sich stöhnend über den Boden rollten. Daniel und Kaden rannten zu ihnen und schlugen sie schnell bewusstlos.

Zoe entschied, dass es vermutlich aus Barmherzigkeit geschah, angesichts der üblen Brandwunden, die sie hatten.

Troy fluchte leise. An Daniel gewandt sagte er: „Können wir sie jetzt aus der Trance holen?“ Seine Stimme klang angespannt.

Daniel nickte. Skylar fuhr Zoe mit der Hand übers Gesicht und brach den magischen Bann, aber sie hatte trotzdem Mühe, sich von dem vibrierenden magischen Netz zu lösen. Der Wolfsjäger war auf der anderen Seite der Milchglastür, durch die seine Männer gekommen waren.

„Alles in Ordnung?“, fragte Troy sie.

Sie nickte, dann deutete sie mit dem Kopf zur Tür. „Er ist da drin.“

Troy wandte sich Daniel zu. „Wie wär’s, wenn ihr Jungs vorgeht und ich mich jetzt mit Zoe und Skylar zurückziehe?“

Noch bevor Zoe sich beschweren konnte, schüttelte Daniel den Kopf und sagte: „Wir halten uns an den Plan. Alle bleiben zusammen. Los, lasst uns gehen.“ Er formte einen neuen Magieball in der Hand und schob sich mit Kaden auf die Tür zu.

Troy schien mit den Zähnen zu knirschen, aber

er folgte Noah und Owen mit gezogener Waffe, wobei er seinen Körper zwischen die vorausgehenden Leute und Zoe und Skyler hinter ihm schob. Was angesichts der Tatsache, dass Zoe und Skylar die mächtigsten in der Gruppe waren, etwas überflüssig wirkte.

Daniel und Kaden stürmten durch die Tür und ihre Gruppe rückte in ein schwach erleuchtetes Großraumbüro voller Arbeitsnischen vor, auf eine große Doppeltür am anderen Ende zu. Obwohl Skylar nicht mehr unter dem Einfluss des Zauberspruchs stand, schien sie genau zu wissen, wo sie hinmussten – sie deutete wie ein menschlicher Kompass ständig in die entsprechende Richtung und Daniel sah immer wieder über die Schulter zu ihr, um sich zu vergewissern. Sie waren extrem leise, aber sie wurden trotzdem wieder von den Bewegungsmeldern erfasst, die das Licht anschalteten, während sie sich durch die Arbeitsplätze schlängelten.

Als sie die Doppeltür erreichten, zögerte Daniel kurz und seine Miene verfinsterte sich. Obwohl alle vier neue Energiekugeln feuerbereit hatten, stürmten sie nicht sofort in den Raum – und Zoe hatte eine Ahnung, wieso. Es musste noch weitere Wachen geben und die Tür bildete einen Flaschenhals, bei dem der Wolfsjäger sie einen nach dem anderen von seinen Männern ausschalten lassen konnte. Troy hob die Hand, um Zoe und Skylar davon abzuhalten, weiterzugehen, obwohl sie das sowieso nicht vorgehabt hatte.

Daniel deutete ihnen, von der Tür zurückzutreten. Er und Kaden machten ebenfalls ein paar Schritte zurück und bereiteten jeweils zwei Energiebälle vor. Daniel zählte an den Fingern herunter… drei, zwei, eins… dann feuerten sie mit vereinten Kräften gleichzeitig auf die Tür. Die Druckwelle der Explosion warf sie alle zurück, sodass sie sich gegen die Wände der Arbeitsnischen stützen mussten. Die Tür selbst hatte dem Einschlag standgehalten, aber sie war extrem verkohlt und Teile der umliegenden Wand hatten Feuer gefangen.

„Passt auf, dass ihr nicht den ganzen Laden abfackelt, Jungs." Skylar beschrieb eine ausladende Handbewegung in Richtung Wand und das Feuer erstarb. Die Tür qualmte immer noch und musste zumindest ein Stück instabiler geworden sein. Daniel deutete ihnen, sich zu jeder Seite entlang der Wand aufzustellen, dann traten er und Kaden mit zwei wuchtigen Tritten die Tür ein. Sie wichen augenblicklich wieder hinter die Wand zurück und das war auch gut so – ein gewaltiger Kugelhagel fegte durch das Büro und die dünnen Wände der Arbeitsnischen, die auf einer Linie mit der Tür waren, wurden von hunderten Schüssen durchsiebt, sodass nur noch Fetzen durch die Luft flogen.

Dann stürmten alle vier – Daniel, Kaden, Noah und Owen – gleichzeitig zur offenen Tür und jagten blaue Feuerbälle hindurch. Sie rannten in den Raum und beschworen beim Laufen neue Energiekugeln herauf, aber Zoe hörte keine weiteren Schüsse. Tatsächlich war das Einzige, was sie durch die Tür sehen konnte, ein schimmernder, pulsierender Energieschild.

„Zoe", rief Daniel. „Du solltest besser hierhin kommen."

Troy runzelte finster die Stirn, aber sie hatte keine Zeit, zu zögern. Mit Troy an ihrer Seite und Skylar hinter sich ging sie auf die Tür zu. Als sie hindurchtrat, sah sie, dass der Raum im Prinzip ein riesiges Labor war – nur dass es noch viel besser ausgestattet war als ihr eigenes. Wahrscheinlich waren dies alles Gerätschaften von Serafin Genetics, aber es sah aus, als wären sie extra für die perfiden Zwecke des Wolfsjägers modifiziert worden. Hinzu kamen mehrere Computer, eine medizinische Behandlungsecke mit Gestellen voller

Gläsern, ein Digestor, DNA-Sequenzer… und am schlimmsten, eine Art medizinischer Folterstuhl in der Mitte des Raumes, an den der Bürgermeister, ihr Großvater Billy Wilding, gefesselt war. Neben ihm, mit einer Waffe in der Hand, stand ein Mann in seinen Dreißigern, mit schwarzem Haar und dunkelblauen Augen – ganz offensichtlich Declan Hunter. *Der Wolfsjäger*. Derselbe Mann, der den Bürgermeister aus dem Anwesen der River-Familie entführt hatte. Er drückte dem Bürgermeister die Pistole an den Kopf, doch dieser schien sowieso bewusstlos zu sein. Schlimmer noch – der funkelnde blaue Energieschild, den Zoe durch die Tür gesehen hatte, umgab den Wolfsjäger und den Bürgermeister auf dem Stuhl in einer Blase von etwa drei Metern Durchmesser.

Außerhalb der Blase lag ein halbes Dutzend Männer verkohlt und reglos auf dem Boden.

„Zoe Wilding“, sagte der Wolfsjäger. „Ich hätte wissen sollen, dass in dir mehr steckt als nur die missratene Tochter eines Wilding-Sohns. Aber ich kann dir gar nicht genug danken, dass du mir geholfen hast, unseren gemeinsamen Vorfahren zu finden.“

Zoes Herz hämmerte. Troy hatte sich schützend vor sie gestellt und ihr so zum Teil die Sicht auf den

Wolfsjäger versperrt. Sachte drückte sie seinen Arm, schob sich vor ihn und versuchte, ihm mit den Augen zu vermitteln, dass er das hier ihr überlassen sollte.

„Oh, nein", sagte der Wolfsjäger. „Komm ja nicht näher. Ich war noch nicht ganz dahintergekommen, wie man diesen magischen Schild aufbaut, also muss ich mich dafür auch bei dir bedanken, Zoe. Wie ich sehe, hat er dich vor meinem kleinen Feuerball vorhin geschützt. Aber glaub mir, der Bürgermeister wird es nicht überleben, wenn du noch näher kommst."

„Es gibt keinen Ausweg mehr für dich, Declan", sagte Zoe.

Er grinste. „Da wäre ich mir nicht so sicher. Die Zeit läuft für mich… oder besser gesagt definitiv gegen euch."

Finstere Blicke gingen durch die Gruppe, besonders von Daniel. „Er hat Verstärkung gerufen", sagte er, ohne zu versuchen, leise zu reden, weil es eh sinnlos gewesen wäre.

„Ganz genau." Declan Hunters Grinsen ließ Zoes regelrecht übel werden. „Die Polizei, meine Privatmiliz und wahrscheinlich die Hälfte aller Reporter dieser Stadt sind auf dem Weg hierher. Mein Ausweg ist ziemlich klar, Zoe", sagte er höhnisch. „Und ich werde es sehr genießen, mitanzusehen, wie ihr alle dafür verhaftet werdet, mich und meine Leute auf meinem Grundstück überfallen zu haben.“

Zoes Verstand raste, während sie überlegte, wie sie den Schild durchbrechen könnte, den Declan aufgebaut hatte. Ein gewöhnlicher magischer Feuerball konnte es vielleicht schaffen – immerhin hatte sich Declans Angriff auch durch *ihren* Schild gebrannt. Doch ihren hatte sie hastig und in schierer Panik erschaffen – sie war vollkommen unvorbereitet gewesen und noch während sie ihn formte, hatte sie gespürt, wie schwach er war. Sie wusste, dass er besser geworden wäre, wenn sie sich länger darauf hätte konzentrieren können, und Declan hatte sich offenbar ab dem Moment, in dem sie das Gebäude betreten hatten, auf sie vorbereitet.

Außerdem konnte sie die Stärke seines Schutzschildes *spüren*. Sie war nicht länger im Suchzauber versunken, aber die magische Verbindung zwischen ihnen bestand immer noch und pulsierte in ihr. Und die Magie dieses Schildes war stärker als alles, was sie je zuvor gespürt hatte.

Selbst wenn sie ihn durchdringen konnte, würde sie den Bürgermeister zusammen mit Declan verbrennen. Wahrscheinlich war dem Bürgermeister bereits DNA entnommen worden, aber Zoe wollte trotzdem nicht, dass er starb. Immerhin war er ihr Großvater, ob sie wollte, oder nicht. Und obwohl er nicht der beste Wolf, Anführer oder Alpha war… hatte er es nicht verdient, zu sterben.

Declan Hunter dagegen verdiente es mit absoluter Sicherheit.

„Du scheinst außer Acht zu lassen, dass du den Bürgermeister als Geisel genommen hast“, sagte Zoe, nur um ihn zu beschäftigen, während sie weiter nachdachte.

„Der Bürgermeister wird leider ein beklagenswerter Kollateralschaden werden, lange bevor uns irgendwelche Rettungstrupps erreichen können.“ Das Funkeln in Declans Augen war buchstäblicher Wahnsinn – Zoe hatte keine Zweifel daran, dass er den Bürgermeister töten und sich irgendeine Lüge dazu einfallen lassen würde. Vielleicht würde er behaupten, dass er versucht hatte, den Bürgermeister vor der Horde blutrünstiger Wölfe zu beschützen, die ihn angegriffen hatten. Und solange der Bürgermeister in seiner menschlichen Form blieb, würde diese Geschichte auch plausibel klingen – niemand würde glauben, dass der Bürgermeister insgeheim ein Wolf war.

Ein weißer Wolf.

„Ich schätze, du könntest versuchen, den Bürgermeister zu töten“, sagte Zoe vorsichtig. „Aber ich bin mir nicht ganz sicher, wie du dir das vorstellst.“

„Es *ist* schwierig einen weißen Wolf umzubringen“, sagte Declan mit einem grausamen Grinsen. „Aber mit einem Kopfschuss sollte das trotzdem möglich sein.“

Zoe zog eine Grimasse. Neben ihr spannte sich Troys Finger um den Abzug seiner Waffe – zweifellos dachte er gerade, dass dasselbe auch für Declan Hunter galt. Nur war der Schutzschild kugelsicher – wenn er einem magischen Angriff standhielt, dann auch einer Pistolenkugel, obwohl Zoe hätte hindurchlaufen können, wenn sie sich nur langsam genug bewegen würde. Magie hatte wirklich seltsame Eigenschaften. Sie würde auf die Innenseite des Schildes gelangen müssen, um Declan Hunters Leben mit einer Kugel oder mit Hilfe von Magie zu beenden.

Zoe hob die Hände, als würde sie aufgeben. Sie hatte es wie eine möglichst unschuldige Bewegung aussehen lassen wollen, aber Declan Hunter fiel nicht darauf rein.

Er drückte die Pistole noch fester an den Kopf des Bürgermeisters. „Denk nicht mal dran“, knurrte er. „Er ist tot, bevor du es überhaupt versuchen kannst."

Sie zuckte die Schultern. „Du kannst den Bürgermeister ruhig umbringen. Was ich nicht verstehe ist, wie du *alle* Wölfe erledigen willst. Du weißt schon, mit diesem Serum, das du entwickelt hast."

Das Grinsen kehrte in Declans Gesicht zurück. Er schien dieses kleine Hin und Her zu genießen, das sie nur begonnen hatte, um Zeit zu schinden. „Ich hätte wissen sollen, dass du die Cleverste aus diesem Haufen bist, Zoe. Und dass du die Daten haben würdest, um alles zusammenzusetzen – aber der Teil ist mir erst vor Kurzem klar geworden."

„Wie bist *du* denn an die Daten von Agent Smith gekommen?", fragte Zoe im Plauderton.

Skylar wich etwas von ihrer Seite und signalisierte ihr mit einem fast unmerklichen Nicken, dass sie sich weiter mit Declan unterhalten solle. Troy war sichtlich angespannt, blieb aber ruhig und richtete weiterhin seine Waffe auf Declan, auch wenn das sinnlos war. Die anderen vier weißen Wölfe waren ebenfalls schussbereit, aber auch sie hielten ihre blauen Energiekugeln zurück, beobachteten Zoe und warteten auf irgendein Signal. Dabei hätte sie ihnen sagen können, dass sie nur ihre Zeit verschwendeten – ihre Magie würde es nicht durch Declans Schild schaffen.

Declan tat ihre Frage über Agent Smiths Daten mit einer Handbewegung ab. „Gut eingesetzte Bestechungsgelder sind erstaunlich effektiv. Und wenn ich irgendetwas über die Regierung weiß, dann dass sie von allem immer mehr als eine Kopie aufbewahren. Selbst die paranoidesten unter ihnen."

Zoe nickte. Das ergab Sinn. Agent Smith hätte seine kostbaren Daten niemals ungeschützt gelassen. Selbst Zoe hatte eine Sicherungskopie gemacht, nachdem sie die Originalfestplatten von Grace erhalten hatte.

„Was immer noch die Frage nach dem Wie offenlässt", sagte sie. „Ich vermute mal, dass du so viele Wölfe wie möglich erreichen willst."

„Die Luft, das Wasser… die Übertragungsart ist egal. Vielleicht entwickle ich auch eine ansteckende Krankheit mit dieser wunderbaren Ausrüstung von Serafin Genetics. Hier drin ist es wie auf einem Spielplatz – aber damit kennst du dich ja aus, nicht wahr, Zoe?"

Wenn sie die Laborgeräte um sich herum nur irgendwie nutzen könnte, um etwas zu erzeugen, das es durch den Schild schaffen konnte – Rauch, ein aerosoliertes Gift, eine ansteckende Krankheit, die ihn nach einem schnellen Gegenmittel suchen lassen würde. Aber sie hatte sich nicht auf genetische Kriegsführung vorbereitet. Alles, was sie hatte, war Magie. *Ihre instabile Magie.* Und ein paar Minuten, vielleicht sogar weniger, um einen undurchdringlichen Schutzschild zu überwinden und Declan Hunter, aber nicht den Bürgermeister, zu töten.

Da lenkte sie plötzlich ein schwaches Stöhnen ab – der Bürgermeister rollte den Kopf hin und her, die Augen noch geschlossen. Er war zwar an den Stuhl gefesselt, aber wenn er aufwachte… würden sie einen Verbündeten *innerhalb* von Declans Schild haben. Jemanden, der mächtiger war als jeder andere von ihnen.

Das würde das Spielbrett zu ihren Gunsten kippen.

„Herr Bürgermeister?“, rief Zoe schnell. „Hier ist Zoe Wilding.“

„Halt's Maul!“, schrie Declan sie an, aber seine Augen waren groß geworden und er sah sich nervös nach etwas um. Wahrscheinlich etwas, womit er den Bürgermeister erneut betäuben konnte.

„Ich glaube nicht, dass der Bürgermeister besonders glücklich darüber sein wird, an einen

Stuhl gefesselt zu sein“, sagte Zoe und begann, schneller zu reden. „Herr Bürgermeister, es ist Zeit, aufzuwachen, Sir“, rief sie erneut.

Declan fluchte und sah sich jetzt noch verzweifelter um. Zoe lief die Zeit davon – wenn der Bürgermeister nur *aufwachen* würde, war er vielleicht in der Lage, etwas zu unternehmen – aber wenn er sich nicht beeilte, würde Declan ihn entweder erneut betäuben oder direkt erschießen.

„Zoe“, sagte Troy leise. Beinahe hätte sie ihm gesagt, dass er sie nicht ablenken solle, doch dann fing sie den vielsagenden Blick ein, den er ihr zuwarf. „Erinnerst du dich an deinen ersten Tag auf dem Feld?“, fragte er.

Heilige Scheiße.

Zoes Augen weiteten sich. Ihre Magie. *Ihre Wut.* Als die entfesselt worden war, war sie mächtiger gewesen als alles, was Zoe je zuvor gesehen hatte. Sie warf einen Blick in die Runde und jeder schien ganz genau zu wissen, was Troy meinte. Es könnte tatsächlich reichen, um Declans Schild zu zerbrechen… aber der Bürgermeister war dabei immer noch in Gefahr…

Declan suchte immer noch nach einem Betäubungsmittel.

Sie hatte nur Sekunden, um eine Entscheidung zu fällen.

Der Bürgermeister öffnete blinzelnd die Augen und sah dann durch den Schild direkt zu Zoe.

Und mehr brauchte sie nicht. Sie kehrte tief in sich und erinnerte sich an jedes einzelne Video, das der Wolfsjäger aufgenommen hatte, an jede Folter und jeden Wolf, den er verletzt oder getötet hatte. Das würde er in der ganzen Stadt wiederholen, wenn er die Chance dazu bekam. Ihr Hass darauf übertraf alles, was sie je zuvor gefühlt hatte – er war größer als ihr Groll auf weiße Wölfe oder auf den Schaden, den ihr Großvater in der Familie angerichtet hatte, größer als alles, was sie sich vorstellen konnte. Die Zerstörung so vieler Wölfe war nichts anderes als ein grausamer *Genozid.* Ihre Wölfin reagierte und verband ihre Stärke mit der von Zoes inneren Hexe, um eine Kraft freizusetzen, die sich wie ein Vulkanausbruch anfühlte.

Sie öffnete die Augen und starrte direkt zum Bürgermeister, aber ihre Worte galten auch allen anderen… außer Declan. „Ihr duckt euch besser."

Die unbändige Energie brodelte aus den Tiefen ihres Seins empor und schoss durch ihre Hände. Ein kreisförmiger Bogen aus magischem Feuer explodierte förmlich aus ihr heraus, so mächtig, dass er durch alles in seinem Weg schnitt, ihr weiß vor Augen werden ließ und sie gegen die Wand hinter ihr schleuderte. Der Aufprall drückte ihr die Luft aus den Lungen und ließ sie benommen zu Boden gleiten. Sie brauchte eine Sekunde, um ihren Kopf zu schütteln und ihn wieder klar zu bekommen, erst dann sah sie, was passiert war.

Was sie *entfesselt* hatte.

In eineinhalb Metern Höhe zog sich eine dreißig Zentimeter breite Brennlinie die Wände des Raums entlang. Alles unterhalb dieser Linie war verschont geblieben – was glücklicherweise Troy und all ihre Freunde beinhaltete, die wie sie auf dem Boden lagen und sich von dem Schock erholten. Troy kam auf Händen und Knien zu ihr gekrochen. Skylar lag noch auf dem Boden, aber Daniel kroch bereits auf sie zu und genau wie Noah, Owen und Kaden bewegte sie sich schon wieder. Selbst der Bürgermeister war in seinem Stuhl unter der Brennlinie geblieben – außerdem hatte sich ein blauer Schild geformt, der ihn beschützte. Eine Sekunde lang war sie sich nicht sicher, ob *sie* diesen Schild heraufbeschworen hatte, aber seine aufgerissenen Augen und ein kleines Grinsen sagten ihr, dass er sich selbst gegen ihre Attacke geschützt hatte.

Der Wolfsjäger hatte nicht so viel Glück gehabt.

Ihr Angriff hatte seinen Schutzschild vernichtet… und dabei seinen Kopf abgetrennt. Sein Körper war zu Boden gesackt und sein Kopf war weggerollt.

Übelkeit stieg in Zoe auf und sie rollte sich zusammen, während Troy an ihre Seite kam. „Oh mein Gott, Zoe, ist alles in Ordnung?“ Die Sorge in seiner Stimme drang in ihr Innerstes und minderte ihre Angst, den Schock und das Entsetzen über das, was sie getan hatte.

Sie nickte, vermied es wegen ihrer Übelkeit aber, zu sprechen. Der Schild des Bürgermeisters war wieder verschwunden und Noah war bei ihm und zerschnitt eilig die Riemen, die ihn an den Stuhl fesselten. Als er frei war, stand er vom Stuhl auf und stellte sich über Declans gefallenen Körper. Obwohl die Miene ihres Großvaters gequält war, verspürte Zoe nichts als Erleichterung. Sie sackte gegen Troys Brust, der bereits die Arme um sie geschlungen hatte und sie festhielt.

„Jetzt ist alles gut“, flüsterte er. „Du hast es geschafft. Du hast es geschafft.“ Das wiederholte er immer und immer wieder, strich ihr dabei über die Haare und versuchte, sie zu beruhigen.

Aber sie wusste, was sie getan hatte – sie hatte einen Mann getötet.

Und hatte dadurch tausende andere davor bewahrt, ihren Wolf oder vermutlich sogar ihr Leben zu verlieren.

Sie nickte und schluckte die Übelkeit herunter, die ihr immer noch den Rachen hochkriechen wollte, dann rappelte sie sich mit Troys Hilfe wieder auf die Beine. Ihr Kopf brummte – sie war sich nicht sicher, ob es vom Schock kam oder noch Nachwirkungen von ihrem Aufprall an der Wand waren. Troy hatte weiterhin die Arme um sie gelegt, um sie zu stützen, und sie ließ ihn.

Mit Troy an ihrer Seite schlurfte Zoe langsam zum Bürgermeister, der immer noch auf Declans verbrannten Körper herabsah. Egal zu welcher Superheilung Declan fähig gewesen war, von dem hier würde er sich nicht mehr erholen können.

Der Bürgermeister sah sie mit aufrichtigem Erstaunen an. „Du bist wirklich gekommen, um mich zu retten."

„Ich bin gekommen, um alle zu retten." Zoe war noch nicht bereit, das alles zu verarbeiten – dass sie zwar den Bürgermeister gerettet hatte, er aber immer noch der weiße Wolf war, dessen Blut den magischen Schlüssel zu allem bereithielt, was sie je gewollt hatte. Daran konnte und wollte sie gerade noch nicht denken. Es gab noch Wichtigeres zu erledigen. „Wir müssen das alles hier zerstören", sagte sie bestimmt. „Die Daten des Wolfsjägers, die Seren, alle seine Forschungsergebnisse. In irgendeiner Form hat er von jedem von uns die DNA hier. Ich will, dass alles zerstört wird."

Der Bürgermeister nickte und sagte dann ernst: „Ich habe seit zwanzig Jahren keine Magie mehr benutzt… bis heute." Er schenkte ihr ein schwaches Lächeln. „Aber ich glaube, ich erinnere mich noch an einen Zauberspruch, der hier sehr gut passt."

Sie sah ihn stirnrunzelnd an, dann tauschte sie einen Blick mit Skylar aus, die sich unter Daniels Arm gekuschelt hatte und ihr ein kleines, zustimmendes Nicken gab. Hexen hatten übernatürliche Kräfte – Zoe lernte das immer noch aus erster Hand – aber sie fragte sich, ob Skylar das, was sie heute getan hatte, auch hätte bewerkstelligen können. Immerhin hatte sie ihr schon gesagt, dass Zoe stärker sei, als sie erwartet hatte. Und ihr Großvater war noch mächtiger als Zoe.

Der Bürgermeister gestikulierte zu der verbrannten Tür des Forschungslabors. „Es wäre wohl besser, wenn wir alle ein Stück zurückgehen."

Gemeinsam verließen sie das Labor. Sobald sie

draußen waren, schloss der Bürgermeister die Augen und beschwor ein blaugrünes knisterndes Feuer in seinen Händen herauf, das kein gewöhnlicher Energieball war. Zoe sah staunend zu, als er das Feuer in die Luft steigen ließ, dann die Augen aufriss und es zurück durch die offene Tür ins Labor schleuderte. Die grüne Magie schoss nicht einfach nur durch das Labor und setzte es in Brand – sie bedeckte alle Oberflächen und kroch in jede Ecke des Labors. Innerhalb von Sekunden war das gesamte Innere des Labors zu Asche geworden. Keine Explosionen. Keine Feuersäulen. Die Magie hatte einfach alles vernichtet, das sie berührt hatte. Ein großer Haufen Asche lag dort, wo vorher der Folterstuhl und Declans Körper gewesen waren. Die Schränke und anderen Gerätschaften bildeten ein paar kleinere Aschehäufchen, aber es war buchstäblich nichts mehr übrig. Selbst das grüne Feuer war knisternd verdampft.

„Du hast die richtige Entscheidung getroffen, Zoe“, sagte der Bürgermeister, als er sich ihr zuwandte. „Jetzt wird er niemandem mehr etwas anhaben können.“

Sie wusste, dass er recht hatte, aber innerlich fühlte sie sich trotzdem hohl.

Mit Troys Arm um sich folgte sie dem Rest der

Gruppe zurück zu den Aufzügen und fuhr mit ihnen langsam runter. Als sie im Erdgeschoss ausstiegen, wimmelte es überall von Wölfen… *und Polizisten.* Doch die Gruppen schienen sich vermischt zu haben und unterhielten sich angespannt. Marco Wilding und Jaxson River standen mit dem Polizeichef zusammen. Es gab keinerlei Anzeichen von der Privatarmee, die laut Declan auf dem Weg hierher gewesen war.

Als die Leute sie entdeckten, brach Jubel aus.

Zoe war so perplex, dass sie das alles kaum aufnehmen konnte.

Es war klar, dass sie die Rückkehr des Bürgermeisters bejubelten, der voranschritt und dem Polizeichef, Marco und Jaxson die Hände schüttelte. Zoe blieb mit Troy bei den Aufzügen stehen.

„Ich glaub's nicht", sagte Troy. „Sie waren dabei, uns zur Hilfe zukommen. Gemeinsam."

Zoe schüttelte ungläubig den Kopf. Doch sie durchfuhr ein weiterer Schock, als sie etwas sah, das sie in einer Million Jahren nicht erwartet hätte, selbst in diesem außergewöhnlichen Moment nicht – vor einer Menge von fast einhundert Leuten *shiftete der Bürgermeister in einen weißen Wolf.*

Geschockte Stille legte sich über die Menge. Dann brach nervöses Getuschel aus, als der Bürgermeister zurück in seine Menschenform shiftete und jetzt nackt vor ihnen stand. Er riss irgendeinen Witz darüber, dass er nun wirklich gar keine Geheimnisse mehr hätte, und zog sich schnell wieder an. Ein Lachen ging durch die Menge…

Ein Lachen.

Menschliche Polizisten. Shifter von einem Sicherheitsdienst und aus einer *Gang*, um Himmels Willen. Alle lachten sie gemeinsam, während der Bürgermeister sich nach seinem Outing als Shifter – und als weißer Wolf – wieder anzog.

Zoe war noch nie in ihrem Leben so stolz darauf gewesen, eine weiße Wölfin und eine Bürgerin Seattles zu sein.

Kapitel Sechzehn

IN DIESER NACHT SCHLIEF TROY ÜBERHAUPT NICHT.

Der Wolfsjäger war tot – Zoe hatte ihn mit ihrer weißen Wolfsmagie erledigt und dem Mann ziemlich endgültig den Kopf abgetrennt. Aber das war es nicht, was Troy wachhielt… es war dieser Ausdruck von Unglauben und Entsetzen in ihrem Gesicht, der ihn immer noch frösteln ließ.

Sie hatte unter Schock gestanden – Troy war Rettungssanitäter, er kannte die Anzeichen dafür – und sie hatte noch nicht ansatzweise verarbeitet, was tatsächlich bei dem kurzen Kampf im Forschungslabor geschehen war. Denn auch danach hatten sich die Ereignisse überschlagen – mit der Polizei, den Rudeln, dem Outing des Bürgermeisters als weißer Wolf – es war alles zu viel gewesen. Auf der Fahrt zurück zum River-Anwesen war sie hinten im Transporter in seinen Armen eingeschlafen. Er hatte sein Bestes gegeben, die Ruckler und Schlaglöcher für sie zu kompensieren, doch ihr Verstand hatte sich schon kurz nach Fahrtbeginn in die Bewusstlosigkeit zurückgezogen.

Als sie zurück in ihrem Zimmer auf dem Anwesen waren, wollte sie über alles reden, was passiert war, aber er hatte darauf bestanden, dass sie sich erst ausruhte. Und das musste sie auch… aber vor allem hatte er nicht gewollt, dass sie unter Schock und übermüdet irgendwelche voreiligen Entscheidungen traf.

Entscheidungen, wie ihre weiße Wölfin loszuwerden, weil diese gerade einen Mann getötet hatte.

Entscheidungen, wie die Erkenntnis, dass sie Troy nicht mehr brauchte.

Also hatte er sich mit ihr ins Bett gelegt, sie in die Arme genommen und beruhigend auf sie eingeflüstert, während sie sich an ihn gekuschelt hatte und beinahe augenblicklich in den Schlaf abgedriftet war. Und nun verbrachte er den Rest der mondhellen Nacht damit, über den Mut der Frau neben ihm nachzudenken. Die zusammen mit den anderen weißen Wölfen aus ihrer großen, magischen Familie einen Serienmörder ausgeschaltet hatte, der nicht nur sie und ihre Lieben im Visier gehabt hatte, sondern jeden Wolf in Seattle. Und ihm fiel kein einziger Grund ein, warum sie bei *ihm* bleiben sollte, Troy Hartman, einem gewöhnlichen braunen Wolf, der nicht viel mehr getan hatte, als ihre Hand zu halten, wenn sie ihn gebraucht hatte. Und sich jetzt darum kümmerte, dass sie die nötige Ruhe bekam. Die Tatsache, dass er unsterblich in sie verliebt war, half vielleicht ein wenig. Aber er war sich ziemlich sicher, dass er bei der einen Sache versagt hatte, die wirklich zählte – sie davon zu überzeugen, dass ihre Wölfin es wert war, geliebt zu werden.

Wert, behalten zu werden.

Sie hatte ihre Daten und den Bürgermeister… es war nur eine Frage der Zeit, bis sie diese Seren fertigstellen würde, an denen sie so hart gearbeitet hatte. Das beinhaltete das Serum, das nicht nur weißen Wölfen extrem schnelle Heilung ermöglichen sollte… und das, welches die wunderschöne Wölfin in ihr auslöschen würde.

Diese Gedanken wirbelten in seinem Kopf umher, wie Welpen, die ihren Schwanz jagten.

Irgendwann musste er doch eingeschlafen sein, denn als die Morgensonne durch das Fenster drang und graues Licht über das Bett goss, murmelte Zoe im Schlaf und riss ihn damit aus einer Art traumloser Unruhe. Ihre Bettdecken lagen auf dem Boden – offenbar hatten sie diese durch ihren unruhigen Schlaf aus dem Bett getreten. Er wollte Zoe wieder zudecken, hatte aber Angst, dass die Bewegung sie aufwecken würde. Doch noch bevor er möglichst vorsichtig nach den weichen, verknäulten Decken greifen konnte, drehte sie sich zu ihm um, öffnete diese wunderschönen blauen Augen und sah von ihrem Kissen zu ihm hoch.

„Guten Morgen, du Hübsche", sagte er sanft. „Ich hoffe, ich hab dich nicht geweckt."

Sie kniff die Augen zusammen und rieb sie, dann stützte sie den Kopf auf einer Hand ab und spähte mit einem dermaßen schläfrigen, sexy Blick zu ihm hoch, dass er nicht anders konnte, als sich für einen kurzen Kuss zu ihr herabzubeugen… bevor sie entschied, ihn aus ihrem Leben zu verbannen.

„Mmhhh", schnurrte sie während des Kusses. Dann wich sie zurück und lächelte. „So sollte man definitiv jeden Morgen aufwachen."

„Mit einem Kuss, der dich in Stimmung bringt?" Er grinste.

„Mit einem heißen Mann in meinem Bett, der mich Hübsche nennt? Ja, sehr gerne."

„Hübsch beschreibt nicht einmal annähernd, wie du aussiehst, wenn du aufwachst." Er beugte sich für einen weiteren, diesmal ausgiebigeren Kuss herab und das Gefühl ihres T-Shirts an der nackten Haut seiner Brust machte ihm deutlich bewusst, wie viel lieber er ihre weiche Haut spüren wollte, während sie über ihn glitt. Sie stöhnte in seinen Mund und seine Morgenlatte machte sich mehr als deutlich bemerkbar, als er ihren Körper näher zu sich zog.

Sein Atem beschleunigte sich. „Verdammt, Zoe." Seine Hände machten sich selbstständig und griffen nach dem Saum ihres T-Shirts, um es ihr auszuziehen. „Du musst mich nur einmal küssen und ich werde ganz verrückt nach dir. Jedes Mal."

„Ja," sagte sie, während sie hastig versuchte, ihr T-Shirt über die Schultern zu bekommen. Sein Schwanz spannte seine Boxershorts und auch sie hatte immer noch ihr Höschen an, aber ihre herrlichen Brüste lagen bereits frei. Er nahm eine davon in die Hand und massierte ihre harte Brustwarze, dann legte er die andere Hand auf ihren süßen kleinen Hintern und zog sie zu sich. Seine Lippen waren wieder auf ihren und verschlangen sie, während sie sich ihm weiter öffnete, seine Schultern ergriff, die Hände in seinen Haaren vergrub, und ihn zu mehr antrieb.

„Ich will dich, Zoe“, hauchte er gegen ihre Lippen.

„Und ich will dich in mir, jetzt“, sagte sie und ließ ihn aufstöhnen. Ihre Hände fummelten an seiner Shorts herum, aber er schob sie zur Seite und zog sich so schnell er konnte komplett nackt aus. Dann riss er ihr das Höschen sogar noch schneller runter. Das war vielleicht das letzte Mal, dass er mit ihr schlafen würde, und da sollte er verdammt nochmal etwas langsamer machen und es in die Länge ziehen, damit sie beide es mehr genießen konnten, aber er konnte nicht – er brauchte sie so dringend wie ein ertrinkender Mann Sauerstoff brauchte. Sie lag mit gespreizten Beinen vor ihm auf dem Rücken und verzehrte sich nach ihm – und es gab nur eine Sache, die er da machen konnte.

Mit einem langen, langsamen Stoß ließ er seinen Schwanz in diese wunderschöne Frau gleiten und tauchte bis zum Schaft in sie ein.

„Oh, Gott“, keuchte sie und packte seinen Rücken, um ihn tiefer zu sich zu ziehen.

„Sag mir, was du willst“, sagte Troy, immer noch

tief in ihr. Er wollte es ein letztes Mal hören, selbst wenn es nur beim Sex war.

„Gott, ich will dich", flüsterte sie und er konnte das Verlangen in ihrer Stimme hören. Verlangen, das ihn dazu brachte, ein Stück aus ihr herauszugleiten und dann mit Wucht wieder in sie einzudringen – weil es das war, was ihre Wölfin von ihm wollte. Von ihm brauchte. Außerdem hätte er sich selbst dann nicht zügeln können, wenn sein Leben davon abgehangen hätte.

Er hob ihre Beine noch höher, hakte den Arm unter eines und drückte ihr Knie an ihre Brust, was ihm erlaubte, noch tiefer in sie einzudringen.

„Ja", keuchte sie, während er mit einem süßen Stoß nach dem anderen in sie pumpte. „Ja, genau so." Die Laute, die sie von sich gab… das Wimmern seines Namens, während sich ihr Orgasmus aufbaute… das alles machte ihn geradezu wahnsinnig. Vor Lust. Vor Liebe. Und der herzzerreißenden Befürchtung, dass das hier das letzte Mal sein könnte. Aber er machte ungebändigt weiter, während sein Körper sich anspannte, bereit für diese explosive Erlösung…

„Zoe, ich will dich", keuchte er, während er auf den Höhepunkt zuraste. „Genau so. Für immer."

Die Worte entfuhren ihm, bevor er es verhindern konnte.

Dann bäumte sie sich mit einem Schrei auf und vergrub die Finger in ihm, als sie zum Höhepunkt kam. Er konnte spüren, wie sie sich pulsierend um seinen Schwanz zusammenzog und das gab auch ihm den Rest – stöhnend stieß er ein letztes Mal tief in sie und verharrte dort, während er sich entleerte.

Er hatte Dinge gesagt, die er nicht laut hatte aussprechen wollen, zumindest nicht bevor sie alles verarbeiten konnte, was geschehen war, und er Gelegenheit gehabt hatte, mit ihr zu reden, aber er hatte sich genauso wenig zurückhalten können, wie er ihrer süßen Haut und ihren weichen Küssen widerstehen konnte. Während sie sich langsam wieder beruhigten und keuchend und stöhnend die süßen Nachbeben genossen, betete Troy, dass er es nicht endgültig versaut hatte.

Er glitt aus ihr heraus und zog sie an sich, sodass ihr Rücken an seiner Brust lag… damit er sie nicht ansehen musste. Damit sie sich nicht veranlasst sah, etwas zu erwidern.

Aber sie sprach trotzdem. „Mein Gott, Troy, du weißt, wie man eine Frau aufweckt."

Trotz des schmerzenden Herzens in seiner Brust

lächelte er. „Man kann dir halt schwer widerstehen, Zoe Wilding."

Eine Minute lang war sie vollkommen still. Dann noch eine. Gerade als Troy überlegte, ob sie vielleicht wieder eingeschlafen war, wandte sie sich in seinen Armen herum, um ihn anzusehen. Eine weitere Minute lang trommelte sie schweigend mit ihren Fingerspitzen ein Lied auf seiner Brust. Und diese sanfte Berührung ging ihm direkt tief ins Herz…

Schließlich hörte sie mit ihrer süßen Folter auf und sah in seine Augen hoch. „Du bist der erste Mann, mit dem ich je geschlafen habe."

Gütiger Himmel, bitte lass sie nicht sagen, dass sie mit anderen Männern schlafen will. Er schluckte. „Da kann ich mich sehr glücklich schätzen."

Sie lächelte und wühlte damit etwas tief in seinem Inneren auf. Dann legte sie ihm sachte die Fingerspitzen auf die Lippen und malte sie nach. „Ich bin mir ziemlich sicher, dass ich diejenige bin, die Glück hatte."

Er küsste ihre Fingerspitzen, atmete noch einmal tief durch, um Mut zu sammeln, und fragte: „Wie fühlst du dich?"

Sie schenkte ihm ein schalkhaftes Grinsen, das es irgendwie schaffte, seinen Schwanz zum Zucken zu bringen, obwohl er erst vor wenigen Minuten einen Wahnsinnsorgasmus gehabt hatte. Es war unfassbar, wie sehr sein Körper auf sie reagierte. Jedes Mal.

Er quittierte ihr Grinsen mit einem gespielt bösen Blick und sagte: „Ich meinte, wie fühlst du dich *nach letzter Nacht?*"

Ihre Miene wurde schlagartig nüchtern. Sie dachte kurz darüber nach und kleine Falten bildeten sich auf ihrer Stirn. „Als ob ich endlich herausgefunden hätte, wer ich sein sollte."

„Ach ja?" Sein Herz pochte. Jetzt kam es also. „Und wer wäre das?"

„Jemand, der das, was ihr gegeben wurde, dafür nutzt, um Gutes zu tun.

Er runzelte die Stirn und war sich nicht sicher, ob er sie richtig verstand. „Hast du das nicht schon die ganze Zeit getan?"

Sie senkte den Blick, legte die flache Hand auf seine Brust und streichelte sachte darüber. „Nein. Nicht wirklich." Ihr Blick wanderte wieder nach oben. „Ich war so besessen davon, diesen Teil von mir loszuwerden, den ich nicht mochte – den ich gehasst habe, um ehrlich zu sein – weil ich davon überzeugt war, dass meine Wölfin meine Mutter bei der Geburt getötet hat…" Sie schluckte und sah wieder auf seine Brust herab.

Troy blieb vollkommen still und wartete, aber sein Herz machte mit jedem ihrer Worte einen Satz.

„Der Wolfsjäger war wie ich. Seiner Mutter ist genau dasselbe zugestoßen wie meiner und du hast ja gesehen, was das mit ihm angestellt hat. In was es ihn verwandelt hat." Ihre Stimme wurde immer fester, entschlossener. „Aber er hat sich nicht damit begnügt, *sich selbst* zu verändern – er wollte auch alle anderen Wölfe vernichten. Wollte auf Dinge losgehen, die er für böse hielt. Aber Wölfe sind nicht böse. Ich schätze, ich musste das erst einmal bei anderen erkennen, bevor ich es auch bei mir gesehen habe. Declan Hunter konnte das nicht und am Ende war das sein Untergang. So will ich nicht werden. Ich war so versessen darauf, Dinge in Ordnung zu bringen, die in der Vergangenheit passiert sind – Dinge, bei denen ich riesige Angst hatte, dass sie nochmal geschehen würden – dass ich mir selbst nie erlaubt habe, zu leben… oder überhaupt darüber nachzudenken, zu was ich in der Lage sein könnte." Erneut begegnete ihr Blick seinem. „Ich bin nie auf die Idee gekommen, dass ich diese Fähigkeiten vielleicht aus gutem Grund habe. Oder darauf, dass selbst wenn das Universum keine großen Pläne für mich haben sollte… ich Pläne *machen* kann. Ich kann meine Fähigkeiten für Gutes nutzen."

„Meinst du damit…" Troy traute sich immer noch kaum, zu hoffen. „Willst du etwa sagen…"

Ein kleines Lächeln erschien auf ihrem wunderschönen Gesicht. „Ich will damit sagen, dass ich meine weiße Wölfin behalten möchte. Und ich will mich paaren und Welpen mit ihr bekommen. Und ich fange direkt damit an, hier und heute, mir all die guten Dinge zu überlegen, die ich gemeinsam mit ihr erreichen und mit denen ich die Welt verändern kann. Denn ich *bin* sie. Und sie ist zu fantastischen Dingen fähig."

Troy fühlte sich, als würde sein Lächeln sein Gesicht spalten. „Oh, Zoe…" Ihm fehlten die Worte. „Du hast keine Ahnung, wie glücklich ich bin, dich das sagen zu hören."

Sie grinste fast genauso breit wie er und sein Herz ging auf. „Es ist, als würde mir ein Stein vom Herzen fallen. Und dafür habe ich einem gewissen heißen Wolf zu danken. Am besten fange ich direkt damit an." Sie schmiegte sich an ihn und drückte ihm einen hungrigen Kuss auf die Lippen.

Einen Moment lang genoss er den Kuss, bevor

er sich dazu zwang, zurückzuweichen. „Du musst mir für nichts danken."

„Das sehe ich anders." Ihr Grinsen wurde wieder schalkhaft, aber diesmal war er derjenige, der reden wollte. Um alle Karten auf den Tisch zu legen. Denn er musste wissen, womit er es zu tun hatte – was *möglich* war – bevor er stümperhaft nach etwas fragte, das sie bloß ablehnen würde. Wie beim ersten Mal, als er versucht hatte, sie zu küssen. Und all den anderen Situationen, in denen sie ihn abrupt aufgehalten hatte.

Sie machte Anstalten, ihn erneut zu küssen, doch er hielt sie mit einem sanften Drücken gegen ihre Schultern zurück. Ihr Schmollmund war so süß, dass er fast klein beigegeben hätte. Aber nur fast.

„Also, was wirst du jetzt tun?", fragte er. „Mit der Datenbank, den Seren und dem Blut deines Großvaters, jetzt wo du auf alles davon Zugriff hast?" Er vermutete, dass ihr Großvater ihr bei so ziemlich allem helfen würde. Immerhin hatte sie ihm das Leben gerettet.

Ihr Schmollen wich einem ernsten Ausdruck. „Ich kann nicht mit Sicherheit sagen, ob das Blut meines Großvaters wirklich der Schlüssel zu diesem Superheilungsserum ist, oder ob es den Menschen anders nutzen könnte, aber selbst wenn nicht, muss es den Weg zu so vielen neuen Forschungsfeldern bereiten. Sobald wir damit an die Öffentlichkeit gehen, wird jeder Zugang zu den Daten haben wollen. Und ich werde das auf jeden Fall veröffentlichen, vielleicht sogar schon bevor wir endgültige Ergebnisse zur Nutzbarkeit haben. Ich könnte buchstäblich den Rest meines Lebens mit der Erforschung sämtlicher Möglichkeiten verbringen, die aus dieser Entdeckung hervorgehen könnten. Also, das ist es wohl, was ich jetzt tun werde." Ihre Augen leuchteten, wenn sie über ihre Arbeit redete, und er konnte verstehen, wieso – das Potential, Leuten damit helfen zu können, war einfach phänomenal.

„Und was ist mit dem anderen Serum?", fragte er leise. „Das, das deine Wölfin unterdrückt. Oder… auslöscht."

Ihre Miene verdüsterte sich. „Das war etwas, das Agent Smith bei seinen Shifter-Folterungen benutzt hat. Und der Wolfsjäger auch. Ich habe so tief in meinem eigenen… *Drama* gesteckt… ich glaube, ich war mir nicht im Klaren darüber, welch riesigen Schaden so etwas anrichten kann. Wenn ich bloß…" Ihr Gesicht wurde rot. „Jeder normale Wolf hätte diese Seren und die Rezeptur dafür direkt zerstört, sobald er begriffen hätte, wofür sie gedacht waren."

„Hey." Sofort landeten seine Hände auf ihren Wangen. „Hör auf damit. Du hattest deine Gründe. Ich bin froh, dass du deine Meinung geändert hast – so froh, Zoe, du hast keine Ahnung – aber das macht dich nicht zu einem schlechten Menschen."

„Vielleicht nicht. Vielleicht auch doch." Ihre Miene war nach wie vor finster, aber seine Berührung schien etwas zu helfen. „Aber jetzt, wo das Labor des Wolfsjägers zerstört ist – jetzt, wo *er* zerstört ist – werde ich das Richtige tun. Ich werde Grace sagen, dass wir diesen Teil der Forschungsdaten löschen sollten. Das kann ich direkt von hier aus erledigen. Und wenn ich zurück in mein Labor kann, werde ich alles loswerden, mit dem man dieses Serum in Zukunft nochmal herstellen könnte."

„Das ist großartig, Zo", sagte er mit einem erleichterten Seufzen. „Wirklich großartig." So würde sie sich nie wieder umentscheiden können – und er war sich sicher, dass sie sich dessen bewusst war. Sein Mädchen war unglaublich schlau und sowas würde ihr nicht entgehen.

Sein Mädchen.

Er schluckte und blickte auf die zusammengeknüllten Bettlaken herab, die noch heiß von ihrem Liebesspiel waren. „Also, Zoe, ich habe nachgedacht…"

Rasch beugte sie sich vor und schnitt ihm mit einem Kuss das Wort ab. „Hast du das? Ich hatte mir etwas mehr heißblütigen Tatendrang von meinem zukünftigen Partner erwartet."

Sein Kopf schnellte hoch. „Deinem… zukünftigen… *was?*"

„Partner? P-A-R-T-N-E-R." Ihr Grinsen wurde etwas schwächer. „Oh. Oder willst du etwa nicht—"

„Doch", brach es fast etwas zu heftig aus ihm heraus. Er packte sie noch fester bei den Schultern und zog sie für einen schnellen, stürmischen Kuss zu sich. *„Auf jeden Fall.* Das will ich schon seit…"

Ihr Grinsen kehrte zurück, diesmal war es aber nicht neckend. Sondern einfach nur glücklich. So, wie er es am liebsten sah. „Schon seit…?"

Wieder ließ er eine Hand auf ihre Wange gleiten. „Seit ich dich das erste Mal gesehen habe."

Ihre Augenbrauen zogen sich zusammen. „Du meinst, als ich nackt und halb verbrannt war?"

„Ja. Genau da." Wieder zog er sie zu sich und küsste sie mit allem, was er hatte.

Zoe Wilding wollte ihn zum Partner. Er konnte es fast nicht glauben. Und sein Wolf verlangte laut heulend danach, sie *genau jetzt* sein zu machen. Während er damit beschäftigt war, sie zu küssen und sich zu überlegen, wie er sein Vorhaben, augenblicklich seine Fangzähne in ihr zu versenken, ansprechen sollte, wandte sie sich aus seinem Halt.

„Ich will, dass du mein Alpha wirst", sagte sie mit leuchtenden Augen.

Scheiße, ja. Aber das konnte er so nicht sagen. „Jetzt sofort?", fragte er stattdessen.

Ohne darauf zu antworten, shiftete sie vor ihm und zeigte ihm zum ersten Mal seit dem Feuer ihre prachtvolle, schneeweiße Wölfin. Ihre wunderschönen blauen Augen schimmerten so strahlend wie ihr Fell, während sie sich umgehend in die Unterwerfungspose begab. Troy hatte sich noch nie zuvor jemandem unterworfen, geschweige denn dass sich jemand ihm unterworfen hätte – er war selten lange mit anderen Wölfen zusammen gewesen und als er das noch war, hatte es sich dabei um die Gangs gehandelt. Und mit denen hatte er bestimmt keine Bindung eingehen wollen. Aber dieses… dieses Geschenk, das sie ihm machte… es zog ihn mit einer unwiderstehlichen magischen Kraft an. Er shiftete und baute sich in der Alphapose vor ihr auf, die sein Wolf instinktiv einnahm, während Zoe sich vor ihm verbeugte. Die Magie ihrer Unterwerfung spülte über ihn hinweg, stärkte ihn und ließ seine Liebe für sie zu einer Kraft anschwellen, die zwischen ihnen widerhallte. Es war so mächtig und gut und *richtig* – er hatte noch nie etwas Vergleichbares gespürt.

Erhebe dich, meine Liebe. Diese rituellen Worte ließen sie aus ihrer Pose aufspringen und sie kam zu ihm und rieb ihr Gesicht an seinem.

Shifte für mich, dachte er und plötzlich war sie wieder nackt in seinen Armen – genau was er wollte. Und jetzt, während sein Ständer zwischen ihnen ragte, war er bereit für sie, bereit, sie sein zu machen, so wie sein Wolf es schon von Anfang an gewollt hatte.

„Oh, mein Gott, Troy", hauchte sie. „Kannst du das fühlen?"

„Oh, ja", sagte er. Jetzt gab es kein Zögern mehr. Er wusste, was sie wollte – was sie von ihm *brauchte* – und er wollte ihr *alles* geben. „Und das ist nur der Anfang, Süße." Sie knieten beide auf dem Bett. Er legte ihr die Hände auf den Hintern und zog sie eng an sich. „Dreh dich um und beug dich vor." Er sprach es als Befehl aus – etwas, bei dem er erst realisierte, dass er es tun konnte, als die Worte seinen Mund verließen – aber das Aufblitzen von Lust in ihren Augen, bevor sie sich bereitwillig auf dem Bett umdrehte, sagte ihm, dass sein Instinkt richtig gewesen war. *Sie wollte ihn als ihren Alpha.* Und genau das würde er ihr geben.

Sie ließ sich auf Hände und Knie nieder und wackelte verführerisch mit ihrem sündhaft heißen Hintern vor ihm. Über die Schulter hinweg warf sie ihm einen Blick zu, der so verdammt sexy war, dass er sich irgendwie verlor – er packte ihre Hüften und rammte sich in sie hinein. Sie keuchte und wäre durch die Stärke seines Stoßes fast vornüber gefallen, aber sein kräftiger Griff hielt sie fest.

Sie war immer noch feucht von ihrem Liebesspiel zuvor, aber ihr Stöhnen und Wimmern, während er immer und immer wieder in sie glitt – *Gott,* sie war so verdammt eng – sagte ihm, dass sie auch diesmal mehr als bereit für ihn war.

Er packte sie fester und wurde schneller. „Du bist *mein*“, stieß er zwischen seinen Stößen aus. „Ganz mein. Für immer mein.“

„Ja“, keuchte sie, aber durch die kleinen Schreie, die sie von sich gab, während er sie weiter stürmisch von hinten nahm, konnte er sie kaum verstehen. Seine Fangzähne traten hervor und sein Wolf verzehrte sich nach ihr und wollte Troys Worten mit seiner Magie Taten folgen lassen. Immer noch pumpend beugte er sich über sie und brachte sich so in eine Position, die sie beide schneller zum Höhepunkt bringen würde. Sie war so wunderschön, wie sie unter ihm keuchte und stöhnte, auf jede erdenkliche Art so perfekt für ihn. Er ballte seine Faust in ihren Haaren, beugte ihren Kopf zur Seite und legte ihren Hals für seine Fangzähne frei. Die Fangzähne schon ausgefahren, bereit, sie in ihr zu versenken und bereit, Zoe mit seiner Magie sein zu machen, so wie er es mit seinem Schwanz bereits tat, hielt er nochmal inne.

„Sag, dass du mich willst“, keuchte er über ihr.

„Ich will dich!“, stieß sie aus. „Um Himmels Willen, nimm mich, Troy!“

Ihre Worte brachten ihn geradewegs zum Orgasmus – leidenschaftlich versenkte er seine Fangzähne in ihr, während er kam und seinen Samen und seine Magie in ihren Körper ergoss. Es war die völlige und perfekte Paarung mit einer Frau, die er bis ans Ende seines Lebens lieben und beschützen würde, und die Leidenschaft, die durch ihn strömte – sowohl die körperliche Ekstase als auch die magische Verbindung, die stärker und stärker wurde – war wie eine Flutwelle, die ihn mitriss. Ihr Stöhnen füllte den Raum mit Lauten der Lust. Als seine Magie vollständig in sie eingesickert war, fuhr er seine Fangzähne wieder ein. Noch bevor er aus ihr herausgleiten konnte, sah er, dass die nadelstichgroßen Löcher in ihrer Haut bereits wieder heilten. Voller Bewunderung zog er sich aus ihrem Körper zurück. Erschöpft, befriedigt und glücklich brach er neben ihr auf dem Bett zusammen und zog sie zu sich, um sie wieder an sich zu kuscheln. Ihr Atem ging genauso abgehackt wie seiner und wurde immer wieder von kleinen Seufzern durchbrochen – und die Magie, die den Bund zwischen ihnen weiter stärkte, machte ihn so high, als wäre er auf irgendeiner Droge. Er konnte die unbändige Kraft spüren, die in ihr schlummerte, diese innere Hexe, die einen grausamen Mann bezwungen hatte, und trotzdem Zoe und die, die sie liebte, beschützt hatte.

Sie war *sein*.

Er konnte es immer noch kaum glauben, aber sein Wolf versicherte ihm, dass es die Wahrheit war.

„Oh, mein Gott, Troy“, hauchte sie. „So fühlt sich eine Paarung an? Und ich hatte gedacht, der Sex wäre gut. *Gütiger Himmel.*“

Troy schmunzelte und strich ihr mit einer Hand durchs Haar. Ihre Atmung beruhigte sich langsam, während er gemächlich mit ihren relativ kurzen dunklen Strähnen spielte und den Gedanken genoss, dass er sie immer so wie jetzt haben würde, in seinen Armen, sicher, glücklich und wunderschön. Aber ganz glauben konnte er es immer noch nicht. Sie waren in Nullkommanichts von null auf hundert gegangen, von tiefen Zweifeln zu einer Paarung – und trotzdem fühlte er sich, als hätte er schon sein ganzes Leben lang nur auf diesen Moment gewartet. Auf *sie*.

Und jetzt war er endlich zu Hause.

Zum ersten Mal in seinem Leben wusste er, dass er zur rechten Zeit mit der richtigen Person am rechten Ort war.

„Du bist eine unglaubliche Frau, Zoe Wilding“, flüsterte er, während sie sich an ihn kuschelte. „Wie konnte ich nur so viel Glück haben, dich mein machen zu dürfen?“

Sie drehte sich in seinen Armen, um zu ihm hochzusehen. Er hatte ihr Gesicht noch nie so glücklich leuchten sehen. „Naja, du hast mir das Leben gerettet. Da war ich dir was schuldig.“

„Was schuldig?“, fragte er mit gespielter Fassungslosigkeit und rollte sie auf den Rücken. „Für diese Unverschämtheit solltest du sofort bezahlen.“

Ihre Augen leuchteten jetzt sogar noch mehr, wenn das überhaupt möglich war. „Oh ja, lass mich dafür bezahlen. *Bitte.*“ Dann schwand der Humor ein wenig aus ihrem Lächeln. „Obwohl ich dich warnen sollte. Mein ganzer Körper steht noch von deiner Magie in Flammen. Es ist als ob… sie sich mit der Magie meiner Wölfin verbindet. Ich weiß nicht genau, wie ich es beschreiben soll, aber ich habe noch nie etwas so unglaublich… *Gutes* gefühlt. Mächtig, aber auf eine gute Art."

Er grinste breit und knabberte verspielt an den steinharten Nippeln ihrer Brüste. Ihre rosa Haut leuchtete, während die Magie – *seine Magie* – ihr System flutete. „Tja, dann werde ich mich wohl anstrengen müssen, um den nächsten Orgasmus noch spektakulärer zu machen."

Ihre Augen weiteten sich leicht. „Ich bin mir nicht sicher, ob ich das überleben werde."

Genüsslich machte er sich mit kleinen Küssen über ihre Brüste her. Die magischen Funken, die ihre Berührungen stets begleiteten, knisterten zwischen seinen Lippen und ihrer weichen Haut. „Das ist wohl ein Risiko, das wir eingehen müssen."

Sie lächelte, dann legte sie ihm die Hände auf die Wangen und zog ihn für einen Kuss an ihre Lippen. Er schloss sie noch enger in die Arme, streichelte sie liebevoll und genoss jeden magischen Funken, der sie miteinander verband.

Er hoffte, dass niemand sie allzu bald zum Frühstück erwartete.

Kapitel Siebzehn

ZOE WAR NOCH NIE ZUVOR AUF EINER WAHLPARTY GEWESEN.

Es gab rote, weiße und blaue Ballons und Luftschlangen, Kekse und Bowle – und nicht annähernd genug Platz für die Hunderte von Leuten, die gekommen waren, um Grace Krepkys Wahlsieg zur ersten bekennenden Shifter-Abgeordneten des Repräsentantenhauses zu feiern. Nachdem sich auch der Bürgermeister als Shifter geoutet hatte, schrieb Seattle also erneut Geschichte.

Zoe hätte nicht stolzer sein können. Oder glücklicher.

Troy, ihr neuer Partner, fing für einen Moment ihren Blick ein, als er die fröhliche Trinkerei mit einigen Wölfen des River-Rudels unterbrach, um ihr ein verstohlenes Lächeln zuzuwerfen. In der letzten Woche hatten sie kaum das Anwesen verlassen, versunken in ihrer Liebe und ihrer Leidenschaft, wobei sie jeden Teil des Anwesens eingeweiht hatten, in den sie sich hatten schleichen können. Irgendwann würden sie diese glückselige Blase, in der sie sich seit der Paarung befanden, verlassen und sich mit Dingen aus dem echten Leben auseinandersetzen müssen, wie zum Beispiel wo sie wohnen wollten und wann sie zurück zur Arbeit gingen, aber momentan schien das gesamte Anwesen Urlaub zu haben, jetzt wo der Wolfsjäger tot war und die Wahlergebnisse reinkamen… und zwischendrin mehr als nur ein paar Paarungen stattgefunden hatten.

Daniel und Skylar unterhielten sich mit einer kleinen Gruppe Hexen, mit denen sie sich in eine Ecke der Halle zurückgezogen hatten, die Grace für die Feier angemietet hatte. Als die Hexen eingetroffen waren, hatte das zuerst für etwas Unruhe gesorgt, aber es hatte sich schnell herumgesprochen, dass Skylar das Team der weißen Wölfe trainiert und bei der Vernichtung des Wolfsjägers geholfen hatte. Es schadete auch nicht, dass Daniel offensichtlich über beide Ohren in sie verliebt war und sie zu Beginn der Feier öffentlich ihre Hochzeit angekündigt hatten – Zoe hatte schon vermutet, dass sie bereits gepaart waren, und die Ankündigung hatte ihren Verdacht nun endgültig bestätigt. In Anbetracht dessen, dass Jaxsons Partnerin Olivia eine Halbhexe war und ebenfalls vollends von den River-Wölfen akzeptiert wurde, schien es, als würden sich die traditionellen Spannungen zwischen Wölfen und Hexen langsam auflösen. Was Zoe sehr glücklich machte… angesichts dessen, dass sie ein wenig von beidem war.

Sie nippte an ihrer Bowle, genoss die fröhliche Stimmung des Abends und war einfach zufrieden damit, zuzusehen, wie Wölfe und Hexen ihre Differenzen überwanden. Doch dann schien Grace, die in der Nähe in einem Pulk ihrer Bewunderer gefangen war, ihren Blick einfangen zu wollen. Zoe kniff die Augen zusammen und versuchte, die geheimen Signale in Graces Körpersprache zu lesen, aber sie kam nicht dahinter. Sie stellte ihren Drink auf einem Tisch neben sich ab, der mit leeren Bechern, gebrauchten Servietten und Kekskrümeln übersät war, und schlängelte sich durch die Menge, um herauszufinden, was los war.

Als sie näherkam, löste Grace sich aus dem Pulk und entschuldigte sich mit dem Vorwand, auf Toilette zu müssen. Die Gruppe aus Wölfen und Menschen – Fans und Journalisten – machte ihr Platz und Grace packte im Vorbeigehen Zoes Arm und zog sie in Richtung der Toiletten an der gegenüberliegenden Wand, wo sich eine Schlange von Leuten gebildet hatte, die bereits zu viel Bowle getrunken hatten.

„Was ist los?", fragte Zoe und musste die Stimme heben, um über die lautstarken Feierlichkeiten hinweg gehört zu werden.

„Gott, ich brauchte nur mal eine kurze Pause." Grace wischte sich über die Augenbrauen, als würde sie schwitzen, aber sie sah wie üblich perfekt gestylt aus, diesmal in einem schicken schwarzen Hosenanzug, der ihr hübsches brünettes Haar betonte. Zoe hatte ihr Bestes gegeben, um sich für den Anlass herauszuputzen, aber ihr einfacher Rock und die Bluse konnten da nicht mithalten. Nicht, dass sie das versucht hatte – glücklicherweise gefiel sie Troy am besten ohne Klamotten, was ihr wirklich sehr entgegenkam.

„Sieh dir die beiden an", sagte Grace gerade laut genug, dass Zoe sie hören konnte. Sie führte Zoe weiterhin zu den Toiletten, gestikulierte dabei aber zu Mama River und dem Bürgermeister, die sich hinter einen der Stehtische zurückgezogen hatten. Gerade neigte er den Kopf, um ihr etwas ins Ohr zu flüstern, und ihre Augen leuchteten vor Schalk auf. Der Bürgermeister – ihr Großvater und Graces Vater – hatte eine Menge Zeit auf dem Familienanwesen der Rivers verbracht. Er und Mama River berührten sich ständig, hielten Händchen oder umarmten sich – oder küssten sich, so wie in diesem Moment, in dem der Bürgermeister Mama River einen Kuss auf die Wange drückte.

„Hey!“, rief Grace zu ihnen herüber. „Nehmt euch'n Zimmer!“

Mama River zog den Kopf ein, als wäre sie peinlich berührt, doch dann nahm der Bürgermeister sie in die Arme und kippte sie dramatisch nach hinten, während er ihr einen dicken Kuss auf die Lippen setzte. Sie ernteten vereinzeltes Johlen und Pfiffe von den Wölfen um sie herum und Zoe musste laut auflachen. Sie vermutete, dass dort gerade ein weiteres Wolf-Hexen-Pärchen erblühte.

Zoe war davon ausgegangen, dass sie zu den Toiletten unterwegs waren, also war sie leicht überrascht, als Grace sie kurz vor dem Ende der Toilettenschlange in eine ruhige Nische zog.

Zoe zeigte auf das immer noch dramatisch

küssende Pärchen. „Meinst du, sie sind schon gepaart?"

„Ich weiß es nicht", sagte Grace und betrachtete sie abwägend. „Wenn nicht, vermute ich mal, dass es nur eine Frage der Zeit ist."

„Troy und ich haben kaum gewartet", sagte Zoe, wobei sie der Menge den Rücken zudrehte und die Stimme senkte, damit nur Grace sie hören konnte. „Es war buchstäblich das erste, das wir gemacht haben, du weißt schon, danach. Naja, fast das erste."

Grace wackelte mit den Augenbrauen. „Ja, ich weiß, was du meinst. Diese stattlichen Shifter-Männer sind einfach unwiderstehlich. Besonders, wenn sie sich in dich verliebt haben. Und so verrückte Dinge tun, wie dich mit ihrem Leben zu beschützen."

Zoe grinste. „Ich schätze, dafür, dass er dir das Leben gerettet hat, warst du Jared wohl *irgendwas* schuldig." Sie hatte die Geschichte von Graces dramatischer Rettung aus den Händen des berühmt-berüchtigten Agent Smith gehört – jeder hatte das.

Graces Miene wurde etwas ernster. „Ich verdanke diesem Mann *alles*. Dachtest du, dass ich so jemanden wieder gehen lasse, ohne mich mit ihm zu paaren? *Auf keinen Fall.* Außerdem hat der Junge ziemlich was drauf im Bett."

Zoe kicherte. Sie war sich nicht sicher, ob es für Politikerinnen üblich war, damit zu prahlen, wie talentiert ihre Ehemänner im Bett waren, aber sie bezweifelte nicht, dass es stimmte.

Doch dann verschwand der Humor aus Graces Miene. „Also, wie steht es mit dem Superheilungsserum?"

Zoes Lächeln verschwand ebenfalls. „Nun, das Blut des Bürgermeisters zu haben, wird definitiv dabei helfen, die entscheidenden DNA-Abschnitte zu identifizieren, die – hoffentlich – zur Beschleunigung der Heilkraft beitragen. Aber ich befürchte, dass es immer noch ein weiter Weg ist, bis wir daraus ein Serum herstellen können, das auch Menschen hilft. Ich sagte ja schon, ich muss wirklich mehrere Testphasen mit Probanden durchführen, Grace, und…"

Grace winkte ihre Bedenken ab und gestikuliert zu der Halle hinter ihnen. „Wir haben die Wahl auch ohne das Serum gewonnen, oder? Und jetzt, wo ich im Kongress bin, kann ich mich darum kümmern, dir auch die finanziellen Mittel für deine Forschung zu besorgen."

„Das wäre großartig." Zoe war erleichtert.

Manchmal waren Entwicklungen in der Wissenschaft wirklich *sehr langsam* – und nicht jeder hatte da Verständnis für.

„Und sieh dir das nur an, Zo.“ Grace sah strahlend auf die Menge aus Hexen, Wölfen und menschlichen Wahlhelfern, die sich eingefunden hatten, um ihren Sieg zu feiern. „Als du den Wolfsjäger ausgeschaltet und den Bürgermeister gerettet hast, hast du nicht nur uns Wölfen geholfen, sondern ganz Seattle. Die öffentliche Stimmung kippt gerade radikal zu unseren Gunsten und zu einer echten Gleichberechtigung von Wölfen. Das ist eine fantastische Sache! Ich glaube, wir beschreiten wahrlich eine neue Ära, in der Menschen, Shifter und Hexen offen dazu stehen können, wer sie sind, ohne um ihr Leben fürchten zu müssen. Natürlich werden manche Menschen immer noch Vorurteile haben, aber mit ‘Wild Love‘ und ‘Adoptiere einen Shifter‘…“

„… und mit dir im Kongress“, unterbrach Troy sie, der auf einmal hinter Zoe stand. Sie drehte sich um und warf ihm ein Grinsen zu, während er einen Arm um ihre Taille gleiten ließ.

„Und mit mir im Kongress“, sagte Grace mit einem breiten Lächeln, „haben wir Shifter vielleicht doch die Chance auf ein ganz gewöhnliches Leben."

„Grace, ich habe bereits für dich gestimmt", neckte Zoe sie. „Du kannst mit dem Wahlkampf aufhören."

„Außerdem hatte ich vor, ein *außergewöhnliches* Leben zu haben", beschwerte Troy sich.

„Na, da mach dir mal keine Sorgen." Grace deutete mit offener Hand auf die beiden. „Immerhin hast du für den Rest deines Lebens diese außergewöhnliche Frau an deiner Seite, nicht wahr?"

Troy hielt eine kleine Schatulle hoch. „Naja, ich habe den Ring auf dem Weg hierher abgeholt, aber genau genommen habe ich sie noch nicht gefragt."

Zoe runzelte die Stirn. „Mich was gefragt?"

Graces Lächeln wurde geradezu diabolisch.

Troy öffnete die Schatulle und ging auf ein Knie herab. „Zoe Wilding, würdest du—"

„Ja!", platzte es aus Zoe heraus, während sie Troy die Arme um den Hals warf. *Oh, Gott,* er machte ihr einen Heiratsantrag!

„Ich konnte nicht einmal fragen!", protestierte Troy. „Das ist das Problem mit diesen Wilding-Frauen", beschwerte er sich bei Grace. „Die sind alle so *impulsiv*."

„Ganz genau, das sind wir", sagte Grace. Aus dem Augenwinkel bekam Zoe noch mit, wie ein Grinsen über Graces Gesicht tanzte. „Und du hast verdammtes Glück, sie zu haben."

„Da kann ich dir nicht widersprechen." Troy stand auf und Zoes Hände zitterten so heftig, dass er ihre Hand festhalten musste, während er ihr den mit Saphiren verzierten Ring an den Finger steckte. Dann hob er ihre Hand an seine Lippen und küsste sie sanft. „Ich würde dich ja direkt zum Standesamt zerren und sofort heiraten Zo, aber ich habe mitbekommen, dass Mama River etwas Großes vorbereitet. Ich glaube, es könnte eine Dreifachhochzeit geben."

Zoe strahlte. „Mit denen hat sie ja Erfahrung, habe ich gehört."

Grace beugte sich vor und flüsterte verschwörerisch: „Nur wird sie diesmal *selbst* dabei sein."

Ein Lachen sprudelte aus Zoes tiefstem Inneren hervor. Um noch glücklicher zu sein, als sie es in diesem Moment war, hätte sie schon irgendwo in einem Raum mit Troy sein und sich nackt unter ihm räkeln müssen. Und dem Glitzern in seinen Augen nach zu urteilen war das auch durchaus im Bereich des Möglichen. Als er sie dann küsste, verschwand der Rest des Raumes, mit seinem lautstarken Feiern, den Hexen, Wölfen und jeder Menge Liebe in der Luft, im Hintergrund.

Es gab nur sie und den Mann, den sie liebte.

Ihren Alpha.

Den Mann, der ein magisches Feuer in ihr entfacht hatte, das nie wieder erlöschen würde.

Vielen Dank, dass ihr „Wild Fire“ gelesen habt. Ich hoffe, dass euch auch der letzte Teil der Wilding Pack Wolves gefällt, der im Januar 2021 erscheinen wird. Auch eine neue Reihe von mir ist für 2021 schon in Arbeit :-)

Liebe Grüße, Alisa

www.alisawoodsauthor.com

Alle Teile der "River Pack Wolves" Trilogie:

River Pack Wolves 1 - Jaxson

River Pack Wolves 2 - Jace

River Pack Wolves 3 - Jared

Wilding Pack Wolves:

Wilding Pack Wolves 1 - Wild Game

Wilding Pack Wolves 2 - Wild Love

Wilding Pack Wolves 3 - Wild Heat

Wilding Pack Wolves 4 - Wild One

Wilding Pack Wolves 5 - Wild Fire

Andere Übersetzungen von Michael Drecker:

Susan Kaye Quinn:

Open Minds – Gefährliche Gedanken (Mindjack #1)

Closed Hearts – Gefährliche Hoffnung (Mindjack #2)

Free Souls – Gefährliche Träume (Mindjack #3)

Locked Tight – Gefährliches Misstrauen (Mindjack #4)

Cracked Open – Gefährliche Spaltung (Mindjack #5)

Broken Wide – Gefährliche Freiheit (Mindjack #6)

E.M. Tippetts:

Nicht mein Märchen

Prinzessin in Not (Nicht mein Märchen 2)

Jagd nach dem großen bösen Wolf (Nicht mein Märchen 3)

Das tapfere Schwesterlein (Nicht mein Märchen 4)

In guten wie in schlechten Zeiten (Nicht mein Märchen 5)

Schlafloses Dornröschen (Nicht mein Märchen 6)

Break it Up (Nicht mein Märchen 2,5)

A Safe Space (Nicht mein Märchen 2,75)

E.M. Tippetts / Emily Mah:

Chasing Sunrise – Morgendämmerung (Chasing Sunrise 1)

Sarina Bowen

Kalte Nächte, Warme Herzen (Die Gravity Reihe 1)

Harter Fall, Weiche Landung (Die Gravity Reihe 2)

Printed in Poland
by Amazon Fulfillment
Poland Sp. z o.o., Wrocław

70645761R00211